回望青山 一如初見

《回望青山，一如初见》编委会　编

中国·苏州
古吴轩出版社

图书在版编目（CIP）数据

回望青山，一如初见 ／《回望青山，一如初见》编委会编. — 苏州 ：古吴轩出版社，2019.10
ISBN 978-7-5546-1398-6

Ⅰ. ①回… Ⅱ. ①回… Ⅲ. ①散文集 — 中国 — 当代 Ⅳ. ① I267

中国版本图书馆CIP数据核字（2019）第189292号

责任编辑：张　颖
见习编辑：沈　玥
装帧设计：韩桂丽
责任校对：韩桂丽　李　倩
封面题字：王伟林

书　　名：回望青山，一如初见
编　　者：《回望青山，一如初见》编委会
出版发行：古吴轩出版社
地址：苏州市十梓街458号　　邮编：215006
Http：//www.guwuxuancbs.com　E-mail：gwxcbs@126.com
电话：0512-65233679　　传真：0512-65220750
出 版 人：钱经纬
印　　刷：张家港市恒丰包装有限公司
开　　本：700×1000　1/16
印　　张：18.5
版　　次：2019年10月第1版　第1次印刷
书　　号：ISBN 978-7-5546-1398-6
定　　价：84.00元

《回望青山，一如初见》编委会

苏州大学中文系八四级毕业三十周年合影留念
2018年10月2日

微微风簇浪，散作满河星
——写在八四级同学们毕业三十年回校纪念之际

罗时进　缪学为

中文系八四级同学毕业三十周年，将回校举行纪念活动，让我们两位当年的班主任在纪念册上写几句话，这是不能推辞的。原因很简单，那时我们是“群主”，虽然早就卸任了，现任“群主”做这样的安排，自当尊重和服从，更何况对这个“群”，我们是有深厚感情的，此时应该用文字表达一下。

三十四年前，同学们入校后，我们第一次做“班主任式”发言的情景似乎还在眼前。那时候，你们多么年轻，从青春出发，意气激扬！其实当年我们也还年轻，只是矜持于“群主”的身份，总要“装”得老成点。不过再“装”也老成不到哪里去，还是与大家“混同”在一起的场合多些。

这种“混同”真是美好而难忘的时光！我们感受着这个集体的进取，感受着同学们的优秀。如果将江苏师院与苏州大学作为两个阶段来看的话，你们是“苏州大学中文系”的初期学生。印象中，初期的几届都很不错，八四级给我们的印象更深，更值得我们骄傲。大家有理想和追求，将学业当主业，课外生活也充实，特别是以“乐群而不孤”为宗旨，使整个年级充满着朝气蓬勃、团结向上的精神。今天人们都在怀念二十世纪八十年代，那个年代的光芒至今仍然闪耀，那个年代的温度至今还能触摸，你们正当其时地走进高校校园，绽放最美的年华。对于那段至今还具有追忆、体验价值的历史，你们是参与者、见证者。

三十年前此际，“微微风簇浪，散作满河星”。毕业之后，你们不论作为星星或星斗，都做出了各自的努力和贡献。以前是通过书信、电话、聚会和其他渠道了解大家的发展和成就，如今有了便捷的微信群，我们对各位的生活与工作情况就能即时知晓

罗时进老师、缪学为老师与部分学生合影

了。深感欣慰的是，不仅大家安好、进步，而且这个集体的凝聚力还在——中文系八四级群星璀璨，一束束光今天还能聚合到一起。

我们和各位一起从二十世纪八十年代走来，八十年代的精神价值是什么？对此可以总结很多，其中重要的一点应是既鼓励个体价值的实现，又倡导集体精神。各位热心维护的这个年级“群”，既是用来维系情感与友谊的，也是为了追寻年轻的脚步、还原当年的集体性的。这是很有意义的，我们为能成为“群”之一员而高兴。

此时我们不禁想起辛弃疾的“我见青山多妩媚”。同学们返校，是对“青山”——大家的精神故园——又一次“回望”。这座“青山”中有你们青葱岁月的追求，青春想象的律动。自从你们结得江南缘，这里的每一片丛林、每一池绿水，就有了中文系八四级的故事；而你们一路走来，至今奋发有为的经历也成为母校历史的一个部分，同学们有理由高吟“料青山见我应如是”。是的，母校、母系以你们为骄傲！

相信苏大中文系八四级将能行走得很远，成为院系史、校史上一个有重要意义的符号。作为曾经的班主任，我们祝愿这个群体永远保持与时代一起向善、向好、向上的气息；祝愿大家无论在重要或平凡的岗位上都有生命、生活的充实感；祝愿你们和你们的孩子都幸福美满；同时也祝愿各位身体康强——现在的你们也都不再年轻，当善自珍重！好几位同学目前工作、生活于海外各地，此次未能回校，希望他们都如意欢喜——“青山还喜归来好”，盼下次欢聚，一如初见！

约好的，写一篇千字文，好像可以就此打住“交卷”了——回忆与祝福，再长的篇幅也难道尽。

目 录

忆江南　梦里东吴

相见欢　山高水长

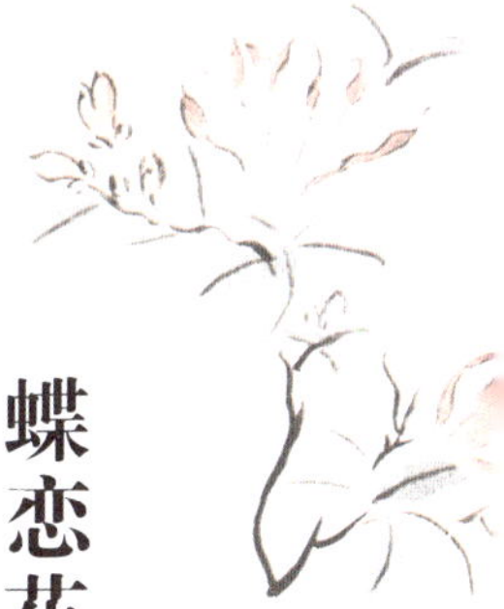

蝶恋花

春风化雨

潘杏芬

遥忆当年求学赴，挈钵携书，辗转频来去。名硕儒师勤勉嘱，春风润化心田雨。

冉冉年华留不住。求理寻真，指点青春路。一句叮咛千万绪，且行且走凭君诉。

范培松，笔名艾袁，生于1943年7月，江苏宜兴人。苏州大学教授、博士生导师，享受国务院特殊津贴，中国作家协会会员。曾任江苏省现代文学研究会副会长、苏州大学中文系主任、苏州市作家协会主席等职，著有《中国现代散文史》《中国散文批评史》（20世纪中国散文研究系列）等作品。

用痴情定制青春的华章

当我跨入八八届校友聚会的会场，心止不住地狂跳，一张张洋溢着青春光芒的脸迎面扑来。握住每双温暖的手，重温火热的青春梦想，每个学子依然是昔日的模样。回到母校的怀抱里，我又闻到了芬芳的气息——青青校园里，莘莘学子，仰天地正气，法古今完人，这里是梦开始的地方。我们都痴了，疯了。永远青春的八八届学子啊！我有幸见证了这一激情四射的刹那。

谢谢八八届校友的邀请，让我能参加你们返校的盛会。对于我来说，每次参加这样的盛会，都是一次精神的洗礼与狂欢。老师和学生的重逢，乃是盛大的节日。

2018年是吉祥年，今年校友返校活动特别多。我三月份时把上排牙齿拔光了，成了无“齿”之徒，只能喝流汁，因此一些社会活动都谢绝了。我先后接到三次校友返校活动的邀请，因为身体原因，都未能出席，非常遗憾。我一直在想，为什么校友们如此牵挂我们的母校？只要有机会就要到母校看一看，走一走，过几年就要来聚一聚？根据弗洛伊德的观点，这是“恋母情结”，是一种痴情。能和“母”联系在一起的，除母校外，别无他物。母校之所以能成为“母”，是因为你们这四年，在这里享受了只有母亲怀里的孩子才能享受的“豁免权”。在我们老师眼中，你们是正在成长的孩子，即使犯了错，也要教育，因为你们是学生。在这四年中，你们享受到的是母爱。大学生活，是人生最美最美的梦。诚然，也有个别学生犯了校规，受到处理。去年，我参加九七届学生返校活动，一位同学突然来到我面前，真诚地对我说：“范老师，我让你操心了，老师们说对我最上心的就是你。”我怔住了。这位同学曾受过我们的处理，但是他吸取教训，努力拼搏，如今事业辉煌。这是让我最感动的校友，我热泪盈眶，为他点赞。每次我参加校友会，获得的是满满的正能量，欢迎你们常来走走。

既然你们有如此浓烈的“恋母情结”，那就应该对母校做一点贡献。在我看来，有一个最有效的贡献途径——留在母校。比如你们的同学担任了母校的党委书记。我在苏州大学学习、工作了近六十年。读书时，学校党委书记是省委派来的刘烈人，他应该是1949年后我们学校的第一任书记，之后又有七位继任者，均是省委从外地调配来的。本土产生书记还是头一回，这是江苏省委对我校的信任，也为苏州大学掀开了新的一页。你们经历了三十年磨炼，都已经成为独领风骚的风流人物，请你们把所有智慧贡献给母校，全力关心母校、支持母校，这肯定能使苏州大学更上一层楼，这就是对母校最大的爱。

看到大家青春依旧，我们也变得年轻了。对于保持身体健康，你们现在可能还没有感觉，到我这年龄，就感到假如以前能注意些，现在可能会是另一种状况。你们个别同学肚子太“伟大”了，当心中风，我的一个老领导，就是肚子“伟大”，结果中风了。一人中风，全家发疯啊！

母校永远欢迎你们，我们永远等待着你们！

宣树铮，生于苏州，1956年入读北京大学东方语言文学系，次年转中文系。北大中文系毕业后到新疆教书，1979年后任教于苏州大学中文系，曾任中文系副主任。1989年赴美定居，为《世界日报》（副刊）撰写散文，达7年之久。2001年至2008年任美国《彼岸》杂志总编，2007年起，为《侨报》的《纽约客闲话》写专栏至今。现为北美中文作家协会会长。

编者按：1986年秋天，父亲送我去苏州大学中文系插班学习，到系里报到时，见到的第一位老师正是当时的中文系副主任宣树铮老师。记得他在自我介绍时，忽然一个迅捷的转身，在黑板上写下自己少见的姓。后来父亲对我说，你们宣老师真是有当老师的风格啊，自我介绍还带有板书。

后来，宣老师教我们外国文学，讲课的口头禅是“不不少少”。他少笑、干练、目光深炯。他曾让我们做过一道选择题：如果你们是《项链》里的女主人公，在一夜辉煌后孤独潦倒与一生平淡寂寞之间，你们会怎么选？记得当时有不少同学选择后者，而我选择了前者。真的是年少轻狂啊。如果再叫我们选一次，我们还会这么轻易选择吗？

也正如章朝阳同学在回忆中提到的那样：“记得宣老师曾教我们比较文学，比较文学在那个时代是比较新的研究方向。宣老师学问与风度俱佳，个性与见解独特，对1986年时的我们十分理解与爱护……”看上去不苟言笑的宣老师，表面上严肃，实际上对学生们还是相当关心爱护的，这令同学们印象深刻。

这次，奉朱亚辉之命，我与郇慧荣、王洁洋，先后向宣树铮老师求稿、索取墨宝，没想到远在大洋彼岸的宣老师不仅迅速回信，还迅速发来题字（老师写了七遍），算来宣老师亦达七十九岁高龄了。

在征得宣老师同意后，筹备组将他给同学们的回信整理发表，以飨同学们对那个时代有才华、有个性的老师们的思念。（吴晓宁撰写）

来自太平洋彼岸的问候

王、郇、吴：

先后收到你们三位的来信，我很高兴，也很感慨。我快八十岁了，你们也年过五十了。三十年来，只和吴晓宁、江渊、周雯在南京见过一面，所以至今还印象深刻，当时你（吴晓宁）很富态，我很喜欢听你说话。王洁洋前年来美国，我们通过几次电话，可惜没有见上面。事后我在苏大中文系八八届学生名册上没有找到你的名字，还以为是“冒牌”的呢，我让苏州的同学一查，才知道实有其人，名册上竟然漏了！郇慧荣，你的名字我依稀有印象。你传来的照片上，我能认出吴晓宁，凭她的一双眼睛和脸型，但我不知道哪个是你。当年首次看到你的姓名，我就记住了，但不知道该把“郇”念成“xún”还是“huán”。我在新疆有个学生也姓郇，学校里大家念半边，读“xún”，学生家长说是“huán”（字典上这两个读音都有），结果寡不敌众，“h”败于“x”。我看你邮件名有“phoenix Huan”，就保留了“huán”的音。郇姓出自山西，你们祖上是山

北美文心社周年庆合影

西的？我没有想到你在美国，以后可以通电话了。

我这些年差不多每年十月前后都会回国，今年九月中旬回苏州，十月底才回来。每次回去，和老教师们叙叙，也和苏州、南京的学生见面聊聊，八一级到八六级的学生都有，就你们八四级的同学，除了那年和吴晓宁、江渊、周雯见过之外再没有遇到过别人，也没有联系。吴晓宁传来的文章《青春吐芳华，我们再出发》，我读了，你们乐观奋发、朝气蓬勃，依然拥有绚丽的年华，叫人欣慰。

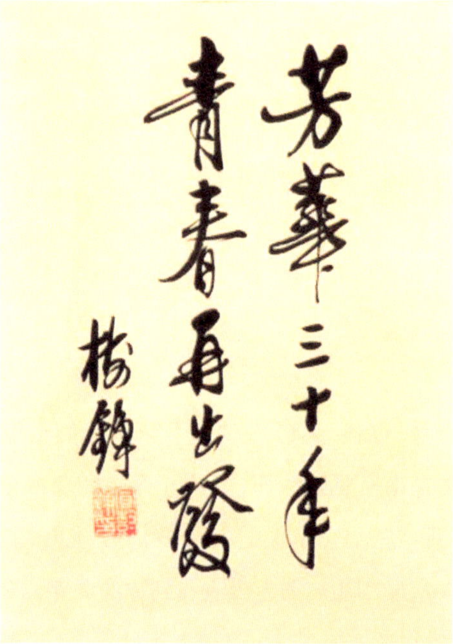

宣树铮题字

我大概没有办法给你们写文章，很想写，但是不知道怎么写，不管是在学校的时候，还是出了学校以后，和大家没有太多交往，要写也是空话，教师最忌说空话。你们替我谢谢章朝阳，你们毕业的时候，章朝阳到办公室来，一声不响，给了我一枚他刻的印章："宣树铮印"（为吾师治印戊辰夏 朝阳谨篆），转身就走了。一年后，这枚印章被我带到了美国。尽管这几年蒙几位成名的篆刻家治印相赠，但是我写了字，还是盖朝阳的章子，我盖下的是一份不可取代的情谊。有人问："这是谁刻的章？"我说："我学生。"我不知道章朝阳现在在什么地方。我一直想写一幅字送他，盖上他刻的印章。

我只为中文系的三个学生写过文章，她们是邓红梅、王劼、周敏（国内恐怕很难查到了，我的文章都发在《侨报》上，但去年八月《侨报》把专栏的博客统统取消了）。我在新疆奇台某中学任教的时候的一批学生（五十年前了）至今和我关系很密切，一直有往来，我每年回国都要去新疆，有的学生已经七十多了。

问同学们好。明年回国，有机会见见面。

祝你们永葆青春。

宣树铮

徐斯年，1937年生，浙江永康人。原苏州大学教授，曾任苏州大学出版社总编辑。《鲁迅全集》编著者之一，著作有《王度庐评传》等。

东吴剧社杂忆

二十世纪六十年代初，我在辽宁师范学院任教，曾组织学生成立“春鸣剧社”，以每学期至少推出一部话剧的频度开展活动。由于时代局限，当时所演剧目固然多以“阶级斗争”为纲，但是剧社成员的“爱美”之心，依然得到极大的满足——“五四”文学革命时期把“校园戏剧（Amateur）”翻译为“爱美剧”，实在高明！

我之所以喜欢和学生一起“玩”戏剧，秉承的是这样一个理念，即教学、研究戏剧，哪怕只以剧本为对象，也绝对需要懂一点儿“舞台”。调入苏州大学后，同教研室的朱栋霖老师的“戏剧理念”和我完全一致，于是我们开始在课上课下积极鼓吹开展校园戏剧活动，包括“游说”系团委。第一个成果是八二级学生排演的一部多幕剧《人生第一乐章》。此剧在系内公演，获得好评。恰逢学校正在进行毕业教育，又应校团委的要求，为兄弟系加演了一两场。

《人生第一乐章》演完，剧组就解散了。我们把目光落在八三、八四级，并决定正式建立剧社。遴选剧目和为剧社定名的环节大致同时进行。当时外聘的导演是唐明星老师，她提议先排英国独幕话剧《如此无情》以及从戏曲界移植过来的独幕话剧《柜中缘》；后来又增添了一出独幕话剧《年糕案件》。剧社界泰斗黄佐临先生提出的“戏剧观”方兴未艾，朱老师在课堂上也正述及各种表演体系。我们认为，以上三个剧目正好对应着三种“戏剧观”：《如此无情》适应于斯坦尼斯拉夫斯基体系，《柜中缘》适应于中国传统戏曲表演体系，《年糕案件》适应于布莱希特体系。由此也就决定了三个剧目所应追求的三种美学风格。关于剧社的名字，我们曾考虑过“春柳”，因有“僭越”之嫌而作罢；想起东吴大学校史，当年原有一个“东吴剧社”，不仅历史悠久，而且人才辈出，我们又是“正统继承”，于是决定让它“复活”。

《如此无情》和《柜中缘》由唐老师执导，进展顺利。《年糕案件》，剧社请了法律系一位老师当导演，也已开始连排。一天，鲁潜找到我，让我去看看他们的排演。地点在教学楼的一间大教室，演了不到一半，就被我叫停了。最明显的问题是，他们的表演既缺乏舞台调度又缺乏戏剧动作，沉闷得很。这是由于拘泥于“生活真实”而造成的。他们没有考虑到，此剧意在讽刺那种把“无聊”当“正经”，浪费大量社会资源、行政资源和宝贵光阴的社会现象；其

章宏、江涌、鲁潜合影

《柜中缘》剧照　章宏扮演公差

表现手法应是荒诞的。所以，我要求他们摒弃“生活真实”，转而在荒诞中求“真”。法官、书记、律师、原告、被告诸角都要“动”起来，并且确立以“夸张”贯穿全剧的行动原则。进教室时，他们正在开录音机试音，播的是《运动员进行曲》。排演中，有的演员因为紧张而出现走路“顺拐”的毛病。我就让他们用这支曲子做伴奏曲，由各位“龙套”迈着“顺拐步”登场，以求此剧甫一开幕，便与“生活真实”相“疏离”。演法官的鲁潜，激动起来不妨跳到桌上，来个“蟠桃会”中“齐天大圣”式的身段儿；他那段为全剧“点题”的台词，则宜走到台口，坐到阶梯上与观众进行直接交流。按照这样的形式进行复排，演员们觉得“有趣”，而且也“有戏”“入戏”了。

业余戏剧演出，最大的难点在于受物质条件限制，舞台美术难以尽善尽美，不过，也并非没有可以发挥、施展的余地。《年糕案件》所遵循的布莱希特表演体系属于“现代派”戏剧风格。“现代派”戏剧的舞台美术，遵循的是两大原则：空黑背景的运用和灯光集中使用。后一原则，由于当时学校礼堂的设备所限，较难贯彻；前一原则，努努力倒是可以体现的。我请系团委的陈小民老师设法从专业院团借来一幅黑色的背景幕，把舞台上原有的蓝色天幕全部遮挡起来。再请木工师傅制作一个大钟摆，并将其从台顶垂下，置于黑色背景幕前。幕启时钟摆就开始左右摆动，同时用扩音器播出嘀嗒声，作为贯穿全剧的音像符号。这样的舞美处理，比较鲜明地体现了现代特色。空黑背景元素同样贯彻于另两个剧目：演出《柜中缘》时，大钟摆被一个装饰性图案取代，前面是分挂成帐幔式的二道幕，与舞台上的“一桌二椅”共处得相当和谐；《如此无情》是室内剧，请专人制作、布置了一堂米黄色的“三面墙”硬片，其写实风格与黑色的背景幕也并不格迕。这样，三个不同风格的剧目，在舞台美术方面却有一个共通的“空黑”贯穿因素，在视觉上增强了统一性。

正如鲁潜在回忆文中所说的，三出戏中，最受欢迎的是《柜中缘》和《年糕案件》，这显示着当代大学生所具有的现代审美意识。我们则通过这一季的演出，发现了鲁潜这个不可多得的业余戏剧表演人才：无论声音、形体，他的可塑性都特别强；加上悟性，以及其善于实现表演的“个性化”，使他几乎达到了“演谁像谁”的地步。

这个演出季结束之后，我被任命为系副主任，行政事务缠身，不再有暇参加剧社活动了。不过，只要有空，我总是尽量去看他们的新戏的。周成瑞老师导演的《群猴》和《等因奉此》（后者小时候就看过，那时剧名被改为《禁止小便》）给我留下极其深刻的印象。我觉得这两部戏，简直可以视为剧社艺术水准飞跃提升的里程碑。周老师是辽宁海城人，毕业于中央戏剧学院导演专

东吴剧社导演唐明星

业，科班出身，专业素养深厚。他导演的这两出戏是民国话剧史上的经典，在他的调教下，演员的台词功夫和表演技巧都得到很大提升，真正具有了“学院范儿”。《群猴》的排演又使两位优秀演员脱颖而出：一位是女角吴晓宁（即罗拉拉），另一位是带点“老生范儿”的王戈。他们的素质和鲁潜不相上下，都堪当“台柱”。周老师的家离我家很近，当时我们交往颇为频繁。他的化妆技巧非常正规而且十分精湛，给我留下的印象同样十分深刻。可惜他已迁居深圳，今后不知能否再见，思之怅然！

2018年12月17日于姑苏香滨水岸

鲁潜剧照

《等因奉此》剧照

八十年代的本科教学回忆

王锺陵，二级教授、博士生导师，1992年获国务院特殊津贴，现任苏州大学国学研究院院长。出版学术专著四部：《中国中古诗歌史》《中国前期文化——心理研究》《文学史新方法论》《二十世纪中西文论史》。出版论文集一本：《神话与时空观》。出版文学创作集有《太阳的葬礼》《雪域高原》等。主编《中国诗词曲艺术美学大百科》等书。在至少55种杂志与报纸上，发表学术论文230余篇。其中在《中国社会科学》（英文中版）发表论文12篇。全部论著，包括主编书籍，逾2400万字。计有40种报刊及5种书籍，刊出对其著作的评论65篇，其中学术评论56篇，创作评论9篇。获得省级以上奖十余次，其中《文学史新方法论》1995年获国家教委优秀学术著作奖，《二十世纪中西文论史》（16开本，六卷，450万字）2016年获国家级大奖中华优秀图书奖正式奖。著作流布美国、俄国、日本、韩国、新加坡、哥伦比亚等地。

写作缘起

人们常说，往事如烟；但也有人说，往事并不如烟。两者其实不矛盾。人们在时间推移中所经历的新的事物以及产生的新的情感体验不断积聚着，对于往事的记忆自然会淡化下来；但人们经历过的独特的事情，以及其时产生过的特殊的情感体验，却是难以忘却的。于是，如烟的往事中就有了不如烟的存留。

这次八四级同学毕业三十周年返校，纷纷写了回忆文章，这是很自然的，人总是难以忘怀青春时期。弗洛伊德一贯强调童年经验的重要性，他在《摩西与一神教》中说，五岁以前的经历，会在人的一生中产生决定性的影响。我以为，这倒不一定。整个青少年时期都是知识框架与情感特质的成形期。

起先是徐光萍同学，然后是朱亚辉同学，他们发微信给我，希望我也能写篇回忆当年教学的文章。我开头拒绝了，我说写篇自吹自擂的文章有意思吗？但亚辉与光萍同学坚持。他们的坚持，让我心中怀旧的丝缕织出了深夜中的一天星辰，我夜不能寐地看着众多闪烁的星星——那是同学们的青春眼眸，那么热情，充满真诚。于是，我叹一口气，披衣起床，情不自禁地敲打起了键盘，不是写我正处于紧张筹备阶段的那部研究《庄子》的多卷本著作，而是写一篇自我“卖瓜记”，虽然我很不愿意停下我的这第二部多卷本著作的写作工作。

按照英加登的阅读意识过程的现象学理论，文学作品在个人阅读中，其被再现的客体层次和外观层次中所包含的“不定点”，会部分地被读者以自身的经验与体验以及想象所填补，英加登将这一阅读现象称之为文学作品的具体化。其实，人们在回忆往事时也会这么做，因此不仅各人的记忆往往不同，自我的记忆也会移位。但我不打算这样做，我只打算将如烟的往事中并不如烟的存留记录下来，力求真实是我一贯的追求，也已经化为了我的品性。

讲选修课“《文心雕龙》研究”

我到苏大工作后，首先上的是选修课“《文心雕龙》研究”。似乎是1984年秋，在八二级（大三）开的这门课，选课的同学挺多，因此学校把教室安排在外语系小礼堂，是一个阶梯教室，因为是礼堂，其前端，有一个高而宽的木板台子，在这个木板台子上面放置了一张讲台。以后，这门课我在中文系讲了多年。我翻查出一张纪录，依上面的所记，我到1990年还上过这门课。

我在四川大学师从名扬中日韩的“龙”学权威杨明照先生读研时，学的主要就是《文心雕龙》。对于要开的课，我有较好的专业基础。但当年我读过三次讲授“普通语言学”，却没有写成讲稿，在其死后由学生整理听课笔记，方才出版了《普通语言学教程》的瑞士语言学家索绪尔的一篇文章。在文章里，他说：“我还需要思考一个假期，才能够开出一门新课。”这句话深深地触动了我，于是在上课前的那个假期，我非常紧张地备课。一些到我家来串门的客人，看到我备课的情景，都惊讶地对我内人说，王老师这么全神贯注啊！

每周上课前的那个晚上，我都会放下其他研究工作，专心将第二天要讲的内容仔细阅读一遍；有时第二天还会比平时早起一个小时，将马上要在课堂上讲的内容再看一遍。这样，我上课时，对于所要讲授的内容就极为熟悉了，因而，我讲课的语速就能调节自如了，时而快，时而慢，当然以语速快的时候居多；要板书的话，直接就在黑板上默了出来；而讲课时，我的眼睛则可以始终看着同学们。我有一个信念，讲课成功的诀窍是眼睛对眼睛的交流。因为眼睛是灵魂的窗户，你只有看着学生，学生才会看着你。全教室的学生眼睛都看着你，用现在的话说，你就形成了一个强大的气场，换成当年的话说，就是形成了一种浓厚的氛围。处于这个气场或氛围中，学生就会十分专注地倾听、接受你所传授的知识。脱了稿讲课，你讲到所讲文本的美妙深微之处时，才会有激情。而这种激情反过来又会感染学生，受到感染的学生当然就会更加喜爱你讲的课。

我找到了一本当年由谢丹、徐心云同学整理的讲稿。在“导言”部分，写明了教学内容与目的。教学内容以选讲《文心雕龙》中的多篇文章为中心，讲解有两个方面的要求：一是将训诂、校雠，和相关的历史的、文化的、哲学的知识，以及字句典故的出处与有关的诗文资料融为一体予以讲授，既要字字落实，又要博大深入。二是段落层次的分析要清楚，对篇章大旨与其所涉及的理论问题要做阐发，必要时还要安排专题研究课的讲授。教学目的有三：一是初步培养学生阅读古代典籍的能力，就《文心雕龙》而言，还应该认识骈文的特点。二是初步培养学生深刻而缜密的思维能力，努力使学生从接受型发展为思维型，最终发展为创造型的人才。这一点是我当年有感于历来本科教学的弊病而提出的一个革新性的观点。三是培养学生钻研“骨头”学问的精神，反对趣味主义，教育学生要耐繁难，耐枯燥。“骨头”的含义有二：一是它重要，能够成为学生建构知识体系之骨架的一个部分；二是它的难度高。

即使到三十多年后，翻阅当年这本仅仅记录了部分讲课内容的讲稿，我自己都惊讶于它的广博与翔实。比如，在讲《正纬》篇之前，安排专门的一章讲了“汉代学术思想介绍”。名为介绍，其实讲得很深入。此章分十九个大项，大项中又分若干小项。

当时一个从复旦本科毕业的系负责人听了课后对我说：“你的讲法是重点大学的讲课方法，旁征博引。现在你年轻，能够这样讲课，以后年纪大了，这样讲课，你会吃不消的。”我记得，当年系里排的课是每次三节。我征求过同学们的意见，要不要课间休息，大家都说不要，于是我就三节课一气呵成地讲下去。我觉得这样讲，酣畅淋漓；而听课的学生也都精神饱满，不愿休息。听课的系主任走了后，我发现课堂上还有年岁大的人在听课，而且一直在听。我问了一下，此人原来是外语系的副教授。他说，听了你的课，我才明白那些《文心雕龙》的译本许多地方都译错了。

我听说，也亲眼看见了，同学们争抢位子的情况。在有“《文心雕龙》研究”课的那天，睡在上铺的同学会对睡在下铺的同学讲：你快点，帮我也抢一个位子。以至于在课代表来开门前，小礼堂门前已经聚集了一大群同学。这门课的课代表，叫丁华仙，宜兴人，她先到我住的宿舍，帮我把水瓶和茶杯拿去，然后去开小礼堂的门。有时我也会和课代表一道到教室去。我确是每次都会看到，小礼堂门口围满了同学，课代表挤进去开门，门一开，同学们哗地一下子便冲了进去，争占最有利于听课的位子。

我向八二级的曹惠琴同学核对上课的时间地点，她发来微信描述当时的情景：“大家都喜欢听您讲课，记得每次您上课都是盛况空前，席无虚座。后面的人没有座位就站着听，其中还有一些非中文系的学生也来听。您对《文心雕龙》篇章的讲解有详有略，您讲课时神采飞扬，特别自信、迷人，您常常引经据典，还大段大段背诵原著，特别让人佩服。讲着讲着，有时会一扬头，一甩发，简直‘帅呆了’。”

有一个细节，我自己也记得，因为快下课了，我就将刘勰以宦海沉浮为主的生平经历，在黑板上一挥而就地默了出来。

当年课程快结束时，谢丹同学说：“听王老师讲《文心雕龙》，我们都不知道《文心雕龙》到底是刘勰写的，还是王老师写的了。”这句话曾让我感到欣慰。

讲基础课“魏晋南北朝文学史”

除了选修课，我还需要讲一门基础课，这是当年大学教师的标准工作量。就古代文学而言，唐诗宋词是热门课，明清段有小说戏剧，好讲，学生也容易学。先秦段虽难讲，但重要。魏晋南北朝这一段，朝代更迭快，给人的感觉挺乱的。这一段的文学既没有唐诗宋词的光辉，又没有小说戏剧之易学，也没有先秦段那些典籍的赫赫威名。因此，在古代文学教师分课时，这一段没有人愿意教。彼时，教魏晋南北朝这一段的老师，一直想扔掉这门课，而其他各段则没有人愿意出让，面临这个情形，我别无选择，只有接下这门“鸡肋”课。我在学生时代曾经背熟过《诗经》和楚辞、唐诗、宋词的大量作品，尤其是后两者，也多有对这些作品的心得体会。我当时想，如果让我讲唐诗或宋词，以我背诵过千首以上的数量，我在课堂上可以一首接一首将诗或词背出来或默写在黑板上，分析起来也有自己的心得，教学效果比较好，但现实中没有选择，你只有认，并从“认”中走出一条路来。

我至今仍然坚持一个信念——大学教师应该讲授自己的学说。我们现在不可能像当年蔡元培在北大那样让教师们根据自己的研究心得任意开课，现在的基础课的设置是不可改变的。即使如此，我以为，在基础课上，教师仍然应该讲出新的心得、新的观点乃至新的学说。只有这样讲课，才能体现大学老师的水平。学生听这样的课，才真正叫上大学。

当时学术界对旧的文学史体系普遍有着严重的不满，一种重写文学史的冲动愈益明显地在抬头。但路在何方呢？路在脚下，不，谁都不知道怎么迈步。

我得讲课，而且得贯彻我的信念，不迈步也得迈步。我后来在拙著《中国中古诗歌史·后记》中说：“生命的旅程在向前延伸，我切实感到了它的压力和它的呼唤。”这句话中，就包含了这一层意思。不仅作家们的作品的特点需要通过深入地阅读来体会，而且作家们各自在文学史上所起的作用也需要通观整段文学史来予以确定。因此，我明白，我的备课必须有整体性。

那时流行的文学史，不说其充满阶级论之类的观念，就说其组织方式，乃是孤立作家的集合。这也不奇怪，自从茅盾、苏雪林、胡风等人在二十世纪三十年代采用作家论的评论方式后，这种结合了阶级分析的评论方式就弥漫了开来，并且侵入了文学史领域，成为一种普遍的思维方式。我曾讽刺过这种文学史：一篇篇作家评论或介绍像一个个土豆，被集中起来装进麻袋里，在麻袋上写上“某某文学史”几个字，这便完成了一部“文学史”。

这样讲文学史，不仅难以说清一个作家在文学史上的贡献及其地位究为如何，而且还传授了一种孤立的、狭小的思维方式。这不是我想传授给学生的知识与思维方式。既然课的名称叫文学史，那么，我就应该向学生讲清史的脉络，准确地说明一个作家何以取得以及取得了何种文学史地位，更重要的是，我要培养学生深入历史内在发展逻辑的思考力以及通观整段文学史的宏大的眼界。

我明白对所教课程做出这样的定位以后，我就得拿出一部文学史来，这意味着巨大的工作量，并且要开辟一条前人所未曾走过的路。教师的责任感促使我迈步走向当年不知有多艰难、多遥远的前方。

1985年，这一整年，除了上课，我的时间都用在备这门新课上了。夏初有一段时间，吃过晚饭，我一个人从南校门出去散步，没走多远就到了城郊，当时竹辉路那一带还是农田呢。我沿着田埂小路走，路边有结在藤上的黄瓜，田里有茄子和辣椒。一段路后有条不宽的河横拦着，没有桥，我只好坐在田埂上。周遭没有人，我一个人在那里望着远方的云朵，傻想一会儿，便原路返回。回到宿舍，重新投入写作，写了划掉，再写，有时划掉的比留下的多得多。

不久，放假了，我回到当时在镇江的家中，在酷暑中继续写作。九月初返校了，天气仍然酷热，不上课时，我整日待在小屋子里写作，有时还赤膊坐在靠门口的一张用来吃饭的小课桌上工作，身上冒着汗。那几年都是这样干活的。我隔壁住着学校某部门的一位名叫姜存禄的处级干部，每次下楼都要从我门前经过，经常目睹我工作的情景。他于是说：苏大要有十个王锺陵，我们就比北大还“北大”了。我知道，他是有感于我的勤奋刻苦而发此言的。

1985年秋，我在文科楼314大教室给八三级讲“魏晋南北朝文学史”的课程，由于是一边写，一边教，因此，对内容极为熟悉，随手便能将整首的诗句板书在黑板上。对于这一阶段的作品、诗人生平、社会思潮、历史变迁之类的内容，我都能随手拈来。

蔬菜是新鲜的好吃。我给八四级讲这门课时，也处于蔬菜新鲜的阶段。脱稿讲课，而又能旁征博引，众多诗人的诗仍然能够随手就默书在黑板上。现在回忆当年讲课的情景时，总是想起那年初夏漫走时所见到的正在生长中的特别新鲜的黄瓜、茄子和辣椒。以后，我一直在文科楼的314大教室上这门课。

教室靠着系主任办公室。宣树铮副主任对我说，只听到你的课堂上掌声不断。是的，似乎每节课，同学们都会鼓四五次掌。而课间休息时，男生总是里外两三层地围着我，在楼道走廊里形成一个圆圈，别人要走路都得挤过去。而在课堂上，总是女生抢到最前面的位置。

那段时间，我还给政法干部班的同学以及夜大学的同学上课。八四级徐光萍同学与政法干部班的同学住在一起，她只要见到宿舍里议论热烈，就说又听过王老师的课了吧？

夜大学的同学们的惯例是在最后一节课结束前十分钟，便收拾好书本、文具，准备一下课就好走，因此教室里一片喧哗。但我上课时没有遇到这种情况，哪怕最后一节课的下课铃响了，同学们也仍然是极为安静地在听课，夜大学的同学形容说，教室里静到连根针掉下来都能听得见。夜大学的班长当年曾总结说，王老师讲课，让同学们好像站到了高山上，可以看得很远，逻辑线索又极为清晰，加之词汇十分丰富精妙，因此大家都希望继续听下去。

拙著《中国中古诗歌史》1988版发行时，苏州古旧书店的有关人员告诉我，他们多进了一百多本。八六级同学将苏州书店里的拙著一抢而空，有不少同学买了两本，说一本当教材用，一本珍藏。结果是我遭遇到了尴尬：好几次下课后，许多同学排队等着我给他们题辞。这么多同学，每人还要写得不一样，并且那么多人等着，我无空多想，一般是只问每个人一个问题，马上就此联想出一句话来作为题辞。我印象中最深的一句题辞是“生活是生命向上的进程”。

讲授选修课“文化学概论”

本来，我的任务是给每个年级上两门课，但八三级同学不干，我的两门课听完后，他们突然发起了一个苏大中文系从未发生过、至今也从未再发生过的签名请愿运动。陈子平同学帮我核实情况，他说有同学回忆说当时有五十多人签名，也有同学回忆说有近百人签名。他说，王才兴、赵剑、徐翔以及他自己等人，都参与了这件事。十多个代表拿着这份请愿签名单，来到系主任家里，一定要我再给他们上一门课。系主任约我谈话，我说，这样，八四级就会少上一门课了。但系主任说，现在八三级同学这个坎过不去，你就上吧。我只好立即备课，匆忙上阵。

我翻出了一本也是由学生整理的当年的讲稿。封面上第一排写了“文化学”三个大字，第二排于“学”字的下侧写了“听课笔记”四字，纸的下部记载了时间——“一九八七年夏”，算下来，这门课应该是在八三级同学大四下学期讲授的。

不少同学因为教室里没有座位了，扛着板凳来，将教室挤满了，教室里面以及窗外还站了不少人听课。陈子平同学说，还有社会上的人来听。他认识的新华书店的一位职员名叫陈知，每次都来，一直旁听到结束。虽然人很多，但教室里安静极了，有一位同学曾形容说，教室里只听到同学们抓紧记笔记的沙沙声。

这门课的讲授不期然地成为我撰写另一部作品《中国前期文化——心理研究》之准备工作的发端。但“听课笔记”中的许多内容，并没有被我写进拙著之中，这些内容，今天看来还相当专业，有不少观点也比较精彩。写《中国前期文化——心理研究》时，我已经忘记了这本听课笔记。

近日，陈子平同学对我说，当时，八二、八三级的同学还会到下一个年级去听你的课，包括听过的课，也再听一次。

与同学们的亲切互动

八三级王才欣同学毕业二十多年后，在凤凰网上发表博文《钟陵侧记》说：“他给我们讲的是魏晋南北朝文学，他的讲稿成了后来轰动学术界的《中国中古诗歌史》一书。他的课富有诗人的激情，又有高度的哲理概括，达到哲思、才情、文采并茂。听他的课，我们往往被他的情绪感染。那时，他进苏大不久，我们是他的第二届学生。师生之间的真诚互动，犹如演员与观众的关系，戏演得好，还要有‘铁心’的观众的喝彩。基于此，他也喜欢我们这一届学生。他的课好，学生喜欢，他声名鹊起。”王才欣同学说得对，我喜欢八十年代这几个年级的学生，相比以后的学生，他们求知欲更为强盛，人文情怀更为浓烈，更富有理想与追求精神。我的单身宿舍里，经常有同学们光临。女生往往问一些学习或学术上的问题，也会请我对她们未来的发展提建议。男生与我谈话的内容更为广泛：诸如对社会、人生一些问题的看法，甚至问我什么叫爱情。有一段时间，到我宿舍去的人太多，有时甚至谈得很晚。

记不得是陈子平、赵剑、王才兴三位同学中的哪一位曾递过一个条子给我，说一路听了王老师三门课下来，我们感到，以您的才华，您一定能成为全国一流学者，但您在苏大（当时苏大刚从师范学院转为地方综合性大学，知名度不算高，更非部属名校），这个地方是否会限制您的发展，不知道您自己的看法如何。条子下端，有他们三人的签名。我看了条子后就明白，他们实际是说，你本有这样的可能，但现实的限制使这种可能实现不了。之后，他们三人还专门到我宿舍来听我的答复，我回答说，你们的担忧有一定的道理，苏大只是省属学校，当然会对我的发展有所限制；但这种限制，我觉得不会有你们想象的那么大。他们听了，脸上漠无表情，都没有说话，似乎并没有认同我的话；或者他们心里存有着这样的疑问：你怎么突破这种限制？能突破到什么程度？只是没有将这一疑问说出口而已。然而，我心中倒是生出了一份感谢：他们肯定我，还忧心于我的学术前途。庆幸的是苏大现在越来越令人欣慰了。

当年，舞会一时成风，校工会那儿每周六晚上都有舞会，我在单身宿舍里，能听到远远的乐曲声；但我觉得处于歌舞升平之外，辛苦地写我这部后来名之曰《中国中古诗歌史》的著作，挺好。各班搞联欢会时也常举行舞会。很多年中，不少女同学都曾邀请我参加联欢，有些女同学直接就说，王老师，请你来参加我们的舞会。我都说，我不会跳舞。她们说，我们教你。我说，算了，我还是把时间用在研究上吧。

八三级的胡芳同学，陈子平同学说她有“班花”之称，但我只知道，她是班上的团支书。有次她专门到我宿舍来，向我要一张照片。我说，胡芳，我可没有送照片给女同学的习惯，这样吧，我的书上会有作者照，出版后我送你一本，你不就有了我的照片了吗？事后想想，女同学向男老师要照片，一定是一个较长时间中的心愿。我也太封建，这件事处理得过于古板，也许会一度伤了胡芳同学的心，对此我是有点后悔的：给一张照片，又怎么样呢？

在拙著《中国中古诗歌史》出版前，用“才华横溢”来称赞我的话已经在苏大学生中传开了，这对于我在“居大不易”的环境中立住脚起了重要作用。甚至到了九十年代中期，我在课堂上讲课时引了唐代诗人李端的诗句“青山满眼少年多”，一位女生交上来的作业竟发端就说：“早听说苏州大学中文系有个才子名叫王鍾陵，但等我们见到他时，已经是一位慨叹‘青山满眼少年多’

的可尊敬的先生了”。

我和八四级还有一份特殊的缘分：1988年上半年，我带八四级的一些同学去三中实习，这是我带过的唯一的一次实习。在带实习期间，我主持并与同学们一道办了一份《三中实习报》，在三中与整个年级里产生了很好的影响。实习的同学也都得到了三中老师们的好评。

师生之间良好的互动关系，自然是建立在教师的教学取得学生信任的基础上的，因此这个问题也就能够转化为教学与科研的关系问题。

《中国中古诗歌史》是个典型的例子。它首先是在教学中得到学生的热烈欢迎，然后出书后才在学术界获得老、中、青三代一致的肯定的。可以举一个例子：中华书局是中国古代典籍及研究著作出版的顶级出版社。当年有人告诉我，中华书局总编辑傅璇琮先生到处找我的书，我就寄了一本给他。整个中华书局就只有这一本，但想读的人很多，于是排队轮着借阅。当年中华书局的编辑卢仁龙就曾写信给我说：“中华编辑的眼睛一向是长在额头上的，能够排队阅读大著，读后都赞叹不已，这种景象在中华书局是前所未有的。”上个月11日去华东师大开会，会议主办方一定要我在开幕式上坐主席台，我不愿意，但主办方坚持，只好照办了，以免影响开会。中华书局的现任总编辑顾青先生也坐在主席台上。开幕式结束后，我们自然地交谈起来，谈的就是《中国中古诗歌史》。他说，当年你将一块大石头扔在古代文学的河里，激起了巨大的波澜。中华书局许多编辑受到了很大的刺激，有些编辑想同你对话。我说，对话很好嘛，怎么不对话了呢？顾总编辑说：“没有底气呵！我对他们说，王锺陵深入的那些领域、他所掌握的知识，都是你们不懂的，怎么对话？我对你这本书的定位：一本走在时代前面的书。”

当我写完这篇回忆时，正值中午，丽日朗天，白云朵朵。我忽然联想到，八四级那一篇篇回忆文章也是同学们从历史天幕中召回的朵朵白云。而我也从逝去的时日里摘来了一片云朵，融入其中，这样我们又共同相处了。这些云朵将一起从历史的天幕上飞降到即将编成的一部书中，将如烟的往事中不如烟的部分凝定为一排排文字。这一排排文字，好似从历史的地层中重新拱出并散发着青春芳香的一大片花朵，重现着那激情的、绚烂的岁月。

2018年12月3日

吴培华，知名教授、编审。先后在国家级出版媒体发表各类专业论文120多篇。2003年任苏州大学出版社总编辑。2007年入选首批中国新闻出版业领军人才。2008年获得中国出版界最高奖『韬奋出版奖』。2011年受清华大学特聘，赴京出任清华大学出版社总编辑。2018年退休回苏。

乐观、激情、感恩
——一场文学盛宴的主题词

中文系八四级同学会的主持者亚辉屡次督促我提笔写下点文字，一则时代久远，已经三十年啦，很多同学我要看到名字才能记起当年那么一点印痕；二则三十年前那段时光是我并不常想去还原的时光，所以我一推再推，始终没有动笔。前几天，亚辉再次邀请我为他们写下点文字，小老乡的盛情，尤其是那四十多篇“美篇”中的“芳华三十年，青春再出发”的美文，我都一一认真阅读过，在三十年聚会之后的那段日子里，我几乎把阅读同学们的美文作为每天必修的功课，还隐隐有一种急盼的心理，甚或偶尔也会产生一种表达的冲动。于是，在亚辉再次邀请我的时候，我半推半就地应承下来了，因为我还不知道我是否能完成。

中文系八四级，我是上过课，但是，说实话，我那时上了哪些课，上了多长时间，这些记忆早已淡忘。见到同学，大多数时候必须等到同学自我介绍后才能勾起我的记忆，要是在路上偶见，很多同学我真的认不出来了，毕竟我只是任课老师，不是班主任。我当班主任的班级，每个同学的名字我都如数家珍，甚至连当年的学号也能说个八九不离十。在我的记忆里，除了我五年中学教师时代的学生外，我上过苏州大学中文系七六级的课，七七级和七八级的政治系、体育系的"大学语文"，中文系七九级、八〇级、八二级、八三级、八四级、八六级、八七级、八九级、九一级、九三级的"现代文学作品选""中国现代文学史"。后来我就离开中文系去了法学院，再后来就到了出版社，成为一个出版人，从苏州，又到北京。但是，由于性格的关系，我愿意与年轻人打交道，虽然我是一个专业教师，但是喜欢与学生在一起，所以也就认识了不少学生干部和积极参加社会活动的同学，这也是历届同学聚会我总是被邀请参加的原因，甚至有好几次，参加的教师除了班主任，任课老师就我一个，为此我还有点自得。

中文系八四级有些同学的名字我也还是记得的，特别是一些体育运动员，在我记忆里就比较的清晰，因为那时我也是一个体育爱好者（其实我学生时代的体育老师是看在我是学生干部的面子上才勉强给我个及格分，只是后来担任班主任，为了要督促同学跑步，我每天早起跑5000米后才去叫出操，几年下来，我连获学校1500米赛跑的二等奖、苏州市5000米赛跑的三等奖，甚至还评上过"苏州市群众体育先进个人"）。每届校运会，我不仅是积极的参与者，而且也是一个热情的观众，每当中文系的保留节目运动会的压轴戏4×100米、4×400米比赛开始的时候，我一直充当啦啦队长，站在课桌上，挥动中文系大旗，气势力压全场，其后果是第二天失声无法上课了。我记得，中文系八四级就有好几个男、女运动员，而有些同学的名字我记得特别清楚，是因为那难认的字。我有个习惯，第一次上课总是要点一次名，那是为了认人，所以遇到难认的字总是要先查字典注上拼音，多少年的教龄，让我养成了这个习惯，一则中文教师不该堂而皇之读错字，二则读错同学的姓名更是对人的不尊重。当然各方面特别优秀的同学，我的记忆会相对深刻一些，这大概是教师的共性。当时，因为上课分析鲁迅作品《伤逝》而被你们背后称呼为"涓生老师"，我也是通过这次聚会才知道，至于什么"男神"，说实话，当时的我真的没觉得我与"男神"一词会有关联，你们为什么不早说？（此处可以有笑声）

中文系八四级同学聚会后留下的四十多篇回忆美文，勾起了我对往昔的思忆，记得在11月24日阅读完"编后记"后，我在微信上留下了这样一段话："早起阅读中文系八四级'芳华'系列的'编后记'，已经进入不再轻易被感动的人生阶段的我被深深地感动了！四十四篇文字，把我拉回到了那个年代，你们那青春飞扬的芳华时代，而于我则是奋力拼搏的‘蹉跎’岁月，也是我一直不愿意回顾的时代！读了你们的美文，我产生了一种冲动，那就是我也曾有青春飞扬的芳华时代，我将去也应该去寻觅，寻觅‘我的芳华，我的学生’！”敲打这段文字，我几乎没有任何思考，尽管现在冷静下来看，其中表达并不十分清楚，但那确实是我当时的随感。我也不知参加过多少次这样的聚会，有我自己同学的聚会，有中学教师时代学生的聚会，有本科生同学的聚会，有干部班同学的聚会，更有我后来十二届研究生的同学聚会。然而，聚会后，可以以这样的方式，让面对面的聚会在精神层面继续进行下去，我不敢说是绝后的，但至少是空前的！难能可贵的是，篇篇美文中充满着激励人的正能量，同学之情、师生之情、学生与母校之情，借用诗人徐志摩的诗句，真是“浓得化不开”。在你们身上，虽然青春不再，但乐观如旧；尽管芳华已逝，然激情依旧。

人生尽管短暂，世事或许坎坷。但是你们的美文向人们传播了这样一个信息：乐观、激情、感恩是人生必须有的主题词。

乐观，是一种心态，可以让人永远保持一种好心情，永远把人往好处想，始终保持一种平常心。人可负我，我不可负人，这就是我的生活准则，也是要保持的一种好心态。面对同一片风景，不同的人，由于心境不同，于是心情也不同。充满阳光的内心，总是看见光明和温暖，而阴郁的心灵，总是看见生活的苦难和悲伤。其实生活的风景都一样，悲观的人经历风雨，乐观的人也经历风雨，不同之处在于，如何看待世界、面对生活、体悟生命。坎坷、曲折乃至苦难，总是会常常伴随着我们的成长之路，人生就像心电图，如果一帆风顺那你就“挂”了。记得有位哲人说过，水有三种状态，液态、固态和气态，由温度决定。而人生的状态则由人心灵的温度决定。假如他的心灵是常温的，他的人生就像液态的水一样，自然流动，充满活力，进入河流，就能奔腾入海，融入广阔的海洋；如果他的心灵是炽热的，他的人生就如气态的水一样，沸腾起来，就能融入天空，上天入海，拥抱整个世界。

激情则是一种追求，可以让人永远充满勃勃生机。你们的美文，字里行间激情洋溢。三十年前是这样，三十年后你们的激情仍然飞扬，引起了我强烈的共鸣。我是一个感性的人，也是一个精力充沛的人，我后来教的研究生在文章里甚至说我是一部“永动机”。无论是对待事业，还是具体的工作，都必须要

吴培华工作照

有激情。在出版领域，我常说，要干好编辑工作，有三重境界：饭碗、职业、事业。唯有把出版工作作为事业，作为自己终身追求的理想，方才可能成为一个合格的出版人，成为一个优秀的编辑。我也正因为如此，才有了把一个地方大学的小社、新社打造成了在全国颇有影响的出版社，以及一个地方大学出版社的总编辑在退居二线后竟被全国最著名的学府特聘出任其所属出版社的总编辑这样一段业内佳话。这不是骄傲，因为我已经进入了“虚心不能进步，骄傲也不会落后”的人生阶段了，但是，有些自得倒或许是的。

感恩是做人的另一个重要准则，对人，对身边的人，对有恩于自己的人，都应该抱有一种感恩的态度。这是一种境界，在你们的聚会和美文中，就洋溢着浓浓的感恩之情，尤其是对母校的那股浓浓的感恩之情，让人感动。在几年前的一次毕业典礼上，我作为教师代表这样说过：“我相信，你们带走的不仅仅是知识与回忆、甜蜜与痛苦、无奈与茫然，这其中也一定沉淀了你们对母校的深厚情意。”感恩的人要有“三种心”：孝心、爱心、侠义之心。感恩父母，感恩师长，谓之孝心；爱人，爱身边的人，爱一切需要帮助的人，此谓之爱心；秉直守正，主持正义，打抱不平，此谓之侠义之心。侠之大者，为国为民，人的能力有大小，只要有能尽自己微薄之力之心足矣！

三十年弹指一挥间，你们又将开始新的征程。母校在关注着你们，老师在关注着你们。我曾经这样说过：请记住，不管你们在哪里，始终会有一双眼睛，一双越来越老眼昏花的眼睛在关注着你们，那就是老师的眼睛。你们朱同学的朋友看了你们发在“美篇”上的文字并做出评价，我也有同感，故引用于此：“一场跨山跃水的吃喝，由此有了精神气儿，变成了天朗气清、一觞一咏的文学盛宴！”有了三十年前的第一部曲，我期待着三十年中的第二部曲，我更期盼你们三十年后更辉煌的第三部曲。

汪卫东，苏州大学文学院原副院长，苏州大学图书馆副馆长、苏州大学教授、博导，中国鲁迅研究会常务理事，出版学术专著7部，发表学术论文80余篇。

芳华犹在，诗意永存

敬爱的中文系八四级八八届系友们：

在这金秋送爽的十月之初，你们荣归母校，相聚一堂，庆祝毕业三十周年。刚才聆听了你们富有真情而风趣的发言，感受到你们回忆的幸福和成功的喜悦。在此，请允许我代表文学院向你们的归来表示热烈的欢迎，并致以最诚挚的祝福！

今年是改革开放四十周年。遥想三十年前，在如火如荼的二十世纪八十年代，你们作为天之骄子，相携步入位于人间天堂的苏州大学中文系，风华正茂，挥斥方遒。作为晚届不能与你们比肩，但请允许我跟随你们追忆二十世纪八十年代的风采。改革开放、思想解放、文化热、文学热，那是一个充满希望与诗意激情的时代。四个现代化是我们共同的理想，2000年是我们憧憬的未来；男同学长头发配大框眼镜，西服上装搭运动鞋，弹着吉他写着诗，女同学"清水出芙蓉，天然去雕饰"……在座的诸位，你们当年肯定都写过诗，甚至是大小圈子内受人追捧的诗人，家中箱子底下可能还收藏着当年的诗作。当年，我们都曾豪迈地唱过：再过二十年，我们再相会。如今，三十年弹指一挥间，2000年早已到达，四个现代化也差不多实现了。当年为中华之发展而读书，现在为民族复兴而努力，我们都成为各行各业的领头人，各自承担着沉甸甸的责任，比当年多了理性，对国家、民族、社会和人民有了更多的理解。但是，曾经的诗意和激情不会消失，我们这一代人永远心藏诗意，胸怀憧憬！

今年是苏州大学建校118周年，马上迎来校庆120周年。你们的归来，是校庆的重要节目。自东吴大学文学系始，文学院的历史与学校同步，是苏大最古老的学院，也是中国历史最悠久的文学院之一，办学历史仅次于北大。悠久的历史积淀了深厚的文脉，追溯前贤，章炳麟、黄人、吴梅、唐文治、钱基博、吕思勉、周谷城、蔡尚思、陈衍、朱东润、许国璋、钱仲联等一大批学术大师曾在此执教。自二十世纪八十年代文学院改名为苏州大学中文系以来，几代学人为中文学科的发展砥砺奋进，又涌现了一批享誉学界的学术名家。中文系曾一度引领苏州大学学科的发展，起到了龙头作用。

诸位是母校升级为综合性大学后，中文系招收的第二届学生，下面我简要汇报你们毕业后学院的发展历程和现状：1995年中文系升级为文学院，1999年合并调整为人文学院中文系，2002年恢复为独立文学院，2005年学院在新闻传播系的基础上又设立新闻传播学院，2006年整体搬迁到苏大独墅湖校区，2009年新闻传播学院发展成熟后从文学院分离。文学院现有中文系、汉语国际教育系和秘书学系3个系，有汉语言文学（基地）、汉语言文学（师范）、汉语国际教育、秘书学4个本科专业（方向）。拥有本科、硕士、博士及博士后的完整人才培养体系，拥有10个博士点（含方向）、1个博士后流动站、8个学术型学位硕士点、2个专业学位硕士点，中国语言文学为一级学科博士学位授权点和硕士学位授权点。学院现有1个国家文科基础学科人才培养和科学研究基地，汉语言文学专业为国家特色专业和江苏省品牌专业。中国语言文学一级学科为省级重点学科和国家一级重点学科培育建设点，连续承担了三期“211”工程重点学科建设项目，在全国第四轮学科评估中等级为B+，先后被列为江苏省优势学科重点序列学科和B+学科。我们的传统学科方向在国内形成自己的特色和优势，近年又形成一些新的学术生长点。现在，在国家新一轮一流大学和一流学科建设中，我们面临新的机遇，更面临诸多挑战。近几年，苏州大学建设得很有成效，综合排名节节攀升。在学校的新一轮发展中，作为传统龙头

苏州大学钟楼

学院，文学院当然不遑多让，我们将激活传统，赓续文脉，抓住机遇，勇于创新，再创新的辉煌！

学院的成就中有你们的奉献，你们的成就是学院的骄傲。学院前行的每一步，都感受到你们关注的目光和默默的支持，希望各位系友和学长继续关注和支持学院的发展。苏大文学院凝结着你们的青春记忆，也永远是你们的精神家园和现实家园，常回家看看！最后，祝愿大家身体健康，事业发达，家庭幸福，永葆青春和诗意！谢谢！

2018年10月2日，该文为致辞稿

罗时进，苏州大学文学院教授、博士生导师，当代文学学科带头人。苏州大学古典文献研究所所长，中国唐代文学学会副会长，中国明代文学学会理事，江苏省吴文化研究基地首席专家，重庆国学院学术委员会委员，《大百科全书·唐代文学卷》（第三版）副主编，《苏州大学学报》常务副主编，苏州南社文化研究院院长，国家社科基金重大项目首席专家。其著作曾获得江苏省哲学社会科学研究优秀成果一等奖、华东地区优秀古籍图书一等奖等。

世无李杜千秋生，人有江河万古情

老师们、同学们：

大家下午好！刚才听了这么多同学的发言，我有一个强烈的感觉：每位同学，包括主持人的文才、口才都这么好，我怀疑是不是我们这些老师教出来的啊！你们已经超过我们了！当年真应该在你们当中多选一些同学留校，如果多留一些，文学院课堂教学水平会比现在提高一大段呢！

昨天有些同学先到了，也就先聚会了一下，一顿饭下来大概超过“微醺”状态了。很不好意思，今晨起来怕下午这个场合“胡说”，就先写下了三个关键词：时代、相遇、祝愿。就按照这三层意思来谈一谈吧。

时代

你们进大学的时候是1984年，走出校门是在1988年，至今整整三十年了。回头看，你们正好参与、见证了八十年代中国的发展、变化。

八十年代，那是一个多么令人激动的时代，至今依然值得我们怀念、记忆。那个时代凝聚、勃发出许多精神，其中之一是集体主义精神。我是说那时候人们将“个体价值”与“集体价值”的关系处理得比较好。这种集体主义精神在中文系八四级得到典型体现，当年各位“乐群而不孤”，现在也愿意一起来回顾、重温。看到大家聚于一堂，当年的那种氛围、情景如在眼前。

我还要说，八十年代的大学时代是一个“有大师的时代”，我们中文系当年也有真正的大师，还有许多具有真才实学的老师坚持在教学第一线。我自己当时很年轻，处于起步期，而今天在座的师长，其中不少是我老师，他们都教过你们，你们是何等的幸运！

谈到“受教”之幸，我有一个体会：你们是完整地接受板书教学的一代学子。板书教学对老师要求高，老师要预先备课，要记诵教学内容；对学生也有现场笔记的要求，这是一种极好的学习、训练方式。可惜现在，包括你们的孩子，接受的是“PPT”教学，我觉得很遗憾。平浅的、依赖性的教学方法所产生的不良后果，人们已经逐渐认识到了。

苏州大学中文系八四级(3)班老照片

八十年代是“黄金时代”，这个“黄金时代”产生了你们——“黄金一代”。当然，你们有成为优秀人才的时代条件，最根本的还是各位自身的潜质和努力。我祝贺和感佩你们三十年来的成就，作为班主任、作为教过你们的老师，我感到非常欣慰、骄傲！

相遇

人一生之中有很多相遇，有些是偶然的，有些是必然的；也有幸运的相遇和不幸的相遇。认识你们对我来说，是一次极为幸运的相遇。

我很珍视这次相遇。从班主任角度说，完整地带过四年将八四级（3）班招进来又送出去的，是我唯一的经历〔按：前面做过八三级（3）班班主任，只有一个学期，有些可惜，也很感念〕。这里说一个插曲：按照学校当时对青年教师的要求，每个人要做两轮班主任，每轮两年。1986年7月，我的两年任期结束了，系里说：“你可以歇一下，隔两年再带吧。”我向系里要求：“请允许我将这一届班主任当到底。”系里很理解，也支持了我的这个想法。的确，自此以后我便一意进行教学、科研，没有再做班主任。所以我将这四年看作自己大学教育生涯乃至人生的一段重要经历，能与大家一起行走四年，至今感怀。距离大家毕业二十年回校，又是十年过去了，再相见时直呼你们的名字，多么亲切。

与八四级（1）（2）班同学是在教学中相遇。记忆中那是我第一次走上高校讲台讲“古典文学”，只讲了唐代文学的一个部分。谢谢还有同学记得我讲的《春江花月夜》，当时讲稿中的一些内容后来作为论文发表过。在唐代文学和中国古代文学研究的道路上，我一直向前走着，而第一次为你们讲授的情景至今难忘，从你们的反馈中得到的激励很有意义。

三十年的师生情，其实早已超越师生关系了。清人宋湘有诗句：“世无李杜千秋生，人有江河万古情。”我想，如果上苍眷顾我，让我的生命延续着，那么我与同学们的感情也将不断延伸、深化。

刘晓松、罗时进、龚赢、顾强合影

祝愿

有些话在与缪老师联名写的《微微风簇浪，散作满河星》中已经说了，这个场合还是要重复。首先，祝愿你们事业有成。在座的很多同学正处于事业的高峰状态，很了不起！我祝你们不断向上，更进一步，走向事业巅峰。一些同学也许坚守着某个平凡的岗位，无论“重要”与“平凡”，希望大家都有一种生命、生活的充实感。其次，祝愿大家家庭幸福。这次看到很多同学带着家属来参加活动，真好！另外，祝愿同学们身体健康。三十年过去了，你们也不再年轻，一定要珍摄自己的身体。此次有几位同学因身体原因未能出席活动，想念他们，祝他们早日康复，祝在座的各位的身体都健健康康！

刚才有同学提议三十年后再进行隆重聚会，有的提议五年、十年就要纪念一下。欢迎大家，期盼再聚！德生，感谢你昨晚召集几位同学先“温暖”了一下。希望下次你还是先一天报到，只是帮我把住关，“微醺”即可，这样今天的晚宴就可以尽兴多喝一点了！

谢谢大家！

该文为致辞稿

缪学为，1984年9月至1988年6月担任苏州大学中文系八四级（1）（2）班的班主任。现任中共苏州市委宣传部副部长，兼任苏州市精神文明建设指导委员会办公室主任。

变与不变：生命的飞扬与安顿

尊敬的各位老师，亲爱的同学：

大家好！

今天会场的主题很好："芳华三十年，青春再出发"！回首三十年，我们要感恩的东西很多，但我认为最要感恩的是时间。

为什么偏偏感恩时间？

置身历史长河，三十年弹指，白驹过隙，正如子在川上所叹！但人生几何，有几个三十年？把酒当歌，我们今天相聚，不是来感时伤怀的，而是来感时抒怀的，更是来感时壮怀的！值此改革开放四十周年，我们曾经作为当年歌中所唱——"八十年代新一辈"，无不深深镌刻着那个时代理想主义、家国情怀的集体人格烙印。同学们毕业的三十年间，无论是从政、从教、从商，努力与奋斗，得失与顺挫，都或与这个时代相偕，或为这个大变革时代的洪流裹挟而行，直接参与见证了这个伟大时代。也许时间并不能，也不可能给我们所有人同样的机会、同样的事业或所谓的财富功名，甚至连平常生活的如意也不能同样地给予，但时间最大的馈赠，就是给了我们在座诸位同样的安康，让我们都有幸与这个时代互动，彼此成长，与家人、亲友、同学共同体尝生命的况味和生活的酸甜！

在刚刚叙谈时得知，我们中有两位同学，竟英年离去，我内心的震撼、痛惜是无以言表的。所以，我们今天在座的、因事没来的所有同学，最要感恩的应是时间，是时间给了我们一路的努力前行，给了我们今天的拥有、今天的相聚。

我想，要感恩时间的再一个理由，就是唯有时间是公平的，给了我们同样的变与不变。变的是什么呢？我们一路走来，都已从青涩年华步入中老年，变得使有些多年不见的同学一时都不敢相认了；变的是三十年间母校的发展，令人振奋瞩目，值得骄傲；变的是我们曾经挥洒青春的这座古老而又充满勃勃生机的城市。古时的江南小城，城区面积仅14.2平方公里，如今已达4652.84平方公里。在经济社会发展让世界惊叹的同时，依然保持并提升着传统文化，呈现出历史文化与现代文明交相辉映的“双面绣”人间天堂独韵。那不变的是什么呢？是同学情，三十年来，互相关爱，相扶前行；是师生情，还有什么样的人际关系，能如师生间每当听到彼此的好消息或困苦之遇，感同身受，为之欣喜或深切不安？不变的是，对这座千古名城的牵挂，我们早已将其视为精神的第二故乡，这样的不变，甚至历久弥深。

缪学为老师与学生干部青岛夏令营合影

感谢所遇，我想所有的经历都是财富。生活的阅历在一定意义上是我们最有价值的人生积淀。三十年，也许有的同学顺达多一些，有的同学困难曲折多一点，生活便是如此，不如意事常

苏州大学中文系八四级(2)班毕业照，第一排左一为缪学为老师，左二为罗时进老师

八九，阴晴圆缺古难全。但无论如何，我们一起品尝、体会了三十年人生滋味百况，经历了生活的淬炼，这都是我们在不懈努力与前行中积下的丰厚财富，这是校园与课堂无法给予我们的。我想五十而知天命，意在这里吧。于今，我们依然承担一份责任，敬业于一份岗位，更成为肩负家庭承上启下的梁柱——上赡长辈父老，下持子女工作生活。如今大家虽也面呈风霜，但我看到浸润其间更多的是一份沉静、从容、淡定与自信。

所谓凡是过往，皆为序章。已经过去的三十年如同舟行人生之河，可能多些起伏波澜，而后三十年是人生的另一阶段。如今，就工作职业生涯而言，还有六七年我就退休了，职业生涯几近定型，也可以说是最后一棒，行到平稳期，也即将迎来另一种生命境界，真正的收获期——坐看云起，庭前花开，一杯茶、一本书、一桌友的日子，正悄然走来，值得我们期待珍惜。所以，感恩时间所赐，感谢过往所遇，祝贺过去三十年亲情、友情、同学情温馨满满。祝福各位未来三十年身体健康，家人平安幸福！

各位同学，愿同大家共努力，再假天时三十年，我们待得民族伟大复兴时，还能再相聚、共庆贺！

谢谢大家！

该文为致辞稿

王尧，文学博士，苏州大学文学院教授，教育部长江学者特聘教授，国家社科基金重大项目首席专家。曾任苏州大学文学院院长、凤凰传媒学院院长、唐文治书院院长，现任苏州大学学术委员会主任，兼任江苏省作家协会副主席、江苏省文艺评论家协会副主席、苏州市文联主席等。主要从事中国现当代文学研究，著有《中国当代散文史》《作为问题的八十年代》《『思想事件』的修辞》等，主编《中国当代文学批评大系》等，另有散文随笔集《纸上的知识分子》《一个人的八十年代》等。曾获鲁迅文学理论评论奖、华语文学传媒大奖之年度评论家奖等。

我们都是八十年代之子

亲爱的师弟、师妹们:

在你们回母校的前几日，我特地到方塔附近转了一圈。那是我和你们共同学习、生活，也是我一段时间工作、教书的地方。在这里，我们有八十年代的共同记忆。许多事情都淡忘了，许多细节都淹没了，但我在我们曾经熟悉的地方，感受到了我们当年的气象和气息。这些气象和气息在后来的日子里渐次生长，或拓展，或延伸，或变形，或曲折；但一切都源自这里，这就是作为文化母体的母校给我和你们的影响。

我做过很多年辅导员，对此我一直引以为豪。自豪的不是我辅导过多少人，而是我和你们、他们因此有了息息相关、共同成长的日子。我曾经在我的散文集《一个人的八十年代》中叙述我的大学生活，我想表达的是即使在边缘处的苏州大学，我们也同样深受八十年代的影响，我们的血管里流淌着八十年代的血。那是一个思想上风生水起的年代，是一个知识上衔接中西的时代，

苏州大学方塔旧影

也是一个人际关系上单纯的年代。当我和你们接受了这个年代的这些影响时，我们不可避免地成为理想主义者。当我们重返校园时，我们也在重返八十年代。我们都是八十年代之子。

二十世纪九十年代是八十年代的断裂，也是八十年代的延续。然后是二十一世纪的这十几年。我和八四级的多数同学失去了联系，只是偶尔听闻一些消息。如果从1988年算起，在你们之后，文学院差不多毕业了三十届学生。但在我的记忆中，我从来没有模糊你们的脸庞和身影，我们一起呼吸过，一起怀疑过，一起心跳过，一起坚守过。共同成长的经历是我们在文化母体中的血缘关系。

许多年前，我曾经提出一个问题：我们这一代人的故事是什么？这个故事与成功、失败，伟大、平凡等没有太大的关系。我在意的是我们有没有成为自己，我在意的是我们有没有辜负哺育我们的那个年代，我在意的是在我们的字典里有没有理想、良知、温暖这些关键词。我错过了当场听你们讲述故事的机会，但我想象着你们的故事以及其中的细节；我错过了和诸位寒暄的机会，但我在心中和你们久别重逢了，我看见了年轻的我，也看到了更为年轻的你们，然后，我们去教室，去图书馆，去食堂，我也看到你们中有几位捧着饭盒到我的宿舍来了。

祝福大家！谢谢大家！

2018年10月1日晚，该文为致辞稿

陈小民，苏州大学八二级学生，进校恰逢江苏师院改名为苏州大学。比八四级学生长两级，且在八四级进校之际，任学生会体育部长一职，遂与八四级同学一直称兄道弟。后与八四级宣传文化班龚赢恋爱，并最终成家，成为八四级大家庭中真正的一员。八六年留校任教至今，目前讲授『现当代文学』。

那些年，与八四级一起做过的“坏”事

男人之间存在着一种规则，如果不一起干点“坏”事，关系就好不到哪里去。我和八四级的男生称兄道弟这么多年，其实不容易，因为我在大三时追了他们年级的姑娘，动了兄弟盘子里的奶酪，已经不仁。而两年后，我留在学校做辅导员，本质上成了监管他们的“帮凶”，又确实不义。但八四级的男生始终把我当兄弟，在我看来，这应该不是可以简单地用互敬互爱来解释的。相处四年共同做下的“坏”事，才让我与他们形成了一种“团伙”式的兄弟关系，不但不能反目，而且只能捆成一伙，相守一生。

其实，这些“坏”事，三十年后想起来也坏不到哪里，但在提倡“五讲四美三热爱”的当时，无论哪件坏事被说出去，都架不住领导的“修理”。

比如，我每周六夜不归宿，晚上7点以后，都会被姜师立同学请到三楼就寝。人情他做，但倒霉的是顾强。顾强回葑门前整理得一尘不染的床铺，成了我散布“歪理邪说”的“圣坛”。膨胀了的虚荣心让我竭尽所能地“语出惊人”，口中吐出的不是圣洁的莲花，而是特定的启蒙话题下的“离经叛道”，视听众反应我不时还会加进一些“荤料”。宿舍五个人听得都挺聚精会神，连最正派的“浩子”都会对我的“布道”反复咀嚼，在所有人都已昏昏欲睡时，问出一个奇怪的问题。

当然，也有我意犹未尽但五个人都已昏昏欲睡的夜晚，这时候我会翻身下床到其他宿舍游荡。其他宿舍的兄弟也没有安分守己地睡下，有的宿舍打牌还在兴头上。八四级兄弟中的“二徐”，打牌已经形成了套路，这个套路不是体现为出牌技巧，而是彰显在抓牌后的情绪表达上。徐瑞明同学，如果抓了一手烂牌，他会显得非常轻松，甚至说出对方已经“樯橹灰飞烟灭”的狂言。而如果他抓到了一对“大鬼”或握有连对，他会哀叹命苦，各种苦。徐效文则相反，如果牌差，默默无语两眼泪，但凡有一个王对，他的肢体都会有所表达——喉结的蠕动速度会加快，屁股开始虚坐，身体前倾，急不可待地催促：“来撒，来撒。”因而，不要说他们各自的对家，就连我们这些旁边的起哄者，都可以从“二徐”的情绪中捉摸出他们手中有没有“硬货”。徐效文的“来撒，来撒”，在二十年后，曾经帮我省下了十万块钱。有天我接到一个陌生电话，电话那头的人称自己是徐效文，因为又新讨了个老婆，急需十万块，要我打款给他。我觉得对方口音不对，急中生智，我要求对方用盐城话说一句“来撒，来撒”，对方感到难度实在太大，无奈之下挂断了电话。

我虽难得参与打牌，但我一直是起哄的主体力量，在打牌的四个人眼睛都已经睁不开时，我还会激励他们再来一局，“将革命进行到底”。“邪恶”的午夜狂欢持续了要有一年，八四级没有谁向系里打过小报告。要知道，我周六晚上出现在三楼，对八四级男生一周接收到的“正能量”都是彻底的“消解”，这事要让班主任或者系里知道，把我逐下楼去是必然的。

又比如，我一留校就做了八六级两个班的班主任，班级里颇有一些长相周正而又可爱的姑娘，这让读大学三年级、已经成人的八四级男生蠢蠢欲动。这一动向为主管学生工作的倪均强书记洞察，他旁敲侧击地要求我予以关注，其潜台词是希望我扎紧篱笆，不要让过去结交的狐朋狗友有可乘之机。但他不明白，我不但经受过了五四文学的熏陶，知道恋爱自由的可贵，而且我这方面的“把柄”正被八四级死死捏着。过去我动了兄弟盘里的奶酪，现在有了别人暂寄的事实上也不属于自己的奶酪，八四级想动动，我哪能流露出半点不悦。这可是要兄弟失和、反目成仇的。于是我门户洞开，留校一年不到，就让过去的多位八四级兄弟，成功变身为自己的“毛脚女婿”。面对倪书记，我这样解释："我可以管束自己班上的女生，但我控制不了八四级男生的优秀。"

与八四级做下轰动全校的"坏事"是在1986年，那时我已经把体育部长一职交给了自己的"毛脚女婿"王斌。我上大四时，中文系在运动会上的成绩已经不如从前，但并不代表体育方面我们样样不行。顾强、李路参加的排球队就历史性地拿到了全校冠军，而足球这项从来都被视为与文人无缘的运动，因为我们一群"乌合之众"的"神操作"，也被重新认识——我们最终打进了决赛。

事实上，在小组赛时，我们都没有想到我们的队伍能够出线，因为除崔大炮受过专项训练，孙东辉来自举办过"贝贝杯"的江阴以外，其他队员都是半路出家。八二级由我和袁大头出战，袁大头历来是花拳绣腿，球可以停得很花，但是一定停不住。我则秉承安全第一的宗旨担当中卫，只有破坏性没有建设性。八三级的两位都是进大学后才碰足球，盛洪新因为太喜欢又实在不会踢，主动做了守门员。余下的都是八四级男生，除崔大炮、孙东辉以外还有邵小华、宗宗、徐效文等，这就是我们的全部力量。我反复打量过我们这支队伍，看不出有任何能够赢球的迹象，但在第一场4∶0赢了历史系后，我们明白了，在苏州大学的足球场，没有最差，只有更差，踢下去也许就能走远。

让人意想不到地拿到了小组第一后，我们进入四强，将与数学系争夺决赛权。这次我们遇到的是苏大真正会踢球的一群人，数学系七名上场队员都是校足球队的。因此，比赛的悬念似乎只有一个，就是数学系能灌进我们几球？我对双方实力心知肚明，也因此已经不想做任何的努力。但是，比赛的前一夜，邵小华带着几个队友进了我宿舍，邵小华对我说我们不一定会输，我听了其理由后觉得有道理。他认为我们虽然"草根"，但是足球是圆的。明天的球"圆"在两个方面，第一，我们如果采取"老鼠不出洞"死守的方法，拖到点球我们就可碰大运。第二，我们有"王牌"在手上，这张王牌是女同学曹文。本届联赛竞赛委员会主任是体育系的老蒋同学，他正在追求曹文。这是看他表现的时候，他派出的裁判一定向着我们。曹文的出现，就像掼蛋时手握一手烂牌却发现了一张"红桃2"，她让我们觉得满盘皆活，大家顿时来了精神。盛洪新主动要求晚上去一趟体育系宿舍，他让我放心，他说该发香烟他一定会发，该说给老蒋听的话，他肯定会说到位。

第二天的比赛果然得偿所愿，面对中文系六个队友龟缩半场的局面，数学系的众球星们一筹莫展。反而是下半场开始，游荡在中圈弧无所事事的崔大炮接到我一脚解围，数学系半场已经空荡荡，他不知道用什么方式与孙东辉做了个配合，“二鬼拍门”直接把球送进了网底。中文系奇迹般地以1∶0领先，邵小华的伟大战术获得了奇效。因为太意想不到，那种喜出望外让在场中文系的队员和拥趸陷入迷狂。由此，我已经模糊了那一瞬间的画面，也已经记不清到底是崔大炮还是孙东辉为中文系建功立业的。直到三十年后，孙东辉才郑重地向我认领了这个“大功”。

接下来的比赛令数学系的球员由急躁变成了气愤——当值裁判一声哨响宣布他们被淘汰，在他们看来，这声哨响早于结束时间要有10分钟之多，他们要求换裁判重新比赛。因而，裁判由朱国华变成谢恺麟，但后者在比赛重新开始几分钟后也吹响了结束的哨子。数学系认为这实在太过分，不但把我们告到公体组，他们徐书记还面见了我们倪书记，要求中文系注意培养学生的道德修养。那时还没有黑哨一说，倪书记因此选择用苏州方言“赖极皮”评价此事，表示了与我们道德上切割的立场。而我们认为，给体育系抽的烟是我们自费购买的，又没用系里一分钱。中文系能够打进决赛是有点偶然，但用徐根宝的话来说，这是天时地利人和的结果，应该谢天谢地谢人。因此，我们非常郑重地向曹文表达了我们的立场，我们认“老蒋”及体育系这帮兄弟。

1986年是我辅导员生涯的开始，我在各个方面继续跟八四级兄弟们打着交道，但这种交道往往都是公事公办，私下那种无所拘束的瞎来其实已经变得越来越少。倪书记认为，即使我是装，也应该时时刻刻装得像个老师。为了鞭策我早日装像，他安排我坐进他的办公室上班，同室的还有王锡良书记。这样，中文系学生工作的“城隍庙”（陈王缪）就被拆了，我被两个“大菩萨”直接看住，虽然无需勤力地烧水泡茶，但去哪里是被看死的。其实，中文系的学生工作也用不上我，王书记是语言大师，寥寥几句都充满着修辞的魅力，解人的思想疙瘩他只需几句笑谈。倪书记是一位辩论大师，学生有任何不良的言行，他从来都是以坚定的“不”开场，即使他全然不清楚出了啥事。他有一个经典的句式，叫“你不知道”，这一句式可以提升学生犯错的严重程度，倪书记用这句话时，往往是皱着眉对着在场的第三者说，但句式一出，却隔山打牛地击溃了犯事学生的心理。缪老师不但仁厚，而且有极好的艺术修养，组织学生活动，能力可谓绰绰有余。王老师则管着学生党员，他既睿智又充满才气，毕业不久就出了散文评论方面的专著。我本来可以管管学生的体育，但由于出了“赖极皮”事件，倪书记也不放心我，因此，我只要屁股能在办公室坐定，两位“大菩萨”就已经基本满意了。

1988年的春天，八四级进入了实习季，我女朋友也去了常州市委宣传部，开始真正实现她的宣传梦想。某天的上午，王书记向我扔来一支烟，开始调侃我。主要内容是，女朋友去常州了，“猴子屁股”终于坐住了。他随即用了转折复句，他说，然而，我们决定派你去一趟常州，看看宣传文化班的实习情况。两位书记脸上同时荡漾出了暧昧的微笑……

我第二天就去了常州，前脚到常州日报社，宣传文化班常州实习的同学后脚就到了。先问张清，实习得咋样。张清不答，拿出两个大本子，上面正反都贴着他在日报上发的文章，他说，写了这么多，显而易见！我翻翻本子，确实没有再问的意义了，才几天他就发了这么多的文章，其表现不是不言而喻么。其他同学更没啥可问的，他们比张清听话，肯定出不了岔子。工作上已经没有可谈的了，我只能关心他们生活，对此，大家一致表示非常苦恼，肚子里没油水。没油水只能用吃来解决，丁迎春表示，她父母欢迎同学去她家里吃一顿，何况老师来了。

我们一帮人是在丁迎春位于圩塘的家中打的牙祭，那顿饭让我始终记忆犹新。我从来没有看到过如此大的砂锅和如此大的鸡，围着这只鸡，还有十几个蛋在汤里窝着。寸把厚的鸡油可以让任何没有油水的人吃得脑满肠肥，我听说过有种说法叫“肉醉”，我觉得我们这帮人那天基本上都达到了这种状态。

饭后的行为现在想起来我都觉得太过荒诞，吃饱了的我们开始在丁迎春家周边散步，我们顺着她家门后的小河一路向前，最终在一堆坟那里止步。夜色苍茫，我们仗着喝了点酒，全无所惧，敞着怀高谈阔论，犹如扪虱而谈，为了壮胆还高歌了一曲《妹妹你大胆地向前走》。当时好在四下无人，如果被丁迎春家的邻居看到，他们可以直接拉我们去问官。而这事要是被我办公室的两位“大菩萨”知道，他们也会捶胸顿足，两年看住我装像老师，但还是一朝被八四级破了功！

与八四级的这些兄弟时常见面，从前那些荒唐的事情也不止一次地被我们提到过，即使不提，眼神上每次也会予以确认。那种攻守同盟般的默契让我们暗自心领神会，难怪乎跟八四级喝酒时的场面都会非常搞笑。坐实了我“女婿”身份的王斌和周玉林来敬我酒，先都是毕恭毕敬地说一声：“老丈人，我敬你一杯。”喝完立马上手，拍拍我肩膀，接着一句：“兄弟，我喝掉了，你看着办！”

好时光

芳华纷飞

吴新泉

楼破偏宜灯夜，牌局摆、似沙场。席散情浓淡胜负，姮娥隐矮墙。

佳节张狂更，饭票聚、品琼浆。智虑唯游乐，辜负好时光。

顾强，曾就读于苏州大学中文系八四级（3）班，曾长期在广电媒体工作，现供职于某企业。

时间的重量

2010年，上海世博会，我在原供职单位带领团队，以“时间的重量”为题，拿下了苏州馆的整体策划和组织运营的项目，并负责拍摄了一部无解说的苏州形象片，用于在苏州馆播放。当时取名为“时间的重量”，以表现苏州城市的丰厚历史与传承更新。今天撰写此文，依然觉得，它切合了我们这代人在这三十多年里的经历和成熟。

人生是一次生死之间的长途旅行，在弯曲平直、高峰低谷中，或快疾或慢行地穿越。各式场景，或壮阔热烈，或平凡朴直，一一扑面而来，又终究相向而行。沧海桑田，物是人非，记忆深处的底片，有些模糊淡远，有些清晰铭心。二十世纪八十年代中期，我们从大江南北，汇集在苏州大学中文系八四级的大旗下，共同开启青春旅途的新航程。那是一个把“人”大写的伟大时代，是一个改革开放、思想多元、文化碰撞的激情年代，我们有幸浸润其中，相伴成长。

金秋时节，毕业三十年后，我们又一次情牵吴门，相聚相欢，透过鬓角银丝，一双双热忱的眼睛，寻觅着昔日的风华，一句句温暖的问候，关切着彼此的变化。张张老照片，满满青春忆，大学往事，幻化为光影的斑斓，凝结成时间的重量。

我所在的班是宣传文化班，美其名曰“通才”班，其实是所学繁、杂、广而不精的班级。大二时，学校专门为我们开设了摄影课程。刚听说有这门课，同学个个欢欣雀跃。那时，同学们都囊中羞涩，连去照相馆拍照都很奢侈。而且，这门课不需要坐在沉闷的教室，可以四处闲逛，“高级”玩耍，终极考核就是用照片交差，好照片还可以上学校摄影展露个脸。然而，等到正式开课，我们又垂头丧气。班上的学生被分成四个小组，每组只有一台相机，两卷胶卷，所谓九个人，一杆枪，两颗子弹。

舍友姜师立是摄影课代表（应该算现在的骨灰级发烧友），面子挂不住，便软磨硬扛，狠狠敲了父母竹杠，还骗得了妹妹的零花钱，自购了一台海鸥牌120相机。从此，姜师立胸挂相机，一袭风衣，长发飘逸，游荡在校园，成了摄影大咖。我近水楼台先得月，经常约上姜师立，借名搭档采风，实质偷师学艺，上园林下农村，玩得不亦乐乎。那时去得最远的采风地是吴江，我俩沿运河一路骑到同里，二三十公里的路骑了两个多小时。姜师立现在是颇具声名的大运河文化专家，估计那时的采风是他的处女调研。在姜师立的镜头中，同学的倩影很多，这些都成为班级的珍贵遗产，至今不知他还有多少私藏。

大二时的顾强和姜师立

我家住在学校附近，有段时间的周末，家里成了临时暗房，姜师立购

丁纪敏、陈丽萍、张海玲和龚赢合影

买了放大机、切割机、相纸，我买了印相箱、显影剂、定影液。深夜，我们用床单、被子蒙住窗户，通宵达旦地冲洗印放，乐此不疲。条件简陋加上房间温度、湿度均不达标，印出的照片往往或白或黑。姜师立要求极高，不达要求的照片一律返工重做。

就在那时，我头一次仔细“审阅”了班级女生的靓照。尽管通宵工作，哈欠连天，思维混乱，但渐渐，散乱的情愫有了焦点，我“瞄”上了班上某女生。照片上的她，身材高挑，温文娴静，巧笑倩兮，美目盼兮。大二下半学期，我们班级在无锡见习，我利用班长一职，借机与某女生分在一个组，从而有了独处的机会，最后勇敢表白。直至今日，太太（某女生）还不时逼问：“你当年还私藏了什么人的照片？”

二十世纪八十年代中期，大学里没有现今丰富的娱乐形式，但一到周末，强健体魄的运动，温馨浪漫的交谊舞，风行校园。入大学不久，为增进同学间的友谊，班委组织了交谊舞会。刚开始，男同学或舞技生疏或生性腼腆，很少邀请女“童鞋”共舞。倒是“嗅觉”灵敏的高年级“老大哥”，三五成群，前来串场，我们辛苦布置的舞场，被不速之客占领。看到外来客个个如狼似虎，自班女同学都被带得满场“飞”，男同学的自尊火焰迅速被点燃。于是，孙东辉率先“垂范”，优雅起舞；盛家骅脚步灵动，快三慢四连轴转；张清目光如炬，腰板笔直，舞步“硬朗”。号称“胖子”的我，晃肩摆臀，迪斯科学得很快。大概是我们班的女生温雅大方、人见人爱，舞客来了一批又一批，小小教室，人满为患，无处插足。几个班委当场决定：提高八四级（3）班周末舞会的门槛，除本班同学，其他人一律收费，每人两角钱。于是，全校第一个有入场费的班级舞会诞生了。后来有女生回忆，说当时有班委动员我们班女生只参加班级舞会，不要参加其他班级的舞会和活动。是否有此事，我是模糊了（偷笑）。没想到最讲情怀的文科生也有生意头脑，几场舞会办下来，竟盈余了三十多元钱。有了这笔补贴，班级组织了唯一一次出省游——去杭州游学。记得当时去杭州，一个人来回的船票是四元钱，船上盒饭每份要五角钱，住宿八人房每铺收我们一元五角钱。

时间，是一切的已知和未知。大学是一道最纯美的风景，一场最青春的盛宴。在苏大，我们不仅仅收获了知识，而且积淀了善良宽容、独立思辨的人文精神，更储存了同学、老师之间如春的款款情谊。滚滚红尘，人生百味，无论我们变换怎样的人生跑道，都在用沉稳和豁达，从心出发，实践着各自的理想，描绘着不同的轨迹。在苏大，我们遇到了最好的人，汲取了最好的营养，每每想起，依旧爱贤念旧。

无锡实习，左起：张家浩、徐效文、顾强、刘晓松

鲁潜，祖籍江苏南通海安曲塘镇，出生于山东青岛海军401医院。7岁随父南下定居镇江。1983年考进苏州大学中文系宣传文化专业，后转中文系八四级就读，任东吴剧社社长。毕业后从事媒体工作，曾经担任镇江电视台文艺部制片人、社教部副主任、外宣部主任、社教外宣外联中心副主任。现在创建镇江文广集团媒体资源库，从事历史影像磁带数字化大数据处理工作。

一路向东是大海

芳华三十年（同学感言）：“粉墨登场”东吴搞笑四年，福泽千金感恩母校一生！

作为苏州大学历史最悠久的学生社团之一，东吴剧社成立于二十世纪之初，是中国成立最早的一批校园剧社之一。苏州大学中文系八四级一群热爱戏剧的学生拾起了老东吴人的梦想，重新扛起东吴剧社的大旗。（摘自《苏大校友》）

命中注定，我要上苏大！我要在苏大演喜剧！

1981年，我被南京师院中文系录取，读了两个月就因身体原因退学，其实我是怕以后当教师。打工一年，复读一年，1983年，我考进苏州大学，在范小青老师的关照下愉快读书。后因群众举报，转年我无奈地离开苏大，又回家打工。家母英雄般的上访，承蒙江苏省教育厅领导开恩，我于1985年重返苏大，转投罗时进老师门下。终于搭上了东吴剧社这艘“人生幸运号”，戏剧是我治疗心灵创伤的良药。

1981，严顺开凭借出演电影《阿Q正传》，得了国际大奖。我第一次在苏大登台，是代表八四级参加中文系戏剧小品大赛，我和张家浩同学搭档演出的小品《路遇严顺开》在这场比赛中得了二等奖。一等奖得主，是人多势众的八二级毕业班。当时中央实验话剧团来苏州演出曹禺的《原野》，该剧导演应邀来苏大当评委，还夸了我几句。

东吴剧社成立合影

这场比赛，把艺术的种子撒进我心中，也催生了东吴剧社。

1986年新学期开始，中文系学生会由朱亚辉同学挂帅，东吴剧社的梦想大旗重树。银杏叶黄的时节，东吴剧社的锣鼓敲响，缪学为老师是中文系分团委书记，点将我当东吴剧社社长，这是我人生第一次当官。其实，我只是负责台前风光，幕后的辛苦全让学生会的兄弟姐妹吃了。

东吴剧社艺术指导徐斯年老师，早年舞台经验丰富，又研究戏剧史。他为我们请了两位导演：苏州文联的唐明星老师，她当过原南京军区前线话剧团的演员，理论功底深厚；来自淮阴师专的文铁军老师，他正在苏大进修，曾经是当地文工团的台柱子，演过话剧，唱过样板戏。三位老师指导我们排戏数月，几乎都是利用晚上和周末，他们未取一分报酬，还经常掏钱请我们吃夜宵。

东吴剧社的首演是那年冬天，有三场独幕剧——古装喜剧《柜中缘》、西洋经典《如此无情》、荒诞喜剧《年糕案件》。八三级、八四级、八五级都有同学参演。《柜中缘》改编自京剧折子戏，讲述江南女子智救落难的岳飞次子岳雷的故事。八五级学妹陆亦斌（何金华的太太），吴江姑娘少年老成，演母亲。我演淘气的儿子，一个讨喜的京昆丑角。化妆师是苏昆剧团的龚海燕老师。上彩妆后，我超水平发挥，博得满堂彩。看来化妆对男儿也是很重要的。第二出戏《如此无情》，原作不知是契诃夫的，还是萧伯纳的，主演全是中文系八三级文宣班的帅哥靓女。第三出戏《年糕案件》，说是荒诞喜剧，其实正是当年中国社会的哈哈镜，反映了当时法制不健全、法盲太多等社会问题。江涌同学出场，担任书记员，台词最少，犹如相声中的捧哏。我当法官，上蹿下跳，算是逗哏。原告是周雯，被告是章宏，律师是八五级的王戈，我的东吴剧社社长接班人。还有个诗人角色，是外语系的镇江帅哥齐伟，我请的外援。这出戏有点像群口相声。

东吴剧社首演的盛况，大家记忆深刻。东吴剧社的牌匾，由戏剧大师陈白尘手书。

1987年初春，东吴剧社第二季演出，还是三出喜剧小戏，更热闹。导演团队增添了苏州京剧团的周成瑞老师，他是中央戏剧学院导演系的学院派，只收香烟，不要钱。

第一出戏《如此照相》，导演是唐明星老师。我是傻顾客，江同学是妙手摄影师，我和江同学引得吴晓宁同学在台口爆笑。其实吴同学是东吴剧社台词功夫第一人，她在曹禺的《日出》中扮演资深妓女翠喜，一言三叹，勾人落泪。

第二出戏《乡长夜归》，导演是唐明星老师。我是乡长，江同学当我秘书，陆亦斌学妹不再做咱妈了，摇身一变成了俺媳妇。俺这水货乡长，酒醉夜归进不了家门，陆学妹要回娘家，逼得俺下跪。多亏江同学做思想工作的能力强，救火成功。都是酒精惹的祸！不知何金华同学后来是否有此经历。

第三出戏《群猴》，宋之的先生的经典闹剧，漫画式地讽刺了抗日战争时期重庆的贪官污吏。吴晓宁同学表现得最出彩，自损形象扮演官太太，唱念做打，“五毒俱全”。我演的吴同学的先生，也不是省油的灯，拔枪相助。这出戏的成功，首先归功于导演周成瑞。

东吴剧社此时的影响力，已经飞出苏大，《苏州日报》也有报道。校党委副书记顾佩兰看了我们的演出，约谈中文系学生会成员，给予我们精神和物质奖励。

文铁军导演，1987年夏天就要从苏大毕业了。不甘寂寞的他，一边写毕业论文，一边筹备毕业大戏《初恋时我们不懂爱情》——当年火爆上海滩的现代派话剧，是上海人民艺术剧院雷国华导演的成名作。我和文导赴沪讨要剧本，雷女士慷慨相赠。一个月后，此剧如期上演，场面可谓隆重。唐明星老师担纲总导演，文铁军是执行导演。我当副导演，兼跑三个龙套。吴晓宁是主演。该剧囊括了当年苏大人文学科几乎所有的艺术精英，但灵魂人物还是东吴剧社的。

1988年毕业前夕，我在苏州市委宣传部实习。某日罗老师、缪老师同时致

《初恋时我们不懂爱情》剧照

电，召我返校去东吴剧社排演陈白尘的独幕剧《等因奉此》，我出演茶房老王。月余，该剧在苏大彩排，朱栋霖老师让我减肥剃光头，改说镇江话。次月，导演周成瑞率队去南京大学给陈老祝寿，其实就是与南大艺术团的《升官图》打擂台。八十岁的陈白尘先生，首肯了我们的表演，专门请我们到他的住处省委招待所喝茶合影。

我毕业后回到镇江，侍奉爹娘，先搞了两年广播；又干了五年文艺制片人，用镜头记录舞台；又当了十年专题外宣部主任，拍摄纪录片。我每每遇到困难，就想到母校的老师。2007年拍摄纪录片《人间白蛇》时，王尧老师帮我找到大作家李锐和国学大师钱仲联先生的关门弟子陈国安博士。我还专程采访了朱栋霖老师。该片拿了全国城市台一等奖。如今退居二线了，我就安心做历史视频（磁带）数字化，每年制作一部纪录片，安静如“不发情的猫”（这是同窗赐我的绰号）。

人生如戏！人生不是戏。剧社不闭幕！

我女儿于2010年有幸走进苏大，她从小喜欢围棋，远离舞台喧嚣。她在苏大拿了管理学、金融学双学士，又去港大读了工程学硕士。她的人生舞台，远超于我。我有点佩服她。

感恩母校这艘巨轮，把五湖四海的苏大校友，带到幸福的人生彼岸！

常林波，苏州大学中文系八四级学生，大学毕业后在泰兴市黄桥中学任教。为了追求教育理想、创办理想学校，1996年辞职投身民办教育，从此开始了充满折腾的人生新旅程，其足迹遍布无锡、杭州、兴化、江都、昆明、泰州、阜阳、铜仁、遵义、贵阳等地，阅历比较广，故事一箩筐。

起舞的日子，飞扬的青春

同学会，一个总是令人怦然心动的聚会。大学同学会，一场兄弟姐妹久别的重逢。大学毕业三十年同学会，那是一个心中隐隐不舍、恋恋不已的青春约定，我们试图在把酒言欢中找回记忆，重温旧梦，挽留时光的脚步。所以，毕业三十年后的同学会比以往任何一次都显得更加珍贵，令人期待和激动。

于是，我们向往，内心一直在期待，几乎是掰着手指心里数着、默念着同学会到来的日子。同时，还想象，久别重逢时，我们急切地握手、猛烈地击掌、激情地拥抱，甚至想象到聚会时的开怀畅饮、酒足饭饱后的忘情歌唱、随性的舞、口若悬河的“吹大牛”。

聚会，如期而至，在心中想象数遍的场景在精心组织中有序展开。这次同学会安排得细致而周到，让人感到亲切温暖、愉快舒适，为以后的再次相会又增添了许多温馨记忆和难忘瞬间。

感谢日益发达的现代社交平台，所有的美好回忆和意犹未尽，都在微信里得到了最好的呈现和释放。于是，微信里大家天天见，开心聊天，插科打诨，其乐融融，以至于现在每天一早醒来的第一要务就是翻微信，看动态，也就是钱涛说的“早读”“美文晨读”。

佩服同学会组委会的奇思妙想，点赞编委会的热情和执着，因为他们，才有了一篇篇精彩的回忆美文，才在渐渐远去的岁月里，让我们重新回到那激情燃烧的岁月，让我们重温那温暖时光。

亚辉向我约稿了，说：“写写你的交谊舞和文艺部。”

是的，我也该写点东西了，如此规模空前的师生接龙写作活动，我自然不能只作壁上观，该把脑海中的一些珍贵记忆、美好镜头进行一次梳理了，虽然平淡、平凡，但它是我的青春岁月和成长记忆，是我生命中重要的旅程，其中浸透着我的喜悦和忧愁、收获与失落，对我而言，弥足珍贵。

往事如昨日，任思绪飞扬，信马由缰，拉扯成以下几段“信天游”。

一、感谢遇见

青春，是首诗。

大学，有诗和我们的远方。

一路走来，最令人魂牵梦萦、刻骨铭心的，是四年大学生活。

记忆的闸门总是在不经意中被一次次地撞开，情感的潮水也总是抑制不住地奔涌、泛滥。时过境迁，如今再次回忆大学生活，要说感受，那是相当的多，但有一种声音总在心底呼喊，那就是，感谢！

同学会上，念及母校，大家表白得最多的就是，感谢！

蒋立君同学说，感谢相遇。

是的，感谢相遇，感谢在最美的年龄，在最美的校园，遇见最美的你！

首先要感谢苏大。由于考取大学，从此我的人生改变了，不再面朝黄土背朝天——那种记忆虽然也刻骨铭心，于我而言却是痛苦不堪的。

感谢在苏大的日日夜夜，有这么多的好同学、好兄弟，大家亲如一家，情同手足，同学习，同生活，欢歌笑语，其乐融融。

感谢老师的谆谆教导，为我们以后的人生奠定基础。大学毕业后走上工作岗位，当自己在工作中小有成绩时，总会庆幸在大学遇到了这么多的好老师。即使到现在，我仍然觉得一生所学所用，离不开大学时打下的底子。

母校，给予我们一生的滋养。

现在虽然毕业三十年了，对于母校的感情，反而与日俱增。大一那阵子，因为专业问题，有些小不开心，后来想想，虽然苏州小，不及北上广，虽然苏大原本只能算师范院校，不及名牌大学，但是在那个年代能考上大学也不是人人都可以的，况且苏州毕竟是名城。慢慢地，我对于苏大的感情越来越深厚了，对自己上苏大这件事感到越来越自豪了。只要可能，我衣服的胸前都别着校徽，即使上街乘公交也不取下，当站在公交车上，引来乘客羡慕的眼光时，我心里油然而生一股自豪感。过去，海外游子一心盼望祖国强大，祖国强大了，海外游子的腰杆就直了；如今，随着苏州城的日益繁荣昌盛，成为人人向往的现代大都市，随着苏大综合实力和排名的不断提升，成为很多新一代青年的梦想乐园，作为苏大学子，我们心里也满满都是幸福感、自豪感！

二、书非借不能读也

朱永新老师说：一个人的阅读史，就是他的精神发育史。

朱亚辉让我说说交谊舞和文艺部，但我想，上大学，不能不提的还有学校图书馆和我读的书。

刚进大学的时候，除了引以为傲的苏州古城之外，最令我们心动的是学校图书馆。当时学校图书馆刚新建不久，藏书丰富，据说已经超过80万册。80万，这在那个年代已经是非常巨大的一个数字了，让我们这些来自农村的学生大开眼界。想想小时候，酷爱读书的我，翻来覆去看的书只有几部革命小说。进了大学，就像饥饿的人扑在面包上一样，只要有空，我就往图书馆跑，把一大摞一大摞的书往宿舍搬。大一、大二时我读书并不是为了某个特定的理想，只是觉得大学是尽情读书的地方，而且过了此村无好店。那时，青春懵懂，为了写好情书，于是苦练文笔，在“诗和远方”的召唤下，常常是“打歼灭战式”的读书，读系里规定的必读书，读自己想读的书。大一上学期我专攻近现代诗和诗歌评论类的书，常常一次借四五本、六七本，直到图书馆“无书可借”。那

苏州大学图书馆旧影

时也尝试着写诗，写朦胧诗，写爱情诗，结果草稿纸写了一页又一页，退稿信也是收到了一封又一封，后来偶然看了徐连根、朱兵的日记和诗作后，我自惭形秽，觉得自己不是写诗的料，于是作罢，转移阅读方向。

农村的孩子初入大学就像“陈焕生上城”，容易对一些花花绿绿的东西着迷。自从看了昆剧折子戏《牡丹亭》，那种美妙，使我的心随之荡漾起来，我打算研究戏剧，说不定以后也可以和高年级的学长们一样被分到苏州戏剧学校，还说不定可以在那儿找一个唱昆剧的女朋友，“红袖添香夜读书”，那该是多美妙、多浪漫呀！于是那一个学期我一股脑儿扎在戏剧研究里了，图书馆里关于中国古代戏剧的所有剧作和相关的戏剧评论，我都看完了，摘抄笔记也是用掉一本又一本。我接着读莎士比亚，读完了图书馆所有的莎士比亚作品后，还觉得意犹未尽，于是节衣缩食，从饭菜票中抠下钱来在古旧书店淘了一套《莎士比亚全集》。

一次，巴蜀鬼才魏明伦的荒诞川剧《潘金莲》从上海一路演到苏州，其独特的视角、新颖的构思、穿越古今的表演令我大开眼界、热血沸腾，回到学校当即用刚学来的一知半解的戏剧理论知识写了一篇剧评投给《苏州影剧报》，没承想被主编看中，要我化整为零，改成短评在报上搞连载。后来那位主编还三番五次找我约稿，要为我在报上开个短评专栏。

有一段时间，我忙于系里的文艺晚会，图书馆去得少了，一次晚饭后在宿舍楼下闲逛，遇到八二级的金连平，金连平正背着书包去图书馆。金连平是我泰兴老乡，印象中他整天背着书包，不是去上课就是去图书馆，看到无所事事的我，他用纯正的家乡话骂道："不要死耍子，死到图书馆去看看书，多读读鲁迅。"

那时的我们非常敬重八二级的学长们，羡慕他们的成熟老练、风度翩翩，他们除了成绩好、有学问，而且很有才艺。一直到现在，只要有机会去南京，我总要设法去看看这位已是大学问家的老乡，目前金连平已经是权威学术期刊《江苏教育研究》的主编，我也一直为有这样的老乡和学长感到骄傲。

学长的训诫，令我如梦初醒，醍醐灌顶，于是又一次埋头读书，于是又花了整整一个学期专攻《史记》和唐诗宋词。

这里顺便讲一个小"典故"。那阶段宋词读多了，尤其喜欢读艳词，比如《漱玉词》等，因此经常会灵光一现，妙言佳句，脱口而出。一次在阶梯教室上课，她，像往常一样凌波微步，款款而至，就在她移步进门的那一刻：啊，最是那一低头的温柔，像一朵水莲花不胜凉风的娇羞，眼波流转，眉梢轻挑，从此我送她一个名字——眼儿媚！

当然，类似的"典故"很多，应该来一个集中考证，查查由来，比如："小和尚""榔头""鬼子六""乃至大呆""彼得"等，那些故事和传说一定都很精彩。

再后来，学外国文学时又花了一个学期同步阅读世界名著。真的，需要读的书太多了，除了规定的必读书目，作为中文系的学生还需博览群书、满腹经纶。可惜，时间不知去哪儿了，感觉还没读什么书，一晃就到了大三，准备考研了，阅读也只能暂时放一放了。我的英语不是强项，为此，我整整花了一年半的自习时间复习英语。当时我就隐隐感到，为考研而学英语会害了我，因为一旦考研失败，这一年半的大好光阴就白费了，图书馆里还有那么多的书不可能再读了；一旦大学毕业了，就再也没有这样的时间、条件和热情去读书了。事实的确如此，直到现在，我都一直因这件事而耿耿于怀，感到遗憾。当时，我和张敬安一样立志读遍图书馆的可读之书，并一起报考了中国新闻学院，最终敬安同学高中了，我却以一分之差，与梦想失之交臂。考研，成了我心中永远的痛。

毕业后大家似乎都有这样的感受，觉得最快乐的时光还是在大学读书的时候，很多人也都有这样的幻想，希望能再到母校回一下炉，重回大学读读书，那时一定会认真读，浪漫地读，有滋有味地读，最好能红袖添香地读，读遍图书馆可读之书。呵呵，酸文人，多好“意淫”，痴人妄想。

不料天下真有这等美事，卞永清这小子心想事成——文学博士，大家文章，让我等好生羡慕嫉妒恨。借用朱永新老师所言，在苏大，小卞不但完成了生理发育史，还完成了“精神发育史”！

大学四年，我也摆出个时时与书为伴的架势。那时大家时兴把书齐整整地码在床的里侧，俨然读书人、文化人的样子，很有几分书卷气。我的床头、床里侧也照例堆满了书，床头书的上方还贴有华人德老师所赠墨宝：博览群书。情趣和志向，可见一斑。毕业离校时，床上、床下足足装了四大纸箱的书。

说起这几箱书，它们可都是我的心血和宝贝。小时候，我家境不好，平时基本没有零花钱，要买书，只能从伙食费里“抠”。我一般每月要从伙食费里省两元钱菜票和两斤饭票，再到食堂换成现金和粮票。那时经常有女生到宿舍里来收粮票，这些粮票除换成现金外大多换成邓丽君的歌曲磁带。有了点小钱，也去不了大书店，我跑得最多的是乐桥边上的古旧书店，我的书大多是从那儿淘来的，最便宜的书只有一毛钱。

走出了象牙塔，爱书、读书、买书的情愫在世俗里几番沉浮之后，渐渐沦为平庸，归于尘封。大学里这一大堆如同至宝的书，除刚工作的那几年里因备课翻了几本，大多在家里的书房里一躺就是三十年，权当摆设充充门面，偶尔进了书房，看见边角早已泛黄或沾满灰尘的旧爱，一声长叹，五味杂陈。

“在该读书的年龄，就该认认真真地读书！”

现在，我常常这样训诫学生和后辈。

三、运动场上的跑步健将

“你那时瘦得像只猴，三根筋挑住个头。”

这是董志翘老师上课曾经讲过的一个典，其实也是我上大学前的真实写照。

我本瘦小体弱，高考体检结果显示我营养不良。高中时虽也几次积极要求参加校运会，但总因能力太差连报名的资格都没有。进了苏大，没有任何体育爱好和长处的我，百无聊赖来到操场慢跑，天长日久居然越跑越快，越跑越上瘾。渐渐，每天傍晚没课时，我都要到操场上跑几圈。大一时，我踊跃报名代表班级参加系运动会，虽然没有获得名次，但是体验到了参与的快乐，同时感觉体内有一股青春的能量像地火一般奔突运行、潜滋暗长，假以时日，这股能量一定会迸发出来。于是我更加刻苦地练习跑步，决心为班级争光，将来能参加校运会为中文系争光。大二时，我终于在系运会和校运会上为班级夺得名次，我信心彻底爆棚了，于是主动报名参加了学校组织的暑期中长跑训练班。

跑步一旦作为“职业”来训练，就不是一件轻松快乐的事情了。夏天的午后，即使到了三四点仍然闷热无比，每次高强度的训练，都会让我有撕心裂肺般的胸闷感，常常担心会一口气上不来，全身筋骨疼痛难忍，倒在草地上不停地打滚，嗷嗷乱叫，这时总要请教练用脚在背上使劲踩、踏、揉才能缓解。每练一圈，痛苦一次，也曾多次咬牙切齿地发誓：“不练，回去了！”但等疼痛稍一缓解，我立即好了伤疤忘了痛，抖擞一下精神，又一次站到了起跑线上。

外国文学课上，陆人豪老师讲过托尔斯泰的名言：一个人要真正强大起来，就必须在清水里洗三次，在碱水里煮三次，在盐水里腌三次。

经过汗水、泪水的浸泡，原本瘦弱的我，也逐渐强壮起来了。

从刚开始参加运动会时的跟跑，到系运会的领跑，从校运会的第六名、第五名，到第四名，我一年进步一个名次。要知道，当时苏大校运会400米的第一、二名实力是很强大的，他们是被选派参加全国大学生运动会的。

回想当年，我们大一时，咱中文系的名头在苏大可是响当当的，尤其是我们心目中的偶像——八二级，更是了得，在运动场上也是风生水起，校运会中文系名列前三。那时陈小民、钱小波等学长，跨栏、短跑、接力，虎虎生风，在我的心目中，他们简直就是刘翔般的人物，青春阳光，风流倜傥。但自从八二级毕业后，中文系在校运会上的成绩一落千丈，到了几乎垫底的地步。这时我参加的400米、800米比赛，以及我和崔继业、颜兵、章宏等组成的4×100米、4×200米接力赛，逐渐在校运会上拿到名次，为中文系打破了成绩荒。我们大四时的校运会，比赛第一天，我参加的400米、800米比赛，为中文系共挣得7分，其他项目全系一分未得（第二天，我们的接力赛和八三级留校研究生王敏霞的项目，又拿了5分）。记得当时在操场东南角，宣树铮副主任默默走到我身边，颔首示意，满目深情，弄得我内心激动不已。能凭一己之力为中文系挣得一份荣誉，我内心喜悦幸福了好长一段时间。

看来，所谓幸福感，那就是尽我所能，为集体争光，并实现自我价值。

毕业纪念册上，宣副主任给我的留言：

静如处子，动如脱兔。

四、痴迷舞场　嘭嚓嚓

每一个不曾起舞的日子，都是对生命的辜负。——尼采

大一开学第一天，缪老师就组织我们到314教室参加舞会。

第一次参加舞会，既新鲜好奇又怯生生、羞答答，但那一夜，我就被八二级同学的高超的舞技和翩翩的风采所折服，从此也开始了我大学四年的舞迷之路。

1984年，还属于改革开放初期，交谊舞刚刚从上海流行到苏州。每逢周末，整个文科楼里灯光闪烁、舞曲悠扬，热闹非凡。也许那时刚进大学校门，没见过世面，在我的印象里，总是觉得八二级的学长们才是真正的天之骄子，男生高大帅气、女生气质高雅。有他们在，中文系的活动不管是文的武的都样样精彩，但自从他们毕业后，系里再要组织舞会什么的就像黄鼠狼偷鸡，越偷越稀了，以致大二下学期时舞会基本上没人了，有时只剩下我和颜兵两个舞痴到处乱窜。不止中文系，大三时全校各个系都难以组织舞会了，要想在学校跳个舞真的很难。尤其到了周末，校园里除了图书馆和教学楼的少数窗口还稀疏透出点灯光，整个学校的夜晚安静得出奇，安静得让我倍感寂寞，百无聊赖。我经常很纳闷，这么大的学校，人都到哪儿去了？打牌的打牌，逛街的逛街，谈恋爱的不知跑哪儿谈恋爱去了，看电影的也早已结伴去观前街了，但热闹是他们的，我什么也没有。于是我只能骑上自行车，上街找舞厅，十全街、石路、胥门大厦，苏州城里大抵只要有舞厅的地方没有我不曾光顾过的。到了舞厅，有时没有舞伴，就听听音乐，欣赏别人跳，那种朦胧的灯光和迷离的音乐，对我总是别样的一种体验和诱惑。有道是，赏心乐事谁共论？舞也销魂，乐也销魂！

实在无处可去，那只能回宿舍，二胡、笛子、吉他、手风琴，几样乐器摆弄一番，或者打开系里的那台三洋牌收录机，在邓丽君的“靡靡之音”中，从宿舍到走廊旋转

起孤独的舞步，嘭嚓嚓，嘭嚓嚓……

好在后来，学校每逢周末都会在体育馆举办一场舞会，从此我的周末不再孤单，我也恢复了生机。随着高年级同学一茬一茬地毕业，舞会上的高手越来越少，轮到我们成为大四学生时，自然也成为傲视全场的舞林高手。那时我最擅长的是快三步，每当音乐响起，我往往第一个带着舞伴冲到场地中间尽情旋转起来，在欢畅优美的舞曲声中，似乎整个身心都要融化在音乐的海洋里。

舞会结束，我骑着自行车回宿舍，一路哼着舞曲，意犹未尽，习习凉风中，两只胳膊上散发出舞伴淡淡的香水味，暗香盈袖，莫道不销魂，那才叫个爽！

在此，要特别感谢徐光萍、邹国珍二位美女同学，有她们做我的舞伴，我的周末从此不再寂寞。

大学毕业后，我继续保持我的嗜好，外出时，每到一个城市，必定要去两个地方要做两件事，白天逛新华书店，晚上逛舞厅。

交谊舞，纯属个人爱好，就像现在痴迷上了网球一样。总之，我个人认为坚持健体，也是学生时代不应该忽视的，能在大学里培养一种爱好，养成一种健身方式，并受益一辈子，也是一得。

爱生活的人，生活也爱他。爱我所爱，行我所行，是那时的青春记忆、青春本色。

五、重温经典　中文系“金秋”文艺晚会

“金秋”文艺晚会，是中文系的传统节目，在苏大是其他任何一个系的文艺晚会都比不上的。此晚会节目质量很高，配得上中文系这个响亮的名字。中文系，意味着浪漫、潇洒、有才气嘛！

大一时，在“金秋”文艺晚会上，我平生第一次登台独唱，算是练练胆。也是在那台晚会上，王洁洋也登台了，娇小玲珑的形象，脆亮入云的高音，一曲《小草》，从此成名！

大二时，我和江涌、章宏等，凭借一曲《军营男子汉》，唱响全系，随后我也顺利进入系文艺部。

大三时，接任系文艺部长。

办好一年一度的“金秋”文艺晚会，成了我工作的重中之重，我要继承和发扬中文系的优良传统，把“金秋”文艺晚会这台戏继续唱好、唱下去。

压力有点大，每年秋季开学后的一个多月里，除了上课，我的所有空余时间几乎都扑在晚会上。

但幸运的是，这时中文系来了一群文艺积极分子，一群才子才女。

吴晓宁、徐光萍，不用说了。

八六级新生中有一个特殊的群体——中师保送生，如陈蓓琴、冯凌、周灵灵、谢晓燕等，她们是一群天真烂漫的才女，能说会道，能歌善舞，演讲、朗诵、唱歌、舞蹈、手工等，样样在行。

1986年，中文系还增加了一个特殊的班级群体，那就是司法干部进修班。

他们是全省司法系统送来进修的优秀中层干部，是相关单位培养提拔对象。他们大多当过兵，在部队大熔炉里练就一身能耐，能文能武，不是体育健将就是文艺骨干，吹拉弹唱，样样精通。晚饭后我经常到他们宿舍转悠，有时随便一喊，大家抄起家伙，围成一圈，手风琴、二胡、笛子、琵琶、唢呐、月琴、板胡、快板等，乖乖隆地咚，那阵势，立马组成一个小乐队。音乐声起，响彻整个生活区，引得对面其他系的男生全趴在窗口向8号楼张望，羡慕万分，啧啧称叹：“不愧是中文系，才子！”

也是1986年，中文系同期还进来了一个更特殊的学生，那就是刚从老山前线下来的战斗英雄展亚平！

展亚平，连副指导员，一级战斗英雄，高位截肢，失去了双腿和左臂，幸好还有一只完整的右手，可以拿书握笔。由于喜欢文学、喜欢写诗，并敬仰前辈老乡钱仲联先生，经部队批准来到苏大中文系学习。

可见，大学的魅力不只有文凭，还有“诗和远方”。确实，在诗一般的年龄，读诗、写诗、朗诵诗，是一种时尚、一种青年人独有的情怀。还记得那时在各地大学校园风靡一时的配乐诗朗诵《四月的纪念》吗？优美的语言、流畅的旋律、朦胧醉人的意境、高尚的爱情主题，凸显了一代人对美的追求。记忆的空谷中，再次传来往事的回响，犹如河水最初的吟唱，晶莹纯美，一尘不染。

不为别的，因为喜欢，只为纪念，并试图唤起青春回味，特抄录于此：

男：二十岁，我爬出青春的沼泽，像一把伤痕累累的六弦琴，黯哑在流浪的主题里——你来了

女：我走向你

男：用风铃草一样亮晶晶的眼神

女：你说你喜欢我的眼睛

男：擦拭着我裸露的孤独

女：孤独？你为什么总是孤独？

男：真的

女：真的吗？

男：第一次

女：第一次吗？

男：太阳暖融融的手指

女：暖融融的

男：轻轻的

女：轻轻的

男：碰着我了

女：碰着你了吗？

男：于是，往事再也没有冻结愿望

女：于是，往事再也没有冻结愿望

男：我捧起我的歌，捧起一串串曾被辜负的音符

女：我捧起我的歌，捧起一串串曾被辜负的音符

男：走进一个春日的黄昏

女：一个黄昏，一个没有皱纹的黄昏

男：和黄昏里，不再失约的车站

女：不再失约，永远不再失约

男：四月的那个夜晚，没有星星和月亮

女：没有星星，也没有月亮，那个晚上很平常

男：我用沼泽的经历交换了你过去的故事

女：谁都无法遗忘，沼泽那么泥泞，故事那么忧伤

男：这时候，你在我的视网膜里潮湿起来

女：我翻着膝盖上的一本诗集，一本惠特曼的诗集

男：我看见你是一只纯白的飞鸟

女：我在想，你在想什么

男：我知道，美丽的笼子囚禁了你，也养育了你绵绵的孤寂和优美的沉静

女：是的，囚禁了我，也养育了我

男：我知道，你没有料到，会突然在一个早晨开始第一次放飞，而且正好碰上下雨

女：是的，第一次放飞，就碰上下雨

男：我知道，雨水打湿了羽毛，沉重了翅膀，也忧伤了你的心

女：是的，雨水忧伤了我的心

男：没有发现吗？

女：你在看着我吗？

男：我温热的脉搏正在申请一个无法诉说的冲动

女：真想抬起眼睛看看你

男：可你却没有抬头

女：没有抬头，我还在翻着那本惠特曼

的诗集

男：是的，我知道，我并不是岩石，并不是堤坝

女：不是岩石，不是堤坝

男：并不是可以依靠的坚实的大树

女：也不是坚实的大树

男：可是如果你愿意

女：你说，如果我愿意

男：我会的，我会用勇敢的并不宽阔的肩膀和一颗高原培植出的忠实的心，为你支撑起一块永远没有委屈的天空

女：没有委屈的天空，你说如果我愿意？

男：是的，如果你愿意

合：如果你（我）愿意

诗朗诵、电影台词对白、情歌对唱，所有的流行元素，中文系的学长们都给我们做过尽情演绎，其他系组织的晚会我也都要去看，知己知彼，取长补短嘛。但这样富有诗意的活动，作为中文系更具先天优势，我们的诗朗诵可不只是文艺活动中的穿插和点缀。看吧，中文系诗歌朗诵会，中文系的才子才女们又一次让学校大礼堂变成了诗歌的海洋——

战斗英雄展亚平的《英雄赞歌》，激越铿锵，豪情满怀；陈蓓琴的《会唱歌的鸢尾花》，天真烂漫，甜美动人；冯凌的《草帽歌》，苍凉悲怆，荡气回肠；而吴晓宁的《大堰河——我的保姆》，则如泣如诉，声情并茂，直抵人心，震撼全场，疑为天籁。

在此后不久的全校诗朗诵大赛中，吴晓宁凭此摘得一等奖！

从此，吴晓宁在男生中常常被呼作“大堰河”。

观赏、参与的活动多了，渐渐地，我对艺术的理解得到展现，我的策划能力和组织能力也得到了锻炼和提升。常常，我设计好晚会节目内容，初步拟定了一个节目单，然后做工作、动员大家接任务排练。一次帮学校后勤整理车库时，用劳动换来

一辆旧自行车，自己动手修好后，骑上它“飞”东“飞”西，很是拉风。这车“除了铃子不响哪儿都响”，有了这辆老爷车，好歹我的办事效率明显提高了：去苏州歌舞团找团长派老师到校指导节目，去苏州滑稽剧团协商助演节目，去苏州演出公司借服装，去观前街选道具。逐一督促各个节目的排练，准备彩排和正式演出的每一项工作，从灯光、音响、道具等，到所有剧务的每一个环节、每一个细节我都考虑到了，包括晚会节目串词都是我亲自操刀的。也许从那时起，我读的那么多的书渐渐派上用场了，一个中文系学生应有的才学慢慢展现出来，直到现在我都觉得当年那些诗、那些戏剧和杂七杂八的书没有白读，那是知识面，是文化，是艺术素养，也是一生的滋养。

功夫不负有心人，大三时中文系“金秋”文艺晚会获得了空前成功。演出当晚，学校大礼堂被挤得水泄不通。至今我还清晰地记得晚会开演的那一刻，第一个节目是干部进修班的器乐小合奏《白毛女》。大幕拉开之前，先由板胡独奏拉出了引子，板胡的音色纯净、高亢而清亮，《白毛女》的曲调哀婉、凄美，在大礼堂上空盘旋回响。从没听过这种音响效果的师生，被震惊了，“此曲只应天上有”，全场霎时爆发出雷鸣般的掌声。乐曲引子响起后，大幕徐徐拉开，小乐队的齐奏又一次用架势和气场引爆了全场。

开场不凡，整场晚会也是好戏连台。

徐光萍、展亚平的《血染的风采》，“大众点评”认为简直就是春晚节目的翻版。江涌、鲁潜、张家浩等的小品，实力派的演技，轰动式的效果，直接触发了东吴剧社的成立。舞蹈《梁祝》，由苏州歌舞团专业演员指导排练，音乐美、服饰美、表演美，令全场大开眼界，大加赞赏。其他还有诗朗诵、女生小合唱等，每一个节目都很精彩，整台晚会都是精品。

这里，特别要说的是，晚会虽然由我总体策划，但离不开系领导的关心和支持，尤其是学生会全体干部的共同努力。这中间，学生会主席朱亚辉，老练持重，组织协调，指挥若定。何金华、王斌、朱一峰等负责的宣传、体育、生活各部门全力支持，每个人都把晚会当成自己的应尽义务在做，没有半点推托和抱怨，很好地体现了团队合作精神。为了制作道具、布置背景，何金华和王斌经常忙到半夜后才回宿舍，有时纯粹是宣传部何金华的事情，王斌总是边帮忙边打打闹闹地陪着何金华，两人不是兄弟，胜似兄弟，那时就结下的深厚兄

钱仲联先生和学生们合影

弟情谊，现在似乎“老而弥坚”。

“金秋”文艺晚会成了永远的回忆，策划组织文艺晚会也成了我在苏大中文系学到的真本领，是一项意外收获。想想亚辉同学以后在电视台大展身手，事业风生水起，似乎也得益于此。

可见，上大学，大有可学的太多了。

“上大学要多参加学生工作，当当干部做做事，技不压身，付出总有回报。”现在，我常常这样开导考上大学的青年后生们。

六、岁月如歌，依然回声嘹亮

时光流转，岁月无痕。

四年大学生活，可说的人、可讲的故事太多太多了，纸短情长，难以言表。借此良机，希望有更多的同学参与进来，大家一起来回忆、一起来畅谈，让我们的故事流转传唱，让我们的友谊地久天长。

为此，特改编一首主题歌，致敬我们永远鲜活、飞扬的青春！

再出发，青春永远在路上

四年同窗
就是一首歌
也许你忘了那首歌怎么唱
就像忘了当时的月光
如今我颤抖哼起那段旋律
你能否感受往日的景象
那充满理想和激情的时光
也曾有过迷茫和忧伤
虽然平凡却也荡气回肠
在记忆中闪耀着光芒

同学会
五年、十年
二十、三十年
我们一起回味
当年的歌声似乎还在耳边回响
曾炽热过的胸膛，依然充满力量
感恩母校给我一生滋养

请将渐远的芬芳深深珍藏
一如守护纯真的梦想
开启崭新的人生，沿着最初方向
再出发
愿青春永远不老
永远在路上
永远热泪盈眶

郑生明，曾就读于苏州大学中文系八四级（2）班。三十年来，不忘初心，在学校种桃种李种春风。先后在四个学校工作过，分别是南京市栖霞中学、盐城市盐阜中学、新疆伊犁察布查尔锡伯自治县第三中学、盐城市田家炳中学，现为盐城市田家炳中学工会主席。

老唱片

我个人眼中的自己：三分骨气，七分俗气。杏坛三十载，一脚三尺讲台前，一脚混迹于市井，双方得趣甚多，殊为自喜。苟苟且且的同时，心中常怀诗和远方。

2014年起，游历新疆一载半，见识异域风情，释放自然天性，感受不一样的人生，甚慰。有诗为证：

夜色四垂星初上，燃起篝火跳锅庄。

解去束缚放开胆，人到新疆偏豪放。

个中最是登徒男，也学少年舞佯狂。

繁星满天人归后，灯火阑珊夜未央。

没有照片，只有一张老唱片，弹去三十年的尘与土，把我唱给你听……

记忆是从宝带桥起航的
中秋的明月下
青春的二十岁闪闪发亮

然后
文科楼的喧闹睡熟了
睡梦中
萌萌的眼神和浅浅的酒窝
温暖了江南的深秋

北国的消息从
星星点点的雪花飘来
寒山寺岁末的钟声悠远
你清亮的发丝
诗意千年江枫渔火

八号楼到七号楼
是人间到天上的距离
躺在子夜盛夏
我们看星星点灯
把梦做到广寒宫

吵闹的是蛐蛐儿和蝈蝈儿
方塔永远默默地
站在背景里

那一年
樱花在四月放荡
无边无际
却无法挽留
六月的薄幸

转身　挥手
觉得那是一个帅气的结束和开始

而今天
偶然回眸
熟悉的眼神里
才发现
无论山高水长
天涯海角
丝线，始终都在你的手心

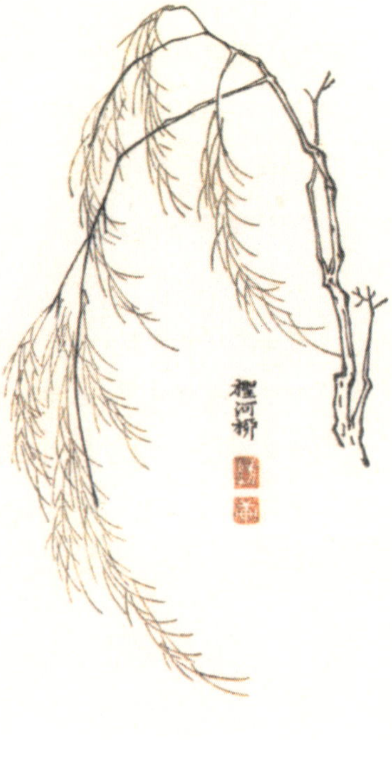

单青（左），来自新疆，曾就读于苏州大学中文系八四级（2）班。现为金陵科技学院教师。

青春有你，孤单不再

1984年9月的一天，我独自一人扛着行李，坐了四天四夜的火车从新疆来到苏大。

在苏大，我们成了同学，也成了一生的亲人。

宿舍七姐妹，就我一人家远，自然多得了大家的关爱，吃过老大的香醋、杏芬家的咸鹅蛋、老范家的煎饼；去过钱涛和阿婉家——这次聚会前夕再去阿婉家，阿婉八十多岁的老妈妈还依然记得我；去过胡健家，第一次吃到鲜美的虾子面；张蓉华不厌其烦地教我骑车，现在我可以骑车飞驰。尽管有几十年未曾见面，甚至不通音讯，但见面时依然亲密如故。如果是百年修得同船渡，那我们可不是千年修得同屋住吗？

二十年同学聚会时，我、阿婉、潘杏芬去女生楼，探访我们曾住过的宿舍。宿舍里的小女生惊讶地看着这群叽叽喳喳的老同屋。时光流逝，我们当年的宿舍还在，我心里不由多了份欢喜。

宿舍里常有精彩的故事，也常有各地的美食。我们曾用宿舍门压核桃，结果门多了一截，关不上了，恐慌至极地去找老班。仍记得缪老师圆睁着眼睛，“门怎么会关不

苏州大学中文系八四级(2)班同宿舍女生:
从左至右前排王洁洋、钱涛、诸婉玉,
后排潘杏芬、张蓉华、单青、范彩兰

上呢?"吓得我们不敢回答。

和钱涛、阿婉、老范去校园河边的山坡上散步,遇到一女子倒在地上,口吐白沫,我们连抬带拖将这女子弄到校医院。值班医生检查了一下,借给我们一辆三轮担架车,要我们把这女子送到附近的医院抢救。我们推着不听话的三轮车一路狂奔,还得时时担心这女子掉下来,三轮车忽左忽右,东倒西歪,几次险些撞到树上。终于将这女子送到急救室,我们也跑得上气不接下气。细想起来,恐怕是医生误以为这女子是我们的同学吧,才让我们送医院。钱涛、阿婉、老范,你们现在百米跑的速度怎样?当年有人给我们送锦旗吗?我全然记不得了。

我们住在526宿舍,靠近水房。有一晚,三班女生宿舍忽然起火了。黑灯瞎火中,我们端了水就去泼,不知当时是泼在了火苗上,还是泼在了人身上?如果有添乱,原谅我们吧,谁叫二班和三班只隔了一个班的距离呢。

毕业前夕,郭毅浩、施道南各骑一辆三轮车去苏州火车站货场帮我们几个新疆学生托运行李。不知何故,出货场时,我们的三轮车被扣。我们急了,一向好脾气的郭毅浩也忍不住高声争辩。争辩无果,我们和几个工作人员发生了混战，以至于惊动了车站派出所的工作人员。多年后，郭毅浩笑称“单青，你毕业时抱着我大哭过啊”。呵呵，这样的战斗情谊怎能忘记。

还不能忘记当了四年信使的老吴——吴新泉，他每天去开信箱，那年头多少心中事都在信箱中啊！或欢喜，或忧愁，都躲不过老吴的眼睛。感谢老吴从不好奇地探问，感谢老吴的默默关心。

大学毕业，我和常艳、刘新生、王清玲如约回到新疆，在孤独、寒冷中开启了我们同学加同事的麻辣生活模式。还记得寒冷的冬日，身怀六甲的王清玲要去产检（她丈夫在外地工作），刘新生骑车带着她，我们骑车相伴，冰天雪地里，一路同行。当年我们小心呵护的宝宝们，现已如花似玉，学业有成。

辗转多年后，在选择去北京还是去南京时，我执意选择南京。理由很简单，我的同学在这里。于是就有了细心的钱涛非典时期给我送口罩和消毒液；于是就有了豪爽的章宏每次聚会灌翻我先生；于是就有了不能和温婉的曹桂玲结成亲家的遗憾。

在这几十年里，感恩上天的眷顾，每每遇到困难，都有同学伸出援助之手。给老蒋打电话，给朱亚辉打电话，给江同学打电话，给周晓平打电话……每个电话后面都是困难，都是请求，都是焦虑。同学们从未拒绝过，甚至没有一句推托之辞。而我们又有多少年不曾互通音讯，大家帮我，仅仅因为我是你们的同学。

三十年的聚会不能为同学们做点小事，已是惭愧；今受亚辉嘱托，写下这段文字，虽文笔浅陋，但不掩感念之情。

青春有你们同行，此生不再孤单，真好！

苏州大学中文系八四级（2）班同宿舍女生：
从左至右刘训萍、曹桂玲、胡健、王祖炎

何金华，江阴人，曾就读于苏州大学中文系八四级（1）班，毕业后回高中就读学校江阴中学工作。1993年逐潮下海，2003年重回教坛。2005年至今从事学校基建工作。苏大四年不仅收获本科学历，亦『抱』得小师妹而归，一生足矣！

陆亦斌，何金华太太，吴江盛泽人，苏州大学中文系八五级学生，原苏大东吴剧社社员。现江阴一中语文老师。

有你们，真好

——写给苏州大学中文系八八届毕业生三十年同学会

日子，似乎又辗转到毕业那一天，
告别和相聚，
经历了不可细数的晨昏日夜，
成为生命里不可复制的春夏秋冬。

记忆，如此脆弱，
虽然模糊，却一下崩溃到深处。
时光，总那么任性，
在曾经年少的面容上，
镌刻下岁月的印痕；
在一起走过的道路上，
延伸出通向各自未来的轨迹。

青春，是一团火，
回首过去，
犹能依稀看见那跳跃的火红。

青春的记忆，
是教室里刻着“课桌文化”的书桌，
是宿舍楼里吱吱嘎嘎作响的木板床；
青春的记忆，
是文科楼里飘出的琅琅书声，
是树荫底下散落一地的悄悄话；
青春的记忆，
是尘土飞扬的操场上撒野的身影，

是狭窄拥挤的筒子楼里
肆无忌惮的开怀畅笑……

纵然，
当年9号楼的宿舍，
已变成了崭新的门楼，
但，
我们，
依然想念着当年的粗糙，陈旧和简单……

青春，怒放着，亦安静着，
遥远着，亦靠近着，
却从来没有远离我们的生命。

她是邓丽君的《甜蜜蜜》，
是李谷一的《年轻的朋友》，
是费翔的《冬天里的一把火》，
是彭丽媛的《在希望的田野上》……
青春，
是我们此生最响亮的一首歌，
也是永远不想唱完的一首歌。

沉寂了许久的照片，
泛起岁月的暖色；
泛黄的记忆，
在今天变得如此鲜亮。

善辩的你，
好学的他，
热情的我，
活跃的班级，
还有，
暗地里曾被偷偷议论的
可亲可爱的老师们，
今天，
全都那么亲切地浮现在我们的记忆里。

我们依然这么可爱，
依然像从没有远离过那么熟知，
重逢时刻，
微笑，握手，击掌，拥抱……
自然而又熟悉，
“嗨，老同学，你还好吗？”

重逢来得有点迟，
却是那么的真实！
你准备好了吗？

重逢你的同桌，
重逢你的舍友，
重逢同台演出的，
重逢同场踢球的，
重逢一起熬夜的，
重逢一起打架的，
重逢曾经仰慕的，
重逢曾经有过约定的……

此刻，

握手相望间，
透过你喜悦的神采，
我们在夏日阵雨的背景中，
酣畅淋漓地书写我们的重逢。

总铭记青春时光，
更难忘绿意同窗。
相逢是笑，
相知是妙，
笑在青春年少，
妙在岁月迢遥。
绚丽的青春，
未知的经历，
现时的成熟，
都因相逢交织成了美好。

感谢缘分，
感谢同窗，
感谢老师，
感谢苏大八四，
有你们，真好！

周玉林，苏州大学中文系八四级（2）班学生，毕业后回到镇江丹徒，先后换过六所学校。现供职于丹徒区青少年活动中心。热衷健身和户外运动。对于写作，笃信苏辙的一句话：『文者气之所形，然文不可以学而能，气可以养而致。』

绿车皮里的幸福

我最近经常坐火车。每周一次固定时间来回，都是高铁或动车，昨天坐了次普快，K字头的。

一上车，一种熟悉又陌生的气息扑面而来。哐当哐当，巨大的绿皮铁罐喘着粗气停在我面前，接着，铁制的门、梯相继打开并伴随着铿锵的金属撞击声，一个穿着类似旧式警服的列车员做完了一系列的动作站在车门边指挥着旅客先下后上。

还是那股子气息，烟味、汗味、食品味；还是那样子穿着的列车员、服务员；还是那样争先恐后的上下和拥挤。

依然拥挤，有人站着没位子。但，比起三十年前已是宽松多了。

这些景象把我一下子拉回到三十年前。

三十年前也是到这座城市，上学来回坐的都是这样的车，那声响、那颜色、那气息都印在了我的大脑里。

上大学时第一个国庆节放假，和丹阳的李路、南京的周雯，还有朱亚辉一趟车。勉强塞进了车，被挤到了两节车厢的连接处，寸步难行且动弹不得。穷学生也没什么行李，买了点苏州特产津津牌卤汁豆腐干。周雯的父亲是个大厂长，她是从大城市来的，家庭条件好，成绩好，模样更好。这样的女生没理由不骄傲。窄窄的过道里几个同学头靠头围成了一个三角形。三角形里他们几个高谈阔论，我当听众。他们并不会冷落我。这样的拥挤是令人难忘的。

曾经成功地逃过一次票。二十世纪八十年代，镇江到苏州的普通列车车票7元，凭学生证半价3.50元。放假的时候总要留够盘缠。

但有一次放假回家，却是“弹尽粮绝”。那时的同学之间几乎没有经济来往，因为大家都是穷学生。我听人说过逃票的事，决定试试。我花了一毛钱买了一张站台票，大模大样前往检票口，被拦住了。原来，站台票是用来送客的，检票员见我一个大小伙几乎没有啥行李，果断地拦住了我。那是一趟苏州始发的车，几条通道同时检票，我赶紧换个检票通道，瞅准一个带着大包小包还抱着个孩子的大嫂，热心地说大嫂我来帮你拎包吧，不由分说拿过两只最大的包，大嫂喜出望外，千恩万谢。这次顺利地过了检票口。

到底做贼心虚，过了检票口，我就放下了包。大嫂惊讶我怎么帮忙没有帮到底，就发出了嚷嚷声。大嫂的嚷嚷声惊动了检票员。那个阻止过我进站的检票员抬头看见了我，立即明白了是怎么回事，说“拦住他，他是逃票的”。我撒腿就跑，穿过地道、穿过人流，三步并作两步连蹦带跳来到火车跟前，却又一次傻了眼。因为是始发站，车门处还要再次检票。我急中生智，敲开一个车窗，对坐在车位上的一个老大爷说：“老大爷麻烦你帮个忙。把你车票借我用一下，我把包押在你这里。”老大爷接过了我的包并且把他的车票给了我。追兵已在不远处并且大喊着“拦住他，他是逃票的”。趁车门口的检票员还没明白过来，我已经上了车。找到那个老大爷，换回我的包，马不停蹄地连窜几节车厢，随即火车开动了。

我一路提心吊胆担心着查票。所幸一路没有查票，终于顺利地到了镇江。

出站还要检票。我抬眼一看，见有几个人正推着自行车越过铁轨向站台对面走。站台对面铁道最外侧是一个小山坡，小山坡上有条斜斜的小路，小路通向一道围墙，围墙被扒掉一个缺口。我赶紧跟着那几个人往缺口处走，后来知道那个缺口通向李家大山片区，那个缺口就是李家大山片区的居民为图方便扒掉的。

出了缺口就是外面的世界，安全的世界——顿时觉得自己“很了不起”！

在绿皮车的来来去去中，我收获了我的幸福。

她是我师妹，比我小两届。毕业后连续两年，几乎每个月我都要到苏州去看望她，每次乘坐的都是这样的绿皮车。两年的绿皮车没有白乘，师妹答应跟我到镇江。

那天读王斌的《改变命运的十三天》，感同身受。师妹是南通人，毕业后要回南通。师妹想要跟我回镇江，第一关要南通答应放人，第二关要丹徒答应接收，第三关要苏大答应协调。1990年毕业季，我们在镇江、南通、苏州三地来回跑。总算好人多，南通答应放人了，丹徒答应接收了，苏大在等丹徒的接收函。

那年我在丹徒上党中学工作，上党在镇江市南十七公里，有21路公交以及农村长途客车，班次不多。丹徒文教局在镇江市四牌楼。师妹着急了，亲自赶到镇江，说最后一天了依然没有收到丹徒的接收函。我们两人从镇上赶到镇江文教局找到有关人员，办事员向我们出示接收函的存根，日期显示一个星期前就已发出。我们说苏大方面确实没有收到，并要求他们重新出一份接收函。办事员是个坚持原则的人，说不可以这样做，我们就去找王潭书记。王潭书记是苏大中文系六六级的老学长，老学长找到办事员，商量后叫我们去苏大查查看，实在找不到再说。事不宜迟，我们赶紧奔往火车站。中文系办公室的老师翻箱倒柜，最后写了一纸没有收到接收函的证明。我们又奔往火车站，赶到四牌楼文教局，终于又拿到一份接收函。我们马不停蹄，又奔往镇江火车站坐上去苏州的火车……终于在中文系老师下班前赶到了。

那一天我俩镇江苏州往返两趟。那时没有出租车，从四牌楼到火车站要穿过半个镇江城，我忘了是怎么过去的。

在绿皮车厢里，挤在大汗淋漓的人群里，我屁股朝外、双手用力撑开了一角空间，师妹站在这一角空间里，没有受到一点拥挤。

后来师妹成了我儿子的妈。

这些年我坚持锻炼，为的是继续给师妹撑开一角空间。

昨晚又坐上了这样的绿皮普快，呛人的混杂气味、坚硬的铁件撞击声、争先恐后的场面，让我不知不觉地想起了当年。

其实我是为了回味当年而特意放弃乘坐动车的。

注：原稿写于2012年。那年秋天，我连续十一周每周一下午乘坐高铁到苏州工业园区的园区三中（现西交大苏州附中）上作文课。

马广荣，1988年毕业于苏州大学中文系，在教育一线耕耘了三十年。放怀楚水吴山外，得意唐诗宋词间，诗意地栖居在大地上，是她生活的永远追求。

我眼中的男生
——二十周年同学聚会纪实

大管家王维兵

2008年10月1日，二十周年聚会那天，我到莘园报到，看到的第一个人就是王维兵。我们虽同在苏州，却也难得见面，所以第一个就说说他。

在我眼中，王维兵是个“想大事，做小事”的男生，颇有总理之风范：默默无语，却心细如丝；从不显山露水，却自有无限风光。他热爱田园，常垂钓于山水间；他淡泊名利，勇辞实验中学办公室主任一职，而甘心做一名普通老师。

他是本次活动的大管家。在别人风光的时候，他在一侧默默做事。同学需要他时，他会竭尽全力帮忙解决难题。聚会结束，他又兼任司机，把苏州的同学一个个送回家里，等他到家时，已是夜深时分。

家有仙妻的周晓平

十年前，我有幸目睹了晓平之妻的花容月貌，暗自惊叹晓平同学摘花手腕之高，赢得美人归。

十年之后，又亲耳聆听晓平之妻已成为女博士，不禁暗自为他捏了把汗，很多人认为女博士大多一门心思钻研学问，少解风月。假如这样，我们敬爱的晓平同学岂不太苦？

晓平似乎看出了我的心事，摸着他那性感的光头，乐呵呵地说："我老婆很女人，发型三天一小变，十天一大变。我自己呢，以不变应万变……"

看着他那张笑眯眯的脸，什么烦恼都烟消云散了！

温柔的胖子王斌

二十年，弹指一挥间。王斌从瘦弱的青年变成强壮的中年，从求学若渴的学子到资产千万的大亨。同学们调侃，说他是祖国发展壮大的缩影，体现了国富民强。

王斌一般都很温柔，特别是对女生说话。他总是娓娓而谈，柔声细语，似乎从未见他发过脾气。女生都喜欢和他合影，因为再高大的女生站在他旁边，都好似小鸟依人。我自然也不例外，在钟楼前挽着他的手臂合影留念，在白马涧烧烤活动中，我敢在众目睽睽之下为他擦汗。在我眼中，他就是一位值得信赖的大哥，每次班级活动，都少不了他"厚重"的身影。还有他的书法，有东坡遗韵，得山谷真传，上次聚会我向他讨得一墨宝，一直珍藏至今。

坏小子崔继业

俗话说：男人不坏，女人不爱。这句话在崔继业身上得到验证。大学时，很多同学百思不得其解，温良贤淑的王士妹怎么会爱上狂放不羁的坏小子崔继业？甚至有人预言：这对同林鸟，早晚会成分飞燕……

可二十年后，夫妻双双把"家"还，女人仍笑靥如花，仪静体闲；男人仍嗓门依旧，桀骜不驯。聚会的当晚，崔继业就闯了祸，摔倒在莘园门前的石阶上，门牙掉了半颗，下巴青紫一片。士妹为此黯然神伤：坏小子何时才能长大？有时候笑容背后或许是咬紧牙关的灵魂。

丹阳好男人盛建国

“青青子衿，悠悠我心，但为君故，沉吟至今……”每次见到盛建国，我都会联想到大学时喜欢的这首诗。

在我眼中，他是一位外冷内热、重情重义的男生，可人生却往往是“向来情深，奈何缘浅”。据说大学时他有过两次心动，最终却都无疾而终，这是他一直引以为憾的事。另外篮球也是他的至爱，这次聚会，酒至微醺，月夜之下，他又一展其球场风姿，只可惜，观众甚少，无人喝彩。二十年的风雨，让他变得稳重从容，富有魅力，听说他现在丹阳市委组织部工作。此同学组织观念一向很强，是班级活动的积极分子。可本次聚会不但姗姗来迟，而且还提前告退。这使得我非常好奇，问后方知，原来是陪老婆逛街买新衣，给老婆庆生日，俨然成了护花使者。心里真是羡慕至极，于是冠之以“丹阳好男人”。

领袖的风采

重量级的人物，往往是最后才出场。本次聚会来的最晚的，当属江涌，江副校长。

因参加一重要会议，江涌是第三天来参加同学聚会的。但在大多数同学心中，江涌虽然不在，但似乎无处、无时不闪现着他的影子。一天，朱一峰同学开车回母校，门卫阻拦，于是他对门卫说：“我是江副校长的同学。”话音刚落，门卫放行。在我眼中，江涌是八四中文的灯塔，让回母校的同学永远不会迷失方向。

朱亚辉，在我眼里，是一个自带光环、才情斐然的重量级人物，是一个若干年后可以列入“名人录”的同学。二十年前他就在校园叱咤风云，引无数美女竞折腰；如今是常熟著名风景区沙家浜的党委书记，更是“谈笑有鸿儒，往

马广荣、顾强、王斌、朱亚辉、胡健等合影

来无白丁”。

本次聚会，朱亚辉是主持。其主持风格风趣幽默、圆融畅达，赛过汪涵，堪比艾伦，极富感染力，给我们带来无数的欢声笑语。他还把同学们“拉”到了沙家浜，邀请我们品尝大闸蟹，让我不由得也芳心大喜，折腰称颂。

此次聚会，所谓“强者恒强”，三班的领袖过去是顾强，现在依然是顾强。

此同学保持了“批评和自我批评”的优良传统。在师生见面会上做了深刻的检讨：“作为曾经的一班之长，却先下手为强，赢得了班花刘晓松的芳心，并最终修成正果，结为伉俪。”

二十年后，作为苏州广电总台的副总台长，在昨日的白马涧集体活动中，顾强又显示了他作为人民公仆的风采：炽热的烧烤炉前，他不停地转动手中的肉串，挥汗如雨；青山绿水的茶楼里，他特地拿出自己珍藏的碧螺春，与同学共同分享。那滋味，真是回味悠长，醇香无比。

在我眼中，顾强同学就是一块“通灵宝玉”，只念着他的“木石前盟”，找到了他的刘妹妹，共谱人间幸福之曲。现在的他，更似一杯上等碧螺春茶，一杯清茗，可抵十年尘梦。人只有渐行渐远，在岁月中经历了种种喧嚣纷乱之事，再回到一杯茶中，才会感受到清淡里的隽永悠长。

钱铮，泰州姜堰(原泰县)人，曾就读于苏州大学中文系八四级宣传文化班。毕业后于南京市大厂区、六合区、化工园区、江北新区等地辗转工作。

我的大二见习

龚赢和刘晓松两位美女索稿，让我很是犯难。一直以来我都是在制作官文，其他文体很少涉猎。又因诸多原因，近年来不读书、不动笔，对文字很是生疏。再者，我的大学四年确实没什么好写的。

想起大学生活就惭愧。四年到图书馆的次数屈指可数，没写过一篇文章（老师要求的除外），本班的《文宣报》也没投过一次稿。工作后遇有一些场合，领导介绍这是苏大中文系高才生某某，我就臊得慌，心里不自觉地想到王建、张秋、邵小华等名字。多年后，我居然也教育手下要多读书，说当年我们在大学里如何如何……面对他们投过来的崇敬的目光，我强作镇静。其实我说的这些都是张敬安、张秋他们一伙干的，与我无关。至于最为人津津乐道的男女生恋情，与我离得更远，看身边兄弟们有的俘获芳心，有的俘而未获，有的被芳心俘获，都在激动着、幸福着、痛苦着，我默然一旁，无动于衷。

学习和恋爱这两大主题于我是没有的，思来想去，只能写我怎么蹉跎岁月了。我想到了大二见习，那二十天里曾和两位女生一起“厮混”过。

这两位女生就是马儿（邹国珍）和小排（顾丽华），我们的见习地是无锡旺庄。

现在想来，见习方案肯定让罗老师大伤脑筋。我们班女生各个貌美如花：欲将容貌比三春，应比三春胜三分。这马儿和小排就是邵小华所说的那种“让贼惦记着的”容貌。再看班上的男生，要么风流倜傥，要么英气逼人，要么文采斐然，要么睿智深刻……都是些人尖子，罗老师都喜欢，可女生也喜欢啊，把他们和俩靓妹子放一起想都不敢想。环顾四周，就钱铮最合适。这小子不仅长得低调，更难得的是心无杂念，纯洁无瑕，腹内尚未生“垂涎之涎”。事实证明罗老师的判断是准确的，安排是正确的。由此观之，早在二十世纪八十年代中期，罗老师就具备很强的安全维稳意识了。

说纯洁无瑕并非自我标榜，是有充分依据的。在这之前曾发生过一起激烈的辩论，我的观点是男女同床，即使无肌肤之亲，也能致孕。面对邵小华等一群人的围攻，我慷慨激昂，以一当十，严词正色，力陈己见，不仅在气势上始终不落下风，在原则问题上也没有退让半步。可见，“纯洁无瑕”这词于我绝对是实至名归。

我们的见习由旺庄的一名宣传干部负责安排。所谓见习，就是参加乡里的两三次会议。什么会、会议什么内容全无印象，只记得一次会上马儿在没完没了地掏耳朵。

马儿又称冷美人，至今给许多同学的印象还是寒梅傲雪、冷若冰霜。其实马儿固然孤傲，但也容易亲近，快人快语，爱憎分明，甚至给人有点热辣的感觉。这首咏梅诗倒是可以形容她：“皆谓君之性，凌寒立傲枝；春来红烂漫，内里尽相思。”

连续多天不见那位宣传干部，留下来的大把大把时间，我便都用来发展和两位女生的同学友谊。最初两位女生还有些许矜持，但也就坚持了一两天。

话语越来越多，气氛越来越融洽，直至互相嬉笑逗乐。马儿有只非常漂亮的发夹，一次在我面前炫耀，让我猜价钱。我知道价格不菲，却故意回答：“一毛。”“不对。”“一毛一。”“不对。”“一毛二。”终于她意识到我在逗她。（写到这里，心里又是一阵惭愧，可怜罗老师费心费力安排的见习，他的学生就是这样糟蹋的。）又一日晨起，不见了小排，问马儿，马儿撇撇嘴：“还在睡。”我说床上没有啊。正说着，卧室里的床上发出了声响。我一下笑弯了腰：原以为是一堆被子堆在床角，没想到小排在里面。原来娇小的小排睡觉只需要四分之一床的位置。小排尴尬地探出头来，她越尴尬，我笑得越带劲。

最初说好由我负责打饭，但食堂吃饭的人多，我根本就近不了窗口——不全是身材的缘故，好歹我也是读过“子曰”的人，哪能不顾斯文呢。见我不堪大任，第二天俩女生亲自出马，只见黑压压的窗口前，众皆倾倒，主动相让。从此我每天的任务就是坐在桌边敲着筷子，等着俩美女把饭送过来。

俩女生洗衣服都很勤，小排尤甚，每天都在盆里搓啊揉啊的。而我的衣服穿上身是轻易不肯脱下来的。一天马儿实在看不下去，让我脱下脏衣服她来洗。没想到，过了一会儿却找不着衣服——小排已顺带着洗了，正在晾呢。

估摸着宣传干部已把我们这几个“天之骄子”忘干净了，俩女生商议进城逛街，问我能不能带路。见俩女生有求，我摆出一副睥睨天下的气势傲娇地答道：“一张地图在我手，天南海北任你走，何况小小的无锡城。”二女大喜，三人即刻动身。

我和马儿都是第一次到无锡。这小排虽是本地人，估计以前为了考入苏州大学，只顾埋头读书从未出过校门，所以也不熟悉。这些天我一直像二女身边的随扈，尤其马儿，把我呼来唤去。可是一入市区，二女立马变得像猫一样乖，跟在我身后亦步亦趋，不离左右，指东不敢向西。有一回我故意拉开一段距离，看她俩张皇失措，心中说不出的解气和快慰。

这是我第一次领略女人逛街的狂热——所有的商店逛进去，所有的衣服看过来，非常兴奋却始终不见出手。当然街边的摊点也不会放过。我印象深的是一爿又一爿的水果店和一个又一个的小摊点，水果、零食、小吃到处都是。俩女生最终选择了一些零食。马儿买的瓜子，小排买的葡萄干。那是我第一次知道葡萄干的味道。

我们一路晃悠着，说笑着，嬉闹着，漫无目的，随心所欲。其时晨雾尽开，温阳初照，空气中处处弥漫着轻松和欢快。我们走到惠山脚下，走过琵琶湖边。

几天后，我把见习以来这些无忧无虑、没心没肺的日子填进了一首《一剪梅》：

露已晞来日已高，街上摇摇，店里瞧瞧。梁溪路与惠山桥，一路香蕉，一路葡萄。

脏了衣袍不洗袍，须发糟糟，小酒浇浇。马儿吆喝小排嘲，伊自唠叨，我自逍遥。

虽然稚嫩，轻快的情绪也还是有所表达的。见习结束时，我将该词和另拟的一副搞笑联一起便献柔仪，以博一笑。

各组开始互相窜访，我班的两对恋情也随之浮出水面。其中一对恋情的传播源就是马儿，所以我们组窜访的第一个议题，始终是由马儿向其他女生巨细靡遗地介绍恋爱剧情。经常她刚要开讲，我恶作剧地来句："小喇叭就要广播啦。"她白我一眼，嗔我一下，并不生气，转过头去依旧若无其事地继续着她的兴奋。

与马儿的兴奋恰好相反，小排体积不大的心房则对爱情故事比较敏感，她迅速沉沦下去，不见了招牌式的微笑，话语少了，离群多了，时闻幽思之声，又见顾影之状。

小排虽然娇小玲珑，却比一般女孩感情更丰富，更加的思远情长。外表看起来柔顺，实则内心坚毅，敢于为爱付出。果然，她后来把爱情弄得出了国、跨了洋，将爱巢筑到了万里之遥的新加坡。这段越洋恋情可赋以诗云：

女儿心意欲何方？万里云天万水长。

拼取玲珑三寸骨，为君演绎十分狂！

最后的几天，小排离群索居，不见踪影，留下我和马儿相依为命。

见习很快就结束了，回到学校，一切也就回到了从前。小排仍和姥姥一高一矮地走进教室，马儿和那个被她念叨了十多天的老郇依旧形影不离，出双入对。女生一如既往地矜持着，不苟言笑，她俩见我也亦如见习前一样，仿佛从来就没有过见习似的。而同样，我给她们的感觉又何尝不是如此呢。

许多年后再到无锡，在蠡湖大桥上我朝着旺庄的方向极目远眺，密密麻麻的楼宇一望无际，当年的绿野田畴、小镇村居肯定不复在了。而小排已远在万里之外的他乡，马儿虽在无锡，却一直杳无音信。悠悠人事，渺渺余怀，但见太湖波起，夕阳欲尽，似有一种苍凉触手可及。

回望青春，青春就在那来时的路上，在烟霭深处。不管岁月如何变化，她都是那样的葱茏、氤氲，无远弗近，静谧如烟萝的摇曳。而当你忽然间忆起，她又是那样的清澈、洁净，晶莹剔透，一如初见。

龚赢，江苏常州人，曾就读于苏州大学中文系八四级（3）班，毕业后即进入苏州纺织品进出口公司，从事外贸业务至今。

我的排球情缘

1981年11月，中国女排在日本七战七捷，首次夺得了世界冠军，为祖国赢得了荣誉。赛场沸腾了，中国沸腾了！当时我在常州一中上高一，清楚地记得，我们的体育老师万舜详是一位可敬的60岁的老太太，退休后依然坚守在教学岗位，那时高中的男女生是分班上体育课，女性体育老师很稀缺，所以万老师带了我们整个高中体育阶段的课。那天的体育课，我们破例没有去操场，而是改在教室里，万老师宣布这个喜讯时激动得语无伦次，涕泪横流，对“铁榔头”郎平大加赞赏，把教练袁伟民，队员张蓉芳、孙晋芳、周晓兰等挨个夸了个遍。在那个年代，再没有比女排又快又狠的扣球更能让中国人感到扬眉吐气的事了。

与此同时，全国掀起了排球热，我们在体育课上就经常组织练排球，我还被选入了常州一中校队，与排球有了亲密的接触，经常参加校际比赛。当时风靡全国的日本连续剧《排球女将》，我更是每集必追，剧中女主角小鹿纯子“晴空霹雳”“幻影旋风”等带有魔幻色彩的打球技巧，让很多人叹为观止；她顽强拼搏的精神更是打动了无数观众的心。小鹿纯子，成为我少女时代的偶像。俗话说，外行看热闹，内行看门道，随着我球技的不断提高，我不但对所谓的“流星赶月”等特技不以为然，而且对小鹿纯子的身高也常常吐槽。

1984年9月，我进入了苏州大学。记得入学不久，一个周三的下午，我和几位女同学结伴去大澡堂。那时的澡堂不管男浴室还是女浴室，大家都是赤诚相见，一个淋浴喷头下，往往挤着数十位女生。雾气蒸腾中有位老师走过来，上下打量我说：“同学，我是体育系老师，你哪个系的？你的腿蛮长的，要不要来我们篮球队试试？”又转身对一旁长得小巧玲珑的老郇打量一番：“你呢可以来体操队看看！”我心想：篮球我可不喜欢，需要满场跑，我基本上只能坚持个5分钟就累趴下了，吃不消啊。于是我灵机一动，说：“老师，我会打排球。”老师说：“那好，你下周一下午课后来体育馆试训吧。”

于是我如约来到了体育馆。当时已经有好几个大一的女生在参加试训（不知道她们是如何被“发掘”来的，但是身高都比我高出了许多）。教练让我们一起垫球、发球、传球、扣球，一轮测试下来，教练跟我说：“你直接入校队吧。”由此，我开始了大学四年的业余排球生涯，跟随着英俊潇洒的男神教练马建乔老师和慈父般关爱队员的汤武烈老师，四年里再未与排球分开。除了每周两次固定的集训外，我们寒暑假也基本都要参加训练，并经常参加大学联赛，足迹遍布南京、杭州等地。

我的身高是短板，力量也不够大，因此当不了主攻手；手又小，包不住球，传出的球总是旋转不稳，也当不了二传手，所以我的位置只能是副攻了。但好在我技术全面，跑动灵活防守好，发球也是强项，所以最小个子的我一直是主力队员。说到发球，我学的可是上手飘球，发出的球又高又飘，对方很难招架。有次我们和当时的苏州铁道师范学院举行友谊比赛，在轻松赢下第一局后，第二局我率先发球，连续发了9个上手飘球，连得9分，正当我洋洋得意准备创个纪录，靠发球打对方个15∶0时，我们的男神教练突然喊了暂停，轻声对我说：“可以了，不要发太狠了。”明确要求我放水，原来他的女朋友是铁师的老师！总不能让教练女朋友的学校太难堪吧，于是我心领神会把球发出了界外。这事让我得意了好久，也遗憾了很久。

在我大三的时候，矮子里拔长子，我成了苏大女排校队的队长，女排教练换成了汤武烈老师，他曾经是解放军男排的主力，当过省级专业球队的教练，执教我们业余校队女排，真是大材小用。可能学校考虑到汤老师年纪大了，安排到女队来休养的

前排左二为龚赢

吧。比起马老师的怜香惜玉、手下留情，汤老师对我们非常严厉，每次开学都要增加运动量，长跑练耐力，举重练力量，直到把我们练得全身肌肉酸痛，扶着扶手才能爬楼梯回宿舍为止。汤老师对队员们的生活学习也很关心，经常邀请我们去他家包馄饨聚餐，我们的队员学姐魏建媚，因为父亲不在了，她把汤老师当父亲一样敬爱，和我又是常州老乡，我就经常跟她去汤老师家“混吃混喝”。

那时每年都有苏南地区大学联赛，我们的成绩一直不理想，到了八六级，学校有了体育特招生，任敏、吴颖就是其中的排球特长生，她们的加入，一下子提高了球队的水平。那时汤老师就有了想法，想尝尝冠军的滋味了，但是仅仅靠特长生，夺冠还是不保险，于是老汤想到了体育系研究生邓斌。邓斌是研究运动生理学的，曾经是专业排球运动员。业余比赛当然是禁止专业队员的，老汤想打个擦边球，因为邓斌当时的身份是学生。比赛结果可想而知，我们所向披靡，一路凯歌，最后第二场就已经锁定了冠军，于是最后一场撤下了邓斌和我等部分主力，派出全部八六级队员上场，包括替补，竟然还是赢下了后来的第二名。但是高兴没多久，由于遭到其他学校举报，我们的冠军最终还是被取消了。后来想想，如果没有邓斌，我们可能还是冠军，为此，老汤很自责，我们也很沮丧。如今汤老师已经作古，但是我永远怀念老师慈父般的关怀。

我的爱情也是在排球中萌芽的，当年陈小民学长变着法子接近我们班男生，自然是醉翁之意不在酒。其实更有心机的是，他从学校田径队退出，非要挤进不太擅长的男排校队。当然他后来对此也有说辞，据他称，是参加大学生运动会后对田径已经怕了，是排球队的仇老师跟田径队协商把他挖过去的，但事实上，他从此有了很多机会在体育馆遇到我，从而展开猛烈的“围追堵截”。

二十世纪八十年代是个单纯的时代，人与人之间的亲近似乎不需要太复杂的理由。我跟陈小民同学走得比较近，起始只因为男女排中只有我们两个是中文系的。中文系学生莫名的孤傲总会让我们有卓尔不群的幻觉，因此，男女排一起出去比赛或扎堆出游时，师兄陈小民和我结为一伙自然再平常不过。但到杭州打比赛后，舆论却昭示我们恋爱了。

去杭州比赛，其实同时也是次春游。比赛的对手是杭州师范学院、浙大等，我们刚组队，尚在磨合期，自然不是他们的对手，输掉已在教练的意料之中。因而，打完球游西湖时，大家的心情都是轻松愉快的。我们一组同游的有陈小民的死党、物理系的谢庆和张劲，干部班陈黎明帮着我们照相。西湖的春风让游人沉醉，“绯闻”也由此催生。在回到苏大后，我才知悉我“被恋爱”了。于是，在接下来男女排多次外出比赛中，我俩是被当成情侣被大家议论的。这种恋爱关系一度被视为苏大体坛佳话。随着陈小民留校做老师，它又变成了师生恋的典型，影响深远。因而，我的恋爱、婚姻事实上因为排球而被铁板钉钉，不容犹豫。

龚赢大学时旧照

排球丰富了我的大学生活，成就了我的姻缘，让我受益终身。可惜毕业三十年了，因工作、生活的忙碌，竟然再也没有摸过排球。唯一和排球有点关系的是今年去日本旅游，在小岛上等船时心血来潮和日本小伙子玩了会儿沙滩排球，感觉基础还在，动作也还没有走形。

当年永不言弃、努力拼搏的女排精神我一直铭记在心。那又高又飘的发球、干净利落的击球，更成为我青春燃烧的物语。

摘录一段《排球女将》主题曲的歌词，相信大部分同龄人都记得那熟悉的旋律，会一起哼唱的吧：

痛苦和悲伤，

就像球一样，

向我袭来，

但是现在，

青春投进了激烈的球场。

嗨，接球、扣杀，

来吧，看见了吧，

球场上，胜利旗帜迎风飘扬，

球场上，青春之火在燃烧。

……

胡健，苏州人，曾就读于苏州大学中文系八四级（2）班，学号1-84071。现为苏州市第五中学教师。

我的遥远的八四级

打下这个题目时，我并不知道自己想写些什么，只是觉得应该写些什么，这几个字就自然地从指尖流出来了。

三十周年团聚的余温还在，大群小群里图文不断。师长、前辈、同学们珠玉在前，三十年来一直教着语言文字的自己，平时只写些教案、论文，博客、微博都荒芜很久了，手生了。江同学和朱同学都对我布置过作业，我本打算赖皮偷懒的。然而，同学们的一篇篇流淌真情的美文感召着我，打下第一行字。

由于一直在苏州的缘故，回到苏大我并不很激动，因为一年也要来个一两回的。年纪渐长，多的是各种同学聚会，在苏大工作的高中同学会邀请我春天来赏樱花，秋天来访银杏。于是，不打扰忙碌的江同学，这几年我每年都会来苏大食堂吃顿饭，给钟楼、方塔、小河拍点照片。

然而，当看到诸婉玉同学寻访女生宿舍的“美篇”，心里还是湿润起来。这么多年，我一次也没有穿过小树林，沿着大操场，走向宿舍方向，所以并不知道，那条路现在不通了。也许，在我心里，不走过去，一切就都还在那里，不会改变。

我的嫡亲的同学们，不管过多少年，你们在我心里的模样，从未改变，一如当年。

苏大、八十年代，对我们一生都影响深远，就像范培松老师说的，一次次回来，源于恋母情结，这里是我们的精神家园。

在这里，我们不仅遇见了唐诗宋词、鲁迅、曹禺、雨果、托尔斯泰，而且遇见了罗素、萨特、弗洛伊德。时代为懵懂的我们打开了思想解放的大门。买过很多书，从《艺术哲学》到《美的历程》，其实半懂不懂，有些书到现在也没看完，已经在记忆里风干了。然而，那些逝去的画面，恍如昨日：白天在文科楼314听课记笔记，缕缕阳光洒在我们身上；晚上赶场子般到处听讲座，踩着月色谈笑争论着回宿舍……八十年代的氛围，好迷人，以后再也无处可寻，想起来都觉得奢侈，“当时只道是寻常”。

办公室里一个年轻老师，看到我们的合家欢照片，惊呼：“这么多男生啊！”我解释道，八十年代，那是一个文学的黄金时代，那个时候，谁不能吹几句文学，要被人鄙视啊。不像现在，文科班里看不见几个男孩子。

那个时代，我们有文学，有诗，也有向往着的远方。

那时，班里是颇有几位诗人的。记得某天，我对着黑板报上的一首诗胡诌了几句，然后才知道，作者南屿正是站在眼前的徐连根同学，这尴尬记忆犹新。当然，没有想到的是，徐同学后来与我同在一个城市，不时相见，互以老师戏称。羡慕他家有双胞胎，儿女双全。

聚会时见到依然身板挺直、两眼闪光的郭毅浩同学，时光仿佛停滞了。仿佛看见在某个教室，我问他南通话怎么说，他随手拿起一本书，用南通话念起来，很搞笑啊。印象中，他是个爽朗的人，不时会骄傲地提起他的许燕。

那年元旦前日，我们跟男生一起包馄饨，然后去寒山寺听钟。回来的时候公交没了，就一路说说笑笑地走回学校。不记得周围都是谁，只记得年轻的我们，青春的热情驱散了寒冷。回到宿舍还煎馄饨吃。楼下的谁，在嫉妒地嘀咕：“中文系的，三更半夜还煎饺子，煎得刺啦刺啦的……”

刚进学校，住在第九宿舍526，后两年在515。526在顶楼西北角，最冷的所在，我们宿舍七个姐妹就给它起了个名字叫“饮风斋”，有点革命乐观主义的自嘲精神。宿舍窗外可以看到双塔和望星桥北堍的巷子。楼顶是大大的晒台，极好的纳凉之地。夏夜，宿舍太热睡不着，卷了席子上楼顶往地上一摊，躺着看星星，聊天到半夜，除去蚊子打扰的不快，简直是神仙境界。

属于苏大的日子，从此开启。那时候，时光很慢，毕业似乎遥遥无期。

那个时候，我们的老师们正值盛年，风华正茂，意气风发。

现在闭上眼睛，仿佛可以看见——

范培松老师激情洋溢地在说：“散文是喷出来的！”

应启后老师云淡风轻地在说：“朱光潜这样的教授，我给他提鞋也不配啊……”

朱孔怀老师摇晃着头在说：“五分钟精彩，五分钟精彩。”

宣树铮老师戴着变色眼镜，歪着头在说：“《项链》不是在说为虚荣付出代价，而是在说一个女子梦想的破灭。”

姚鹤鸣老师儒雅地说：“阿Q头上的癞疮疤在现代文学史上闪闪发光。”

杨海明老师手执宋词，拍打着讲台：“好！实在是好！妙极了！”

……

不知道为什么，我觉得我们的老师们，当年的气质与他们教授的课目都神契合。

何孔鲁老师的真诚方正让我联想到古希腊神庙的参天石柱。

吴培华老师讲鲁迅的《伤逝》，讲涓生与子君的悲剧，讲得伤感动情，让人印象深刻，此后我们便称他为“涓生”。

王锺陵老师的镇江普通话和讲课神采简直就是“竹林七贤”附体，让我们感知了“名士风度”。

陆人豪老师当时颈椎不好，写板书要慢慢转过去，加上他穿着大衣显得魁梧，就像个俄罗斯贵族。

董志翘老师腼腆而严谨，在当今PPT的时代遥想董老师工整的板书，也是一种幸福。毕业后一度想把《古代汉语》再学一遍，除了说明我当时没学好，也是董老师魅力持久所致啊。

徐永端老师，讲课语速极快，极像当年红极一时的日剧《血疑》中的人物多加子，我们便私下以此称之，却并不明白她吟唱着诗词，讲起陈子龙、朱彝尊、纳兰容

苏州大学中文系八四级(2)班女生:
从左至右前排胡健、周明华、王清玲,后排曹桂玲、周雯、徐光萍、刘训萍、王祖炎

若时的心境。多年以后,我才得知她家学渊源而又命途多舛。“杨柳迷离晓雾中,杏花零落五更钟。寂寂景阳宫外月,照残红。 蝶化彩衣金缕尽,虫衔画粉玉楼空。惟有无情双燕子,舞东风。”陈子龙的词,今日读来,是徐老师的家国情怀。

潘树广老师,联欢会上一曲粤语歌艳惊四座:“昏睡百年,国人渐已醒……”那气概,俨然大侠霍元甲再世。

还有颜值、气质均在线的徐菊秀老师,温婉认真,还记得她说起现代汉语中的入声字,吴方言里保留下好多,南京话里只留有一个“织”字。徐老师是南京人否?

教党史的江英老师,个子不高,气场很大。话说,你们为什么叫他“大校”?

……

班主任缪学为老师,当时其实只比我们大几岁,在我们面前却比较严肃,宜兴风味普通话中自有一种威势。自己做了老师以后才明白,那是为了压住我们这些不知天高地厚的学生。

关于缪老师，记忆比较清晰的有三件事。

一是，刚进大学不久，缪老师教我们跳集体舞。当时大家对跳交谊舞还有点羞答答，就跳集体舞。直到现在，提起集体舞，脑海中出现的就是缪老师教我们跳的《青年友谊圆舞曲》："蓝色的天空像大海一样，广阔的大路上尘土飞扬，穿森林过海洋来自各方，千万个青年人欢聚一堂，拉起手唱起歌跳起舞来，让我们唱一支友谊之歌！"顺带的联想就是体育馆的舞会，去的人多跳的人少，大家都贴墙站着，男生都不好意思请女生跳舞，女生只好跟女生跳。我们的纯洁害羞的八十年代啊！

曹桂玲和胡健合影

二是，某次班干部开会，快结束时，缪老师咳嗽一声，说："大家都知道了，我的个人生活有了一个很大的变化……"大家想笑又不敢笑之时，情商智商始终在线的朱亚辉同学适时插话："吃糖吃糖……"（动作表情大家自行脑补）

三是，某日，缪老师问我，想不想考研。我一脸懵懂，因为真的没有理想。现在想来，真的是愧对老师的关怀啊，要是当日认真考研，现在是不是也能做个教授？（捂嘴笑）大学的相对自由和宽容，是我走上社会以后才深切感知的。

记忆中，我们在苏大四年间发生过两次敏感事件，中文系给予我们的包容和爱护，终生难忘。还记得宣树铮老师谆谆告诫："要珍惜年轻时的热情，留待日后为国家做事。"范伯群老师的教诲也至今音犹在耳："走出校门，你们就是兄弟姐妹，要互相关照，互相提携。"

三十年匆匆而过，不知道自己被社会改变了多少，只是，但愿我们心中，依然存留着当日的那个明朗少年。

毕业以后，收到吴晓宁同学的来信："我在灰扑扑的北方，想念江南。"

我的嫡亲的同学们，我也时常在江南的烟雨里，想念你们。

还记得，跟着"小草"王洁洋逛观前街夜市，我学会了分辨纯棉、纯毛、蚕丝和化纤。

还记得，跟着王清玲，我学会了吃辣。有一次，清玲从一院对面那个小饭店门口买回一斤油渣，八毛钱，非常香，宿舍里一群女孩子，咔吧咔吧一会儿就将这油渣全部吃光。还有一回，清玲买了羊油，在宿舍电炉上熬辣油，那味道，一直"飘到现在"……

还记得，在句容，周明华家里，大锅里翻腾着胖胖的韭菜饺子，以及我们一起去爬茅山，想着会不会遇到茅山道士。

还记得，在江宁，曹桂玲家餐桌上的"菊花脑"，以及她帅气的爸爸和可爱的妹妹们。

还记得，在南京，周雯家里，我们俩一起切菜做饭，她陪我去下关火车站买回程车票。

还记得，在镇江蚕研所，徐光萍家，她慈祥的妈妈，还有山坡上那些美丽的萤火虫。

还记得，每天晚上回到宿舍，总看到宿舍老大王祖炎安静地坐在桌边，看着书，打着毛线，心里就会感到非常安逸……

还记得，徐光萍推着英雄展亚平唱着《血染的风采》。

还记得，吴晓宁声情并茂朗诵着顾城的《我是一个任性的孩子》。

还记得，东吴剧社的你们，用青春的热情和才华演绎着《初恋时，我们不懂爱情》……

"三十功名尘与土，八千里路云和月。"不知道为什么想到这两句，似乎很不搭，又似乎还贴切。三十年了，沧海桑田。

好在，往事并未走远，我们并未走散。

王德河在群里发了我们二班的通讯录，47个人，一个都不少。

那天，在建屋签到处，说起我们二班仍在教育岗位的同学占比大，常林波笑道："二班么，有点二……"不由哑然失笑。

聚会过去大半个月了。开始回想，开始怀念。

我们这次聚会应该可以说是空前绝后的，这是因为，我的同学们，不管彼此地位和财富有多大区别，当我们穿着定制的同样的服装站在一起，我们也从心里撕去了世俗的标签，都只是苏大的孩子。这也是遥远的八十年代赋予我们的情怀吧。

回到母校的短暂半天里，我们宿舍的姐妹抓紧时间拍照，大家不约而同要在东吴校门有校训的那一面合影。

默默流淌的三十年时光里，我们谁也没忘记那十个字吧——养天地正气，法古今完人。

虽然，我们都很平凡，但是，没有忘，不敢忘。我们是苏大人，我们是八十年代人。

有同学说我当年是写作课代表，对此我真的没有一点印象。聚会次日加了范培松老师的微信，范老师很快从老照片上认出了我，并确认我就是当年的写作课代表。老师还是如当年般机敏睿智。有老师确认，我就放心了。

毕业以后就很少看文学作品，平时大多是碎片式阅读，这是个碎片化的时代吧！于是，我的文字也只能是些碎片的组合了。

现在，一边打字，一边忐忑：不知这篇啰啰唆唆的文字，是否对得起老师当年的教导和期许？

10月2日，聚会当日，我在朋友圈发了这么几个字：

感恩师长　感恩母校

感恩遇见　感恩时光

在人生最美好的四年里遇见你们，真好！

2018年10月21日星期日

徐光萍，江苏镇江人，曾就读于苏州大学中文系八四级（2）班，学号1—84096。现为江苏大学文学院教师。

那些年的青春往事
——回忆我的大学时代

翻开岁月的纪念册，渐已模糊和遗忘的青春往事，又被唤醒。追忆逝水年华，那些曾经的梦想，曾经拥有的闪亮日子真的会被遗忘吗？

很多人说八十年代是最好的年代，大学毕业三十周年，我们重返母校，老师和同学回忆当年，感慨最多的就是我们有幸身逢那个思想解放、理想主义和个性主义并存的八十年代。诚如王尧学长所云："八十年代是一个思想上风生水起的年代，是一个精神上自由翱翔的年代，是一个知识上衔接中西的时代。"1986年9月，我作为镇江师专中文系刚读完大二的在校生，有幸被推荐去苏州大学中文系完成大三大四学业，何等的幸运！毕业十周年、二十周年、三十周年返校，我始终不忘在"养天地正气，法古今完人"的校训前留个影。母校是我们永远的精神家园。

在那个告别知识短缺、精神短缺、思想短缺的年代，我们有幸遇到了最好的老师。班主任缪学为老师有着兄长般的宽厚仁慈，同学们说从未见过老师发火的样子。缪老师平时话语并不多，但目光却永远那么亲切温暖。同学们爱戴他，私下里都叫他“老缪”。

每天背着书包、拎着饭盆往返于文科楼314大教室、钟楼、图书馆、食堂和宿舍，那是永远抹不去的记忆。引以为豪的是大三我获得了一等奖学金。两年的求学，我聆听过很多老师的课。重新翻阅当年的笔记，早已模糊的记忆似乎又渐渐清晰起来。古代文学由曹林娣、王锺陵、罗时进、吴企明、杨海明、陈桂声等几位老师分段讲授。印象最深的当属教魏晋南北朝文学的王锺陵老师。他是镇江人，课间休息会找我聊些他为镇江历史文化建设献计献策的话题。课堂上王老师激情澎湃，绘声绘色，其率直性情颇有魏晋名士风范。2000年镇江举办《文心雕龙》国际学术研讨会，他请来了他的导师“龙学泰斗”杨明照先生。杨老当年已91岁高龄，大家争相与老先生合影。王老师颇感得意自豪，其师承关系令人艳羡。老师当年给我们授课的讲稿出版时，他托人捎给我一本，这部《中国中古诗歌史》洋洋洒洒近90万字，令人仰止。他用“高唱发踪”来概括魏代文字，我倒觉得这四个字正是他自己的写照。

外国文学由何孔鲁、宣树铮和陆人豪老师分段讲授。宣树铮老师在我毕业纪念册上的留言是“苦难是盐”，人到中年才真正理解这四个字的含义。印象最深的是陆人豪老师讲十九世纪俄国文学。他一身中山装，风纪扣扣得一丝不苟。讲课语速平缓，很像俄罗斯贵族。因为颈椎不好，他一直是坐着上课，以免转身板书之苦，他把外国文学作品篇名和复杂的人名打印出来发给我们，方便我们记笔记。老师分析果戈理笔下农奴主的吝啬贪婪入木三分，他说过，果戈理小说是赤裸裸的真实，真实到令人害臊的地步，这句话我印象特深。

朱栋霖老师讲戏剧美学很精彩。他通过台词分析给我们讲解夏衍《上海屋檐下》的内在戏剧性。剧中有个情节：多年后匡复与彩玉相遇，当彩玉问：“你还在恨我吗？”匡复回应一声：“彩玉！”就这两句看似平淡的人物对话竟被朱老师挖掘出三层含义。2008年，朱老师被鲁潜请到镇江做电视片评审专家，我特意带上当年的听课笔记请朱老师签名，他欣然挥笔：二十年恍如隔世，依稀想见当年激情。

记忆中还上过优雅高贵的徐永端老师的“中国古代文论”，束景南老师的“隋唐佛教文化”，董志翘老师的“古代汉语”，范明三老师（好像是从校外请来的）的“民俗学”等。我的毕业论文是马巧新老师指导的，好像写的是“镇江方言与普通话语音

徐光萍大学时代留影

对比辨析”之类的题目，那时没有论文答辩，感恩马老师让我顺利通过。大学所学似乎已忘得差不多了，不，应该说是融化到我们的血液里了。感恩老师们的辛勤培养，毕业后，我也走上了讲台，一站就是三十年。

有人说，“同学是通往世界的一张特别有效的通行证”，一点不假。我和同学们的情缘要从进苏大的第一顿饭说起。1986年9月的一天，我去苏州大学中文系报到时，学校已经开学了。我被分在八四中文（2）班，学号1-84096。系办让时任学生会主席的朱亚辉带我熟悉情况，并帮我把行李拎到宿舍。安顿好后，亚辉领我去食堂，因为暂未领到饭票，这顿饭算他请客。吃饭时看见来来往往的男同学冲他神秘地使眼色，挺有意思。当时我与司法干部班的六位学员大姐住一个宿舍，我排行第七，她们叫我“小七”。她们大部分都做妈妈了，因为想孩子，周末经常回家，回来就带好吃的东西给大家分享。石华、张成芳、钱知大姐都是女篮主力，球场上英姿飒爽，运球上篮，不让须眉。我们宿舍在八号宿舍楼西单元，亚辉因为是学生会主席，还因为众所周知的原因，他常来女生宿舍转悠。他为人热情开朗，风趣幽默，平时喜欢穿一条白裤子（估计想打造白马王子形象），我们宿舍的大姐们都很喜欢他。他一到场，宿舍顷刻间充满了欢声笑语。有一次我妈来看我，碰巧亚辉在，三言两语把我妈逗得直乐，隔了好多年我妈还记得这个小伙子。这次亚辉主持三十周年聚会，张弛有度，情商智商真是了得。我们同班，又同在一个学生支部，熟悉后，他就一直称我光萍兄。班长郭毅浩我们称他“浩子”，偶尔也会来我们宿舍，有一次他女友来了，没地方住，我就让出我的床铺给他女友，自己和大姐们挤挤。浩子的女友叫许燕，是个高个女孩，很漂亮。这次聚会问浩子，知道身边人还是她，很是欣慰。

我接触最多的是胡健，一个温婉知性的苏州才女。她来过我家，我也去过她家。毕业后几年我们一直通信。她有思想，有情怀，文笔很棒，有时一写就是七八张纸。这次的聚会感言洋洋洒洒写了不少，唤醒了我们许多沉睡的记忆。当年有几位毕业回老家的同学后来又陆续回到苏州工作，在苏州扎下了根。王维兵就是其中一个，这次聚会他开车去车站接送同学，一直为大家默默忙碌着。

还有我的镇江老乡。鲁潜很有思想，读书不少，送过我两本，毕业后一直在电视台工作。他给我送过几次他拍的片子，那是镇江早期少有的富有人文气息的电视片。还有周玉林，他和颜兵是好兄弟，两个人就像双胞胎。有一次这哥俩突然跑我家来玩，让我吃惊。我家离车站较远，听说他们搭上人家拖拉机风风火火来的，听着很有画面感。颜兵一到周末就出现在校体育馆的交谊舞会上，我去过几次，他很会带人，尤其擅长快三，舞步娴熟，舞会上很是拉风。还有玉林，这次聚会，他一路主动帮我拎箱子。这个外表粗壮的汉子倒真是个暖男。听说他作文教学很有一套，学生很崇拜他。

学生会文娱委员常林波也是舞林高手，他经常约上“小草”王洁洋和我去当他的舞伴。1987年9月，为举办

徐光萍学习笔记

迎新晚会，常林波和朱亚辉等人策划了一个节目，让我和中文系刚入学的八七级新生、老山前线一等功臣、特等伤残英雄展亚平共同演唱《血染的风采》。我身着红裙推着坐在轮椅上的展亚平缓缓走向舞台中央时，会场响起了热烈的掌声。我和英雄的对唱情真意切，那一幕终生难忘。后来听说一个苏州姑娘爱上了他，与他成婚照顾他，并有了一个女儿，真心为英雄祝福！

毕业前我和江同学、周明华、李宗诚、郑生明等同学被分在昆山一中实习，教高二语文。大家一起备课，一起吃饭，是个团结友爱的小分队。记得一次周末，我们约好去逛街，好像还进了咖啡馆舞厅什么的，回来晚了，学校大门已锁，我们决定翻铁门。铁门很高，我和明华胆小不敢爬，仗着门里门外有男生保护接应，颤颤巍巍总算翻了过去。这次聚会结束后，我们几个同学想去园区的诚品书店转转，江同学知道后，一定要开车送我们过去。作为苏大的领导，他还依然是那个我们熟悉的同学，谦和低调，不事张扬。我们为他骄傲。吴晓宁写过一首诗，称中文系八四级的同学是嫡嫡亲亲的兄弟姐妹，说得极是。

毕业后跟丹阳的同学聚过几次，每次去都受到盛嘉华、盛建国、李路、王敏霞（我们的学姐，嘉华的妻子）同学的热情款待。敏霞学姐跟我们中文系八四级感情很深。2004年我们在沙家浜聚会，她请我们去她常熟娘家做客，并设宴招待大家。说到这儿不免令人痛惜伤感。人生无常，敏霞学姐两年前因车祸去世，去世前一个月还跟我约稿，说要主持丹阳的一个读书活动，想请我写一篇关于蒋勋《生活十讲》的读后感，三四百字即可。我写好后如期发给了她。后来便听到她离世的消息。愿亲爱的敏霞姐在天堂一切安好！这次聚会，嘉华送了我一本装帧精美的《落霞飞，秋水长——王敏霞的"诗和远方"》，他从敏霞的大量博文中精选了60篇游记出版成书，当是对爱妻的永远纪念。

不知不觉写了不少，转眼人生已知天命。"为学日益，为道日损"应该是我们这代人现有的生活状态吧。诚如缪老师所说："坐看云起，庭前花开，一杯茶、一本书、一桌友的日子，正悄然走来，值得我们期待珍惜。"说好了，十年、二十年、三十年后，我们再相会，细说从前。

卞永清，江苏灌云人，曾就读于苏州大学中文系八四级（2）班，毕业后回老家中学教书。2000年重回苏大，师从栾梅健、范培松两位恩师，再受春风哺育，受益良多。2006年到连云港师专中文系任教至今。

也是青春年少时

前因家事所累，聚会未能成行，已然成憾，心中长惴惴；后接龙城使君布置写一篇纪念毕业三十年文章的任务，我就不再辞却、乐而为之了。涂鸦几笔，聊以宽慰爽约不安之心，也借此向同学们表达歉意。

前阵子看了王建兄在群里发的感慨，深以四年之中未能碰到红颜知己为憾事，感同身受的同时，却也有点小的异议。世间之事难万全，得失相伴，大致如此。能力强如玉林兄们的毕竟是少数，回到八号楼看看，形影相吊之辈岂不是触目皆是！（八号楼大概是因为承载不了太多的郁闷，早就成了危房，所以被拆掉是它的宿命）如此看来，王建兄的感慨纯属当年闷骚附体，不敢苟同之余，还必须得承认，王建同学依然年轻！

虽然无福享受花前月下的卿卿我我，但记忆中光棍儿们的生活好像也并不是想象中的那么不堪。可以去球场上挑衅、鏖战，也可以组团去观前街看电影，还可以在宿舍里摆开牌场、扎堆乱斗……

打球有点折腾的意思。累，疲倦，费鞋子，比别人多洗几身衣服，还有累累伤痕……锻炼身体是谈不上的，唯一的好处大概是有助于睡眠，少做“春秋大梦”。

当年去观前街看电影是苏大人的一种风尚，每个苏大人应该都不缺乏这样的记忆。恋人们是去享受二人世界的，光棍儿们则更多是为了消磨时光。三五成群，结伴而行，散场后走在四面寂然的马路上，总不免还要搞点动静，好像生怕这世界太安静似的，有点“啸聚”的味道。翻墙入校，回到宿舍，当然还要发表些观感，不过不谈艺术，话题常不离今天看到的那个漂亮女演员。七嘴八舌，添油加醋，逗得留守的同学兴味盎然之后，他们的讲述却常常戛然而止，然后各自上床，睡觉，做年轻人的梦。第二天醒来，恍若隔世，兴致云散，心大的人自可把一切弃之脑后，独有那些多情者们，总是难以全然释怀。咋办？只好再去一趟观前街，再买张电影票，再看一场那电影……饱了眼福，餍足了爱美之心，只是苦了腿脚和荷包里的钞票。

多年以后，我对当年看过的那些电影和曾经追慕过的女明星们已经完全忘怀了，看电影这件事却转换成了别样的一种记忆。

那时的苏州很静，很安详，从容得一点都不夸张。每逢电影散场，大都是夜阑人静的时候，走在老苏州用碎石铺就的小巷里，空巷足音，看古朴的里弄向幽深处延续，偶尔不知从何处传来一两声听不懂的苏州话，在空寂的小巷中流荡，仙乐一般。后来读陆文夫先生的一篇小说，题目好像就叫《小巷深处》，其中的境界似乎就是这样的感觉。料想老先生生前一定常有我们那样的经历。归途有一座小石桥，就是苏州常有的那种。逢月明之夜，明月清风，人从桥上过，水从脚下流，桥边垂柳，婆娑弄影，配上两边朦胧的粉墙黛瓦，如若定格，是一帧美妙的剪影，抵得上一幅名画。“上有天堂，下有苏杭。”在这两座号称“人间天堂”的城市间，喜欢的还是苏州。杭州如大家闺秀，有富贵气、雕饰感；苏州是小家碧玉，温润，恬淡，自然，亲切，而不乏生机和灵气。所谓的“水墨江南”，得其神韵者当是苏州。至今，我依然喜欢二十世纪八十年代的苏州，并且始终认为真正能领略其神采的是那样的夜晚。

还有一件与看电影相关的事不能不提。当年回学校的路上要经过一条通往钟楼新村的小巷，巷内有家做烧鸡的作坊。每逢夜晚，当此作坊开始加工烧鸡时，便即焦香四溢，由不得人不垂涎，总感觉那是天下最美味的烧鸡。悲哀的是终了四载，始终是只闻其味，不见其鸡，殊可恨者！不过那刻骨的焦香却早已和着关于苏州的印象烙入了脑海之中，挥之不去。后来再回苏州，还曾经寻过那条小巷，却已是面目全非，不复往日景象。不知那样的烧鸡是否还做？做烧鸡的主人还安好否？

打牌受光棍儿们的欢迎，大概有两个原因。一者参与者众，属于大家乐；二者可能是因为有快感，且输赢双方间的兑现方式直截了当，绝不拖欠。每当夜幕降临，华灯初上，八号楼里总会有几场牌局。四人端坐中间，神色凝重，做沉思状，边上聚拢着一群看客，千姿百态，乐此不疲。有人爱静观，是君子；不过君子毕竟不多，多的是话痨，常常是一人做主，三五人帮腔。有的人不仅话多，性子还急，情到深处，忘乎所以，去牌主手中抽牌代出这样喧宾夺主之事竟屡见不鲜，如此三番，常惹得牌主恼怒不堪，突然冒出一句“你打牌还是我打牌”。一句话，如醍醐灌顶，瞬间厘清角色，看客缄默不语。但自控力往往不好，几分钟后，看客们又故技重演，再次来过。亦是一景！若逢酷暑难眠之夜，一个个好牌者打着赤膊，聚作一团，人声鼎沸，虽汗流浃背，却似恍然不知，直斗得哈欠连天，眉眼不睁，去床上一躺，如玉山崩塌，轰然入眠，权当是消热避暑，亦可乐！总的说来，中文八四的牌局有点乱，但有一个好处——热闹。此情此景，如若还有人埋怨生活苦闷无聊，那只能怪自己太过多情，或暗恋伤神，或失恋心痛，何不去打牌？！

打牌而有乐趣，当然在于有输赢。胜者自乐，常红光满面，踌躇自得，如解完牛的庖丁，点上一支烟，时不时扔出几句风凉话，故做低调状。败者则恼，恼极而怨，怨极则愤，但为了面子，兼及团结，无泄愤处，只能面红耳赤，黯然神伤。一怨上苍无眼，不舍得赐予一副好牌；二怨出门没翻日历牌，上面应有“今日不宜打牌”的忠告。最怕碰到宠辱不惊之辈，看透世间百态，输赢不放心间，喜怒不形于色，于是彻底将牌局变成一场折磨，如饮温吞白开，平淡得令人痛不欲生！最喜欢看“小和尚”维兵和“老吴”新泉打牌。二位仁兄均是率真性急之人，配作一家，常常把牌局变成战场，搞得“金花”四溅，火爆异常。胜则笑逐颜开，媚态可掬；败则面色由晴渐渐转阴，开始怨，一般不怨自己，常怨他人，此时话痨也知道闭嘴，因为城门起火了，稍不留神池鱼也跟着遭殃；怨极而气，渐有火星撞地球之感，无语，沉默，面色阴沉似水，青筋暴露，张力愈强，一时间剑拔弩张，似大战来临，火山将要喷发……但终究不出手相殴！愤慨至极则摔牌于桌上，一言不发，昂然而去。撇下一群愕然的人，呆如木鸡。可贵的是这样的不欢而散并不耗损兄弟的情分，第二天即前嫌冰释，再成一伙，重上牌场。不隐掖，是率直、血性；不藏芥蒂，是大度、洪阔。中文系八四级的人格魅力于此可见一斑矣。

如今牌局已散，复盘亦难。当年的情景常飘至眼前，除了会心一笑，常期待能再观摩一次王、吴二位仁兄在牌场上的恢宏一战，怕只怕三十年的俗世磨砺已然稀释了我们身上太多的锐气，往日的情景再也难以重现了。所以，聚会最好不要打牌。

如果有来世，下辈子还回苏大，不妨还做一条光棍儿，前提是得有维兵和新泉这样的兄弟陪伴。不知当年的光棍儿们意下如何？

人常说往事如烟，其实每个人总有些永远不能忘怀的故人和往事。一生中有些不如云烟的人和事，是一个人的幸运，因为那个空间是一个人的根系所在，可以休憩，可以疗伤，沮丧时可以鼓舞勇气，失落时可以滋生希望。这样说来，我是幸运的，因为有你们；我们都是幸运的，因为有苏大，有三十四年前的那次邂逅，有我们共同的中文系八四级。

祝敬爱的老师们和亲爱的同学们健康、平安、幸福！

王建、鲁潜、朱一峰、朱亚辉、何金华、王斌、常林波、周敏和李锋合影

王维兵，曾就读于苏州大学中文系八四级（2）班，现为江苏省苏州实验中学语文教师。

翰墨缘

一

越来越怕写文章了。

一怕言语表达不合当下语境。我们大学那会儿，很多词语的意思都和现在不一样，世界变得太快了，我们辛辛苦苦构筑的话语体系到现在已经变成了一种自我嘲笑的对象。

二怕所写内容不称大家心意。太雅，则自绝于兄弟；过俗，则自戕于审稿；雅俗兼得，则对不起自己的脑细胞和神经元。况且有些事情的确记不清楚，比如“花裤头事件”，还有把恋爱对象张冠李戴的，等等。

但，这是亚辉交给咱的光荣任务啊！

勉为其难，凑个数，敬请各位看官谅解！

二

仔细想想，四年大学，结交的同道中人还真是不少呢。就相当于现在的这个圈、那个群什么的。

踢足球的有一帮兄弟，李路是大哥大，几乎是振臂一呼，球友云集而响应，日移而影从。“秃子”“榔头”“小和”这么一叫，宿舍走廊里立马“同去同去”，于是一同去，球场上于是“嘣嘣嘣”地热闹起来。酣畅淋漓的一场球赛之后，一起在浴室冲把澡，一起胡乱地吼那么几嗓子，惬意至极啊！

游野泳的也有一群，周小平是游泳健将。他能在护城河东西两岸自由横渡，甚至还可以游到相门桥。现在想来很怀疑他是否早就盯上了新湘苑那块地，否则十几年后他怎就这么巧住到相门桥北的新湘苑了呢？还有如飞虎队一般翻过围墙和铁丝网突入学校游泳馆的一帮家伙，尽享戏水之乐。

还有一帮结伴去观前看电影的。《仲夏夜之梦》《第十二夜》《亨利四世》《巴黎圣母院》这些名著改编的电影看了不少，还看过沙叶新先生的话剧《公共汽车进行曲》。去时，穿行于巷陌之中，碎石或青砖铺的路，斑驳的墙壁，时有残垣断壁，青苔野草，常有李白《越中览古》的感觉。回时，如果正值寒冬夜，最佳的方案就是在干将路边的羊肉店喝一碗热乎乎的羊汤，有时还会来点羊肉。我们那时也追星，学校陆续请来的王希杰、刘心武、奚美娟、沙叶新等学术界、文艺界名人，都受到热烈追捧。

至于旅游圈、篮球圈、排球圈、棋牌圈、考研圈、吃油条圈之类，都留给其他能手写吧，我这里就重点写写翰墨圈吧。希望能为中文系八四级灌一点墨水。

三

其实现在挺内疚的，特别是对王斌、王建、王伟林和李斌。我先向几个兄弟说声“对不起”！

你们毕业时给我题写的墨宝全部遗失了。痛哉！

事情要从我刚工作时住的那隅楼梯间说起，八九平方米的样子，进门就是一床、一凳、一学桌而已。那情形恰好与王斌兄写给我的对联吻合，于是高高兴兴张贴上墙，没舍得花钱去装裱，又怕粘得太牢以后揭不下来，特意少用些胶水。“室雅何须大，花香不在多”，横批“惟吾德馨”，好字！有东坡遗韵，得山谷真传。接下来王建书写的《好了歌解》也上了墙，毛体风格，与常人迥异，尽显挥洒奔放、旁逸斜出之风。伟林、李斌写的内容现在竟然因记忆模糊而不敢确定了，但是伟林的曹全碑的隶书风格、李斌的圆柔内敛的行书姿态犹在目前。当年，每每于就寝前一览四位兄弟的墨宝，如见老友，欣然而笑，酣然而眠。

记得后来这些墨宝是从墙上小心翼翼揭下来的，只可惜屡次辗转迁徙，如今居然不知所踪。怎一个“痛”字了得！

四

有时候，不觉间会忆起大学时一起练习书法的日子。

我们一个宿舍全都很投入，有练颜体的，有习柳体、欧体、魏碑体的，这些字体总体上都刚劲有余，我到后来学了褚遂良的字，才知道如何用柔。

宣纸费钱，毛边纸也费钱，大多数时候，我们在旧报纸上练字。老大（常林波）不知从何处弄来许多旧报纸，我们正面用过就用反面，大字练过就在夹缝里写小字。一宿舍的人挤在两张桌子边经常摩肩掣肘。练到酣时，突然会有一个人盯着李斌看，于是，大家盯着李斌看，齐笑。有时，他对镜一照，发现唇上、颊上都是墨迹；有时，根本什么也没有，就是逗乐。包括李斌走路的姿势，步子小，还有点扭捏，于是大家学，弄得李斌不肯跟我们一起走路。

邻舍成员偶入我室，必啧啧于我辈的翰墨功夫，咱兄弟几个于是颇为自得，虽无书杰、书圣、书痴、书狂之名，也必窃喜于室中。犹记有一年，我们宿舍受人所托，写了很多标语口号。这些“作品”被贴出后，常有人偷偷打听，那个字写得好的到底是谁，我们决定缄默。但是，我心里时常冒出一句台词：“是（潘）冬子干的。”

有一天，我做了一梦，梦见我们兄弟还住在一个宿舍，老六（陈全平）趁马斌熟睡之际，偷偷在他的后背上用颜体写下四个大字：“精忠报国”。

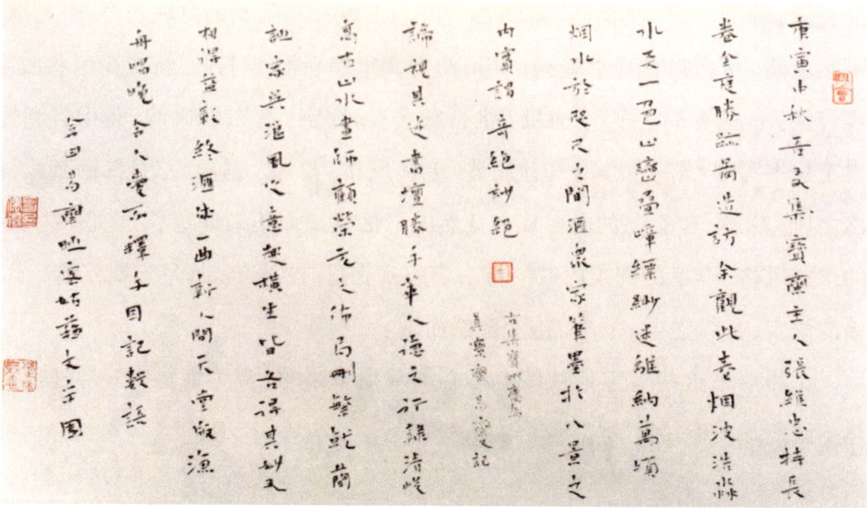

王伟林书法作品

五

大二的选修课我选了国画，没有选华人德老师的书法，还是有点后悔的。我在国画班里学了一点皮毛，浮光掠影。同班的大概只有曹桂林学有所成。她在我的毕业纪念册上还留了微雕式的硬笔山水，寄语云，“不汲汲于荣名，不戚戚于卑位”，一生受用。选了书法班的常林波还带回了华老师的真迹，让我歆羡不已。伟林同学更是濡染于大师门下，其书艺颇有华老之风。

现在，我面前是华老师的一幅字，李白诗《东鲁门泛舟》的前四句：“日落沙明天倒开，波摇石动水萦回。轻舟泛月寻溪转，疑是山阴雪后来。”布局疏疏朗朗，结体圆融柔顺，其中“明”“舟”“来”三个字，打破了常规构架，良有用心。

这是王伟林同学送给我的2011年艺术台历中的一页。伟林师承华老，在书艺方面也颇有成就。这本台历里也收录了他的《金庭胜迹图卷》题词，墨迹之中依然可见曹全碑对他的影响。

2016年，伟林同学又送了一本书法艺术台历给我。其中，华老书写于谦的《咏煤炭》：“但愿苍生俱饱暖，不辞辛苦出山林。”疏朗的布局风格依旧，字的结体更凝练，笔画或似古枝，或如兰叶，有林泉之趣。伟林书写杨万里《过松源晨炊漆公店》：“莫言下岭便无难，赚得行人错喜欢。正入万山圈子里，一山放出一山拦。”字体明显放弃了柔和的特点，转而刚健洒脱，用墨浓淡枯腴，相从相生，最后一个“山”字的处理颇有意趣。

陪亲朋游览苏州的老街古巷、园林名胜，常遇见华老手书，彼时，必手指口称，这是我老师写的，喜不自胜。真希望能拥有华老的墨宝真迹，不知可否得偿所愿？

六

伟林知道我喜欢书法。2006年春天，特意为我写了两幅书法作品。我收藏至今，视若珍宝。一幅是杜甫绝句：“江碧鸟逾白，山青花欲燃。今春看又过，何日是归年？”整体上看有点如镜像，我猜是伟林想在整体风格方面有所突破。用墨以燥笔为主，遒劲苍古。另一幅是郑燮的《题画兰》：“兰草已成行，山中意味长。坚贞还自抱，何事斗群芳？”字体敛放自如，字意坚贞方正，与诗意耦合无缝。

我妄想，再得诸位同学的墨宝。我一定会妥为珍藏，或许在我时运不济之时，用你们的墨宝质钱万千，赈我于涂炭，济我于水火。待我通达之际，再用亿万赎回，随我俯仰，伴我入眠。

痛哉，那些遗失的墨宝，那些模糊的往事！

2018年11月30日

许洁，来自苏南小城，毕业后长期在南京从事职业教育工作，南京市学科带头人，南京市优秀教育工作者。

琐忆

1984年能考上大学的女生比较少，哪怕是中文系，全班48人也只有14位女生。所以大学期间，女生们还是能享受到足够多的优待。比如，女生宿舍楼就明显要比男生的亮堂多了。

一班的女生都来自外地，大多第一次离家求学，分住一南一北两间宿舍，513和516，两年一轮换。印象最深的是第一回在宿舍遇见邵天亭，她一身绿军装，还挎个小绿包，英姿飒爽，绝对是八十年代的时髦装扮，一笑俩酒窝，热情主动地和舍友打招呼。个子最高的洪霞则是人如其名，颇有大侠风采，她最爱斜倚在上铺读金庸、梁羽生，读到沉迷时，手指含在嘴边痴笑不已。大眼睛、胖胖的陈敏，为了减肥，熄灯后必做一百个仰卧起坐，因为床铺质量不好，常有咯吱咯吱的伴奏。来自沛县却江南味十足的马广荣，高年级时恋爱了，出门前会把小脸抹得白白亮亮的，一回宿舍，就开始织一条灰色大毛裤。只见她端坐床头，左手端着根大竹针，右手拇指和食指捏起线端，高高地绕过左手，

二十世纪八十年代苏州大学各种证件

收回手再端起另一根竹针，全神贯注，似乎要把所有的爱都编到毛裤中去……因第一次学做毛线制品，最后成型的毛裤，漏针太多，千疮百孔，但也足够让舍友们惊叹爱情之魔力：不会干活的小马，居然坚持完成了这样一件伟大的作品！

女生们大多是勤快和爱整洁的。趁着宿舍楼外墙粉刷的机会，513宿舍的许同学、邵同学还顺了两块长长的木板，细致地糊上白纸以后，靠里横架在铁架子床上当作书架，白棉纱蚊帐内的个人小空间顿时清晰和延展了许多。唯一曾随学管老师来查卫生的科任老师——王锺陵，就很是赞叹我们宿舍的整洁和有条理。毕业前夕，这两块木板早早就被同楼层的陆学妹和宜兴老乡预订走了。想必这两块木板在中文系女生宿舍流转了很多年。另一位到过我们宿舍的学科老师则是吴培华老师，那是新生入学不久，特地来宿舍看望新同学，和大家拉家常，还猜中了在场最小的是小马同学。

文科楼314大教室是我们上课最多的地方。女生们照例会踏着磨得发白的木地板提早走进教室，挤在长椅子的前三排。个别恋爱中的女生也会早早地给同班男友占个靠前的座位，方便听讲和记清楚能上下推动的大黑板上的板书。老师偶尔点名，那是必能查出班上迟到、翘课的男生的。

毕业留校初为人师的师范班班主任缪学为老师很有创新精神，班干部轮任制只是他的一个小创意。于是，大学四年，我们有了两任班干部。班长、支书们是要带着同学们干大事的。除了召集大家爬天平山、登盘门三景、春游光福香雪海，还坐过苏州南门的廉价夜航船穷游杭州，去过上海大观园，而印象最深的莫过于一次小群体的宝带桥赏月活动，后来有同学戏称之为“燃情宝带桥”。

记得那是大二上学期，临近中秋，班里几位活跃的男生早早动起了脑筋：要组织一次有想法、有特点、带劲儿的中秋节活动，并密谋准备趁机邀请几位女生加入！

在军师王斌牵头谋划之后，几位男生开始了各自的准备：何金华凭借个人魅力，向系里负责后勤的老王偷偷借了辆人力三轮车，又溜遍半个校园捡来枯树枝一堆，生怕不够，又与“大个子”缪建峰等一起钻进九号宿舍楼东南侧的一个木工车间顺了点废木料；崔继业则设法搞了一塑料桶酒精供引火用；陈德明、朱永龙等人买了啤酒、月饼和苹果。他们几个那几天上课都没有心思了，偷偷摸摸、鬼鬼祟祟但又是一本正经、极为正式地邀请了许洁、马广荣和邵天亭等几位女同学晚上一起去宝带桥赏月，那诚恳的态度教人根本无法拒绝，加之宝带桥赏月这么浪漫而有情调的活动，女生们本来也是心向往之的，于是便爽快地应允了。傍晚时分，一行八九个人，崔继业骑了一辆绿颜色的邮电车，其余同学则全都上了三轮车，何同学、缪同学、王同学轮流骑，穿街走巷、吱吱呀呀地向东南方向的宝带桥进发了。

当天正巧是个星期天，宝带桥是人山人海，三轮车只能停在很远的地方。大家分别扛了、拎了、背了各种物资挤到宝带桥上。四米左右的桥面并不宽阔，也没有护栏。在拥挤的人群里，大家小心踩着密密铺就的石块桥面，个矮的女生们几乎看不见桥的全身，也很难静赏“玉带卧水映碧苔”“五十三孔照影来”的美景。好不容易找到一块相对能安坐的地盘，男生们终于能卸下手上的重物，七手八脚，架起柴堆。女生们也都席地而围坐了。静坐下来，就着月色，边吃边聊，嘈杂中的“湖水美酒明月光”也自有情调。

秋风习习，凉意渐生，女生纷纷披上了薄薄的毛衣，细心的男同学看在眼里，有的就主动挪到了上风位置，为女生挡住微微秋风，有的则起身添柴火。见火势不旺，崔继业同学腾的一声从地上跃起，拎起酒精桶，迅速拧开盖子，对着火堆就浇了上去，只听“轰——”的一声，火苗飞速乱蹿，霎时间，只见邵同学马海毛编织的毛衣上全是火！大家顿时慌乱起来……只听见对面的好多游客都在喊：“快点让她在地上滚！”又有人在喊：“快点把她推到河里！”几个男生手忙脚乱，不知所措。这时候，还是王斌和何金华沉着冷静，一边帮着扑火，一边让邵同学在地上打滚，不一会儿，就将她身上的火扑灭了！一场惊吓过后，同学们才松了一口气，可是回想起来真是有些后怕。也正是这场意外，将这次赏月活动永久地刻在我们的记忆墙上，永生难忘！

惊悸之余已近夜半，起身回程，三轮车的链条又是状况不断，但男生们依然兴奋不已，借着少许的酒意，一路高歌《冬天里的一把火》，到校已是后半夜。

一班的学生好学内敛，每年的专业排名第一、二名基本不落外班，还有中学就曾获得省“三好”的小吴健，以及伟林、王斌的书法功底更是羡煞众人。但相比二、三班，我们班的文娱人才实在不够出挑。特别是跳集体舞（廿四步）和后来越来越流行的交谊舞，我们一班就比不上二班有常林波、章宏等杰出人才了。因资源欠缺，班委们只得带头上阵，或生拉硬拽了几个好说话的上场。参与集体舞的组合，自是高矮胖瘦不等，动作不够协调者为多。何同学自嘲：农活干多了，跳的是踩脚舞！跳舞的有常艳，她和刘新生是班上两位新疆代培生。常艳大方爱笑，经常钻进外语系旁边的小楼，捣鼓扬琴和小鼓。每次暑假返校，都会不远千里带回甜甜的哈密瓜。尽管经车厢的闷热和座位底下的数日颠簸，少了许多水分，但那是同学们第一次尝到哈密瓜。

记得班级组织参加系里的小品比赛，瑞娟同学脑子很灵敏，自编的小剧本好像叫《山那边》，配上她和瑜同学的大方表演，还真有点诗剧的韵味。另一个小品则是有情侣角色出场的小闹剧，记得有施道南等同学闪亮登场，但终因包袱设置和表演都放不开，反响平平。

靠着班干部的费心组织、参赛同学的一月之功和同学们的捧场使劲儿，本班在那次的小品比赛中，终于没被剃光头，得了三等奖。这样的局面，直到大三时晓宁从盐城师专插班入学进了我们班，我班在文娱乃至创作方面才有了根本的改变。她屡屡“出镜”，字正腔圆的朗诵加之收放自如的表演，一扫我们班文娱人才贫瘠的困境，那可真是为一班挣足了面子啊！

苏州大学中文系八四级（1）班昆山实习小组合影

高年级时，第一任的班委，有的就去忙乎系学生会的事情了。许同学记得年少时第一次熬通宵，就是跟着热心于系学生会工作的王斌、何金华他们几个，参与中文系成果展的准备。其他人是没日没夜地布展，她是人生第一次穿上白色的西服套裙担任展览解说员。熬到后半夜，气温就明显降了很多，走在回宿舍的大操场边的水泥路上，都会瑟瑟发抖。展览开展时，有摄像机镜头过来，没有见过大世面的许同学，还是吓得躲到边上去了。王同学和何同学忙乎学生会的事情确实很辛苦，但现在想来，那还是太值当了。他俩不仅假公济私买了个熬夜暖胃的电炉，更是顺带拐走了晓燕和亦斌两位暖心的学妹部下，温暖了一辈子！

大学时的我们也参加学科兴趣小组。董志翘老师是我们的古代汉语老师，一天课间召集我们几个开会，记得是有伟林兄的。每人领到了一叠活页小卡片，老师说要让大家学习编写《汉书注释词典》。第一步是将每页的注释按条做成活页卡片。大家把任务领了回去，也花时间埋头做了一部分卡片。卡片分栏很窄，钢笔字要很端正地小小地写。这大概是大学时我们涉猎的第一次合作科研活动。虽然因年少静不下心来，最终不了了之，但是也让我们初尝了做学问的滋味，那是要扎扎实实、静心、坚持为之的。

现在有国家级普通话测试，八十年代的苏大中文系也是有普通话考试的，主考是我们的现代汉语语音老师马巧新。当时，很少有人家里有电视机，更不用说固定电话，入学前很多同学是从未说过普通话的。面对着满满一页的单音节、双音节语音练习，还有需抽考的短文朗读，还真是为难。记得女生中来自盐城的士妹、如东的美珠、常熟的丽娟等人练得很是认真，男生中的陈德明和朱永龙就没能一次考过，来自江阴的何同学最是老大难。我们在旁看着电台主持出身的马老师，又是指导又是示范，但何同学拐来拐去憋出来的依然是浓重的江阴普通话，看那样子恐怕到毕业都是过不了的！但乡音依旧的何同学最终还是顺利走上了讲台。据他现在坦白，在第三次普通话考试时，他才终于过了关。那可着实是下了番苦功的：先是以苦情计，磨破嘴皮子搞定了马老师，特事特办，马老师为他提供了一篇稿子；后是以苦心计，利用职权让部下亦斌妹子为他读不准的字注上音；再是以苦口计，练了整整三个晚上，以至于高尔基的《海燕》片段到现在他还能倒背如流！

最难对付的，要数四年级上学期应启后老师的“马列文论”了。平日里，班上听课认真、笔记齐全的同学为数不少且都很友善，所以大家的考试少有挂科。但应老师的课，不是记好、背好就能轻易过关的，学长学姐的告诫更让大家发怵。考试过后的那个寒假，很多同学是在担惊受怕中度过的。果不其然，那场考试好像仅有一个同学得了九十分，大多同学是六七十分，就连一贯考高分的同学也有马失前蹄的。

文学课老师经常会搞点小花样，分组讨论、班级交流、分角色扮演片段，还关心我们的课外阅读。老师还特地出面申请，将图书馆发了黄、磨了面的旧书（主要是中外文学名著）按班领回，算是给中文系学生的福利。在一众男生的帮助下，分发给每个宿舍一大摞子，挤占了宿舍预制板壁橱的一格或堆在墙边的一角，期间还可以互换，颇有流动图书馆的时髦味儿。临近毕业，图书馆要将这些书都收回去，这下就为难了，草草收拾，也只能收回更破旧的一半了。

大四下学期，同学们忙碌了起来。我们班大致分五个组开始了为期两个月的教育实习。有四组安排在市区的一中、十中等学校，另有吴昌龙、邢良洪、赵瑞娟、许洁、马广荣、姚美珠、王丽亚等和体育系的同学共约15人在省昆山中学实习，王斌和何金华任正、副组长。省昆中特地腾出两个大展览室，架上简易床铺安排大家住宿，是大通间、大通铺。吃住在校，无需奔波，倒有了更多的时间讨论备课。犹记得第一次走上讲台的忐忑；第一次被来听课的宣树铮老师评课，上的是朱自清先生的散文《威尼斯》；还和体育系男生合作，第一次当了班主任。

实习回校后，大家要边上课边写毕业论文，部分同学还需参与答辩。1988年，研究生招考得极少，但是已有一两成的有志青年，早一年就开始了日日晚归、秉烛夜读的备战。五六月间，系里开了次毕业生会，宣副主任介绍的似乎是苏大的早期保研新政：按总成绩排名，且单科不得低于八十分，前5%免考专业课，只需通过本校的英语加试即可入学读研究生。班上有三四人入围，最终，有准备的丁瑜同学凭借过硬的英语水平，成了中文系早期保研的一员。

毕业聚餐安排在学校附近的一个饭店，拿了最后一次奖学金的同学都热情赞助。嘈杂声中，有系主任热情洋溢的祝词，有众多男同学高举酒杯的来回告别。虽是喝啤酒，但连向来稳重行事的朝阳班长也已是微醺……

年少的我们，相遇苏大中文，相伴着走过四年的青葱岁月，细细碎碎，期间经历了人生很多的第一次。虽已一别三十载，钩沉中已模糊了细节，但由此细碎中结成的师生情、同学情，和个中浸润的八十年代苏大情怀，不言而自明；由此细碎中逐渐历练出的、面对人生更多考验的从容与不迫，不彰而自显。

后记

在前有老班长朝阳点名，晓宁助推，后有王斌、广荣、何金华、崔继业等热情助力下，写就《琐忆》。愿琐忆的涟漪能汇入芳华之碧波，一起温润我们的青春岁月，繁茂常青之树的一枝一叶……

王士妹，曾就读于苏州大学中文系八四级（一）班，学号26。从业理想是不能一眼看到头，于是中学老师做了几年，演出经纪做了几年，在民企打杂服务几年，年届退休又转身为央企下属国企职员，工作时专注投入，闲暇时四处游走，独处时恣肆慵懒，群居时活泼妖娆。人生信条是越简单越快乐，爱美景爱美食更爱家人；人生憾事是只谈过一次对象，如有来生会多多弥补。

我还是最爱我的苏州城

我走过了东西南北，也到过了许多名城，三十年过去了，静静地想一想，我还是最爱我的苏州城。

苏州有我青涩而又美好的青春岁月。1984年我独自一人来苏州，早上六点从盐城汽车站出发，下午四点多钟才到苏州南门汽车站。作为一个从未离开过县城又对外面的世界充满幻想的女孩，我一路上都很忐忑，心都提在嗓子眼，不和任何陌生人搭讪，在南门汽车站一眼看到我爸一下子就扑了过去，那种一下子又有了依靠的感觉三十年过去还清晰如昨。到了宿舍，我们宿舍一共七个女生，原本我欢天喜地地进去，谁知一开口她们都听不懂我的方言，不会讲普通话成了我的心病。不善言语、温柔沉静是我的大学同学们对我的第一认知，想当初我在中学可是有名的铁嘴——直到两个月过去我才慢慢地开口说话，宿舍里也经常传出我欢乐的笑声，普通话最好的吴健是我最好的朋友，中文系一高一矮、最大身高差两女生也成了一幕固定的风景，每天相依相伴行走在学校的角角落落……

苏州有我最爱的各式美食小吃。用今天的话说，我当时就是一典型的“吃货”。观前街的各个小吃店我都流连过，望星桥的生煎包子，绿杨的馄饨，黄天源的各色糕点，采芝斋的粽子糖，玄妙观的鸭血粉丝，不一而足。我也很奇怪，当时别的女生都是省吃俭用把自己打扮得美美的，只有我把所有的零花钱全都用在了吃上，同学们也知我这一爱好，只要有好吃的，一定会给我尝一尝。大学四年，我吃过马广荣的沛县狗肉（两人课上一边盯着老师的板书，一边慢慢咀嚼着肉干，此处可以想象），丁瑜的无锡糖醋排骨，常艳的新疆葡萄干，赵瑞娟的靖江肉脯……这真是中了我中学时地理老师的“毒”，饶老师毕业于云南理工大学，由于“文革”而到我们乡村中学做老师，他经常跟我们说有机会到外地第一要做的就是尝尽那里的小吃，小吃才是那里最地道的民俗风情，课上讲着讲着就说到了他去过的地方的小吃。我那时就暗暗想将来一定要把老师说过的小吃都要吃上一遍，我可能是饶老师“最忠粉”了，几十年如一日，无论到哪里，第一攻略的就是那里好吃的地方。当然，三十年过去，苏州的美食依然是我的最爱，没有之一。

苏州有我最爱听的吴侬软语。在苏州四年，我一句地道的苏州话都不会说，但我还是喜欢在苏州的大街小巷里徜徉，沉浸在我听都听不懂的吴侬软语里。包着蓝色头巾的苏州大妈挎着小篮子沿街叫卖白兰花，小桥流水人家缓缓冒出的袅袅炊烟，偶尔在巷口、弄堂遇见一两个撑着油纸伞的姑娘，我的心就醉在了那一低头的温柔里，我当时认为世上最温柔可人的姑娘就在苏州。有时会不由自主地停下步子只为那三言两语的方言俚语，只觉得那是“大珠小珠落玉盘”的天籁之音，苏州穷尽了我对一个美好温柔女人的所有想象。

我来苏州时，是独自一人，离开苏州时，身边有了他，风风雨雨三十载，桀骜不驯的他成了老崔，有了一个不是很大，却四季有花的家；我来苏州时，个子只有一米六六，走路喜欢微低着头，离开时我个头变成了一米七，昂着头走路带风；我来苏州时，是一个对外面的世界心怀憧憬的懵懂少女，离开时即使在陌生的人群中我也可以坦然处之，微笑以对——大学，你可以什么都不学，但一定是生命中不可或缺的那段时光，融进血液里刻在心头上。

我走过了很多地方，也到过很多名城，三十年过去了，静静地想一想，我还是最爱我的苏州城。

宗宗，江苏宜兴人，1988年毕业于苏州大学中文系宣传文化专业，现在中共南京市委研究室工作。

苏大四年，我们一起走过的岁月

年底是机关最忙的时候，手上工作要收尾，各种考核、总结要应付，焦头烂额、“鸭梨山大”。偏偏这个时候，龚美人向我约稿，要我写点大学时候的逸事，美其名曰“支持工作”，然后不露声色地威胁我说：“那个谁谁谁，答应得好好的，就是不交作业，我决定和他断交了。”真是吓死宝宝了。到了晚上，诗人邵小华又来凑热闹，要我代表南京的几个哥们写一篇交差。我说：“先把你的文才借我点使使。”可这小子说：“现在最怕干文字活。”嘿，踢球的水平越来越高了。

读中文系其实并非我愿。我从小对语文的兴趣就不大，唯一能沾点边的，就是爱看军事题材的小说。上小学时，把学校图书馆能看的军事题材书籍基本看了个遍，但是对其他书籍没有什么兴趣。高考前，我想报解放军南京外国语学院，父母不让。我高考成绩510分，最低的一门政治考了79分，语文86分。如果按100分计算，语文是最低的。大学四年，没写出过像样的文章，甚至像样的情书，至今没读过《红楼梦》，跟别人

大学时代同学合影，前排左起：顾丽华、郇慧荣，后排左起：龚赢、程康、宗宗、陈勇、刘晓松

都不好意思说自己是中文系毕业的。可龚美人偏偏要赶鸭子上架，苦煞我也。

我是八四级（3）班年龄最小的，进苏大时刚16周岁，虽然看起来不像。年龄小其实很吃亏，心智成熟程度总是差其他同学一截，性格严重内向，不善与人交往。所以虽然我当过班级的小组长、体育委员、组织委员，但大学期间发生的许多故事我都一无所知。现在，为了完成龚美人交代的任务，我要努力回忆那四年的大学时光，找回那一张张熟悉的脸庞、一个个青春的身影。

雨夜，我在灯下开始了往事的回放。先从女生回忆起吧。我和大部分女生委实接触太少，只能靠一两个片段"以偏概全"了。

龚嬴是我大学时的偶像，我最崇拜（喜欢）既学习好又体育好并且长得好的人。龚嬴讲话语速很快，声音清脆，说话好似"大珠小珠落玉盘"。据说她高考没发挥好，很不情愿地进了苏大，在班上是学习委员，学习成绩自不用说，年年拿奖学金，体育更是她的强项，拿过苏大校运会女子七项全能第五名。她的排球打得好，曾经是常州一中女排的主力，后来当过苏大女排队长。刚进校时，中国女排"三连冠"，男排实现"冲出亚洲"，排球运动风靡全国，班级之间也搞排球比赛，男女混打。龚嬴是咱班的主力，比男生打得好。她代表苏大和苏州铁师比赛时，曾经发球连得9分，若不是教练让她放水，她可以用上手飘球发死比赛。她是常州人，但性格一点不像江南女子，说话直来直去不拐弯，待人接物豪爽不做作，遇到不顺心的事还会骂上一句。很多男生喜欢龚嬴，称呼她“龚美人”，可惜被老大哥陈小民抢了先。不过嫁给陈小民这样的帅哥才子，倒真是郎才女貌、郎貌女才。

曹文和我是淮阴老乡。我初中毕业从泗洪考进了淮阴中学，在淮阴生活了三年，曹文在淮阴中学读的初中，她的很多同学成了我的高中同学，因此我和她更有亲切感。我和曹文在大学接触不多，刚毕业的那几年倒是经常见面，她的姐姐、姐夫在南京工作，因此她经常出差来南京。曹文性格直爽，大大咧咧，据说她如果和家人闹别扭，就倒碗白酒一口气喝光，酒醒了气也顺了。有一年夏天，我们几个同学从她姐姐家中出来，我骑车带她回住地，经过百子亭街，那是一条窄而拥挤的路，一辆大型汽车几乎紧贴着从我边上快速驶过，我的大脑顿时一片空白，双手死命控制着自行车龙头，感觉一场车祸在所难免。好在有惊无险，回头看看曹文，她好像什么也没发生，还在继续说着先前的话题，那份淡定令我佩服。

郇慧荣是班里的团支书，人称“老郇”，南京人。老郇确实比我们老到，待人接物落落大方，不愧是大城市出来的。刚进校时，八三级（3）班和我们班打得火热，特别喜欢和我们搞舞会，教我们跳交谊舞。八三级（3）班的师兄虽然只比我们进校早一年，但是显得特别成熟，我和他们接触很少，但基本都是用敬佩的目光仰视。现在想来，这帮师兄觊觎的是咱班的美女，居心不良啊！郇慧荣特爱以老自居，对别人谆谆教诲。大二那年，我父母调到南京工作，我成了新南京人，和郇慧荣也算是同乡了，她在萨家湾、后宰门、孝陵卫的几个家我都去做客过，接受教诲的机会也比较多。郇慧荣虽然号称“老郇”，但这么多年容颜不改，反倒越来越滋润了。现在郇慧荣去了美国，再也听不到老支书的教诲了。

邹国珍是大家公认的八四级（3）班美女。美女不好接近，我好像没和她说过话，不过三百年前我家祖上是从常熟虞山脚下迁徙到宜兴的，我和美女也算沾点老乡关系。除了美貌，我对邹国珍的印象就是“吃货一枚”。我很少到教室上晚自习，有天晚上却鬼使神差地去了。自习教室在大食堂北面的新大楼，坐在我前排的正是邹国珍。她带了一包瓜子藏在桌肚，一边看书一边偷偷地嗑，瓜子嗑完便走人，不知道她是来看书的，还是来嗑瓜子的。当然，“吃货”不是邹美人的专称。大二全班去无锡郊区实习，郊区宣传部设宴给我们接风，一共三桌，女生那桌空个位置，我去填补，心里美滋滋的，想着和女生一桌能占点便宜，还假模假样地矜持一下。不曾想每个菜端上来，我还没来得及下手，就被女生们风卷残云般地一扫而光，看得我直翻白眼。那是我有生以来第一次吃宴席，只落得个半饱。

如果没有我，陈丽萍就是八四级（3）班年纪最小的了。我觉得班上有两个女生脾气最好，一个是丁迎春，一个就是陈丽萍。陈丽萍给我的印象是温良贤淑，说话不紧不慢，永远没有脾气，和她在一起没有任何压力，娶到她的男人一定很幸福。我认识一个女同志，老是想着如何御夫有术，经常和老公闹矛盾。我对她说，贤惠才是女人最大的优点和优势。说这话时，我想到过陈丽萍。但是为什么大家叫她“狐狸”呢？这让我至今百思不得其解。

我和张海玲好像也没有什么接触。能想起来，就是上摄影课，我和张海玲好像是一个组的（记不清了），我们一起在暗房冲洗胶卷，在黑暗中交流过几句，那时我还从没有和女同学如此近距离地说话过，感觉很奇妙，不知道张海玲还记得不？

有人说丁纪闽是我的“红颜知己”，我非常同意。其实，大学四年我也没和丁纪闽说过话。我对她的第一印象是崇拜，为啥呢？我们班有个男生高考的成绩是551分，据说是当年淮阴地区的最高分，而丁纪闽考了557分，这也太牛了，上北大、复旦都是分分钟的事。印象中，大学时丁纪闽和本班同学很少来往，反倒和隔壁班的吴晓宁整天粘在一起，好得像一个人似的。丁纪闽研究生毕业后被分到南京粮食经济学院（现在叫南京财经大学）任教，在同一个城市，我们见面的机会多了起来。后来市政府办了报纸《南京市场报》，由市政府办公厅代管，丁纪闽跳槽到这家报社当了记者，我在市政府办公厅工作，和丁纪闽算是走到了同一条战壕，聚会的机会也越来越多。再后来，丁纪闽和丈夫一起调到了水利部。丁纪闽的爱人叫史晓明，人特好，像大哥一样对我们，对丁纪闽更是呵护备至。我每次去北京出差，他们夫妻俩都要请我吃饭喝茶，有次吃完之后，史晓明问我菜的口味如何。我对北方的饭菜真不感冒，还傻乎乎地实话实说。史晓明就说：“下次带你换个地方吃。”后来一次去北京，史晓明果真带我到了一个好地方，名字记不得了，好像和大宅门有关系，里面的建筑是园林庭院风格，月明星稀、风清气朗，服务员都是清朝格格的打扮，挽着高高的旗头发髻，穿着鲜艳的长旗袍，脚蹬厚厚的花盆底鞋，走起路来摇曳生姿。环境虽好，饭菜的口味还是一般，我还是实话实说，估计史晓明听了又是心碎了一地。再后来，我去北京都不敢给丁纪闽打电话了。他们回南京，同学们也常聚，还是史晓明买单。有大哥真好！

另一个宿舍的刘晓松、顾丽华、丁迎春、杜频，我记得是我们一个小组的。刘晓松写得一手好字，一双大眼睛美目流盼；顾丽华打扮时尚，一笑一颦都流露着优雅；丁迎春那时就是贤妻良母的模样，整天给爱人打毛衣；杜频很特别，长的是苏南女子的温婉模样，性格里却有着一团火，柔中带刚，特立独行。毕业时杜频送我一张单人彩照，我一直珍藏着，希望能再次见面。我看了杜频发的微信，她的德国老公非常可爱。愿意做家务活的男人，一定是善良的好男人。杜频，祝你永远幸福！

还有个女同学，叫周敏，扬州鲁迅中学毕业的，小小的个子，圆圆的脸，留着短发，很可爱。刚进校不久，她就得了肝炎住院，后来休学了。国庆前夕，我作为她的小组长，和其他几位同学到医院去探望她。过了几天，我们去探望的每个人都收到了周敏寄来的明信片，上面是她写的诗，每个人的诗都不一样。我记得我收到的诗名字叫“灯”，字很小很工整，有十几行，写得很美，充满了她对同学的感谢之情和对未来的期望。可惜了，八四级（3）班少了一位优秀才女。

回忆完女生，再说说男生。我前后住过327、328两个宿舍。刚进校时住在327舍，和王建、张秋、张清、王辉、赵德生、叶学先是舍友。

王建是睡在我上铺的兄弟，徐州人，现在是国家一级作家、徐州市作家协会主席。王建为人忠厚沉稳，不大爱说话，在文学创作上却是才华横溢。早在大一的时候，他就以一篇爱情小说《二十一个信封》（好像叫这个名字）获得《兰州晚报》征文比赛唯一的大奖，得到八百元奖金。他用奖金给自己买了件蓝色的羽绒服，不知道是不是激励自己在文学这条路上一直走下去。他写得一手流利的好字，看他的字会认为这人是个老学究，完全没有高中毕业生的青涩，我简直怀疑他是不是我们同一个时代的人。

我父母是宜兴人，我和张秋也算是半个无锡老乡。张秋是一个勤奋而多才多艺的才子。他用钢笔画的风景画很漂亮。他很喜欢自己动手做点事情，比如用橡皮、肥皂给室友刻篆字图章，用杯子罩在收音机喇叭上产生立体声效果，用一把袖珍锤子把牙膏皮敲得平平整整，不留一点牙膏残余。张秋爱买书、读书，三天两头往书店跑，买回来一摞摞的书整齐地堆在床铺里侧，整个一书痴。张秋的家庭条件算好的，但也架不住这么买书，不知道他是怎么做到收支平衡的。在学校的时候，张秋喜欢写电影评论，颇有成就。工作后，我和他一起被分配到江苏省第一监狱，我在一中队，他在二中队。我整天沉溺于和犯人打球、下棋，他在不停地写作、发表。当时南京有著名的晚报《周末》，其中一个评论专栏就是专门留给张秋的。靠着天分加勤奋，张秋脱离了劳改部门，进入了他最喜欢的媒体行业，成了很有名气的影评家。

张清是典型的徐州人，性子直，喜文好武，很有才气。刚进校时，系里在校礼堂搞演讲活动，自愿报名。张清喊我和他一起参加。张清的徐州普通话还是很不错的，演讲起来声情并茂，充分展示了他的才华。我那时不知道天高地厚，也准备了个《马木留克骑兵为什么失败》的演讲。结果上台刚报了题目，下面就起了嘘声，问我是什么骑兵，搞得我灰头土脸，心里还烙下了阴影。后来班里也搞过诗歌朗诵比赛，张清朗诵《哦，船长，我的船长》，拔得头筹。那时候，班里的才子们暗地里较劲，比谁文章写得好、发表得多。张清可是没少下功夫，也很有收获。张清小时候练过武术，喜欢和人比试，在班级活动中也表演过。有一天，他从体育系弄来两副拳击手套，非要我和他练练。我一拳挥过去，他用练武的底子迅速下腰闪过，然后猛击我的腹部，打得我龇牙咧嘴、苦不堪言。那年秋游，我们班在东山遭到村民"围攻"，只有张清敢和他们对挑。有个小伙子冲上来一拳砸向张清，他又是下腰躲过，顺势一拱，差点把那家伙带到湖里。但是我们毕竟理亏，张清没敢还手，被两个"雄赳赳气昂昂"的小青年摁住胳膊抓了起来，其中一个还用手比画着张清的咽喉做锁喉状，现在想想真是搞笑。张清的脾气有点暴躁，有一次因为一点小事，一拳击向邻班顾亚平的下巴，导致顾亚平去医院缝了好几针。我和他以前关系一直不错，后来宿舍集资买了一套理发工具，自己给自己理发。张清未经我同意给我理了个极短的发型，我很生气，就为这点小事，我和他的关系搞僵了，再也没说过话。在这里，我向张清道歉，请原谅我少不更事。

赵德生是八四级（3）班最具喜剧色彩的人物，他的举动、言语往往令人捧腹大笑。他说起话来滨海口音特别重，但是不紧不慢，抑扬顿挫，还辅之以手势和面部表情。刚进校那年，国庆前夕的一天夜里，突然一阵闷雷声把我惊醒——我睡觉特别死，一般的声音很难将我吵醒。我迷迷糊糊坐起身来，感

再相聚时合影，左起：钱铮、盛嘉华、张秋、邵小华和宗宗

觉声音像是从走廊里传来，一抬头，发现对面上铺蹿下一道白影，往门外飞奔。是赵德生，几乎全裸地往外逃。再仔细一看，宿舍里就剩下我一人，顿时一种巨大的阴霾笼罩住我，我也跟着狼狈地逃了出去。结果大家都知道，这是一场假地震。赵德生那敏捷的动作、疯狂奔跑的背影，让我一瞬间产生了世界末日来临的恐惧感，让我终生难忘。毕业后在监狱工作，有一天大门口警卫通知有人找我，从监狱二道岗出来，绕过办公楼，远远地就看见一个满头卷发的小脑袋从大门边慢慢地探了出来，和一旁威严肃立的持枪武警形成奇妙对比。到了近前才认出是赵德生。好家伙，烫了一个爆炸头，够时髦的。

浓眉深目的叶学先是327舍最开朗、最重情义的，和每个人都处得很好，就像冬天里的一把火，对待同学非常暖心。几年前，我们单位一行十人专门去吴江学习考察。上午看点、开会，中午区委办公室请我们吃了顿饭就结束了。难得出来一趟，大家想在吴江转转。我给叶学先打了个电话，他立刻约上老乡、八四级（1）班的周永泉，带我们先去了同里古镇，给我们买了票，引着我们在古镇仔仔细细地转了一圈；然后带到太湖边上的一家酒店。酒店的名字忘了，就记得面对太湖，装饰极为豪华。我说我们出差有伙食补贴，费用我们来结。叶学先说，你们这点补贴哪够啊，自己留着吧。那顿饭极为丰盛，学先的话更让我感动。

王辉和曹文、张家浩、于明星、叶留芳、我，六人都是从淮阴地区考来的。王辉性格似乎比我还内向，说话容易脸红。我记得他最大的业余爱好就是吹口琴，休息日经常坐在上铺的床上，苦练吹功，而且能完整地吹奏出歌曲，虽然有点断断续续。受他的影响，我也买了一只口琴，幻想着能吹出点名堂。可惜，我没有这方面的天赋，到现在也没学会。王辉很早就做了金湖的中层领导，金湖的龙虾在南京非常有名气，可惜我还没去过。有机会一定要去拜访，学习下机关工作的经验，顺便尝尝美味的金湖龙虾。

后来我转到了328舍，和姜师立、孙东辉、鲁潜、张家浩、沈晓宇同舍。

我转到328舍，有328舍人少的原因，更主要的是和姜师立关系密切。那时的姜师立很苗条，整天穿着浅灰色的竖条西装，打着领带，脚上皮鞋铿亮，走起路来杨柳细腰左摇右摆，还不时地甩一下长长的头发，很是风流倜傥。对了，他的手里总是拿着一架海鸥牌120相机。姜师立喜欢摄影，不仅买了相机，还购置了冲洗设备，自己在宿舍洗印照片。开始的时候，他把洗好的照片贴在窗玻璃上上光，效果不大好，后来他就干脆买了上光机。大二那会儿，彩色照片刚刚面世不久，价格昂贵，黑白照片还是主流。于是，姜师立在毕业季前贴出广告，为即将毕业的师兄师姐洗印相片，当然是要收费的。还在一食堂前设了个摊位招揽业务，我和他轮流接洽，我那时就像他的跟班。钱没挣到几个，但是他的经济头脑着实令人佩服。姜师立还有很强的忧患意识。他曾经开玩笑地对我说，如果有可能，他愿意出一万块钱换我的头发。他担心像他父亲一样早早谢顶。其实，我现在的头发也没多少了，姜师立你应该去和顾强换才是。

孙东辉睡在我的上铺，是个帅哥，也是个率真的人。后来的很长一段时间，我和他的关系最为密切，因为我们有许多共同的爱好，一起踢球，一起吃饭，一起抽烟聊天。江阴是中国的足球城，出过不少有名气的运动员，来自江阴的孙东辉也喜欢踢足球，而且脚头硬，射门很有威力。当年学校搞足球杯赛，我们以弱敌强，1∶0战胜数学系进入决赛，进球的就是孙东辉。冬天，我们也会相约去球场踢两脚，那时的足球鞋都是帆布做的，保护性不好，踢得脚生疼。我和孙东辉还有过一个壮举——冷水浴。从秋天一直坚持到数九寒冬，最冷的时候气温在零度以下。那时候盥洗室的条件糟糕，本来就在北面，窗玻璃还残缺不全，任由寒冷的西北风肆虐进来。熄灯后，我俩热身完穿着裤衩飞奔进盥洗室，一边打着寒战把自来水往身上浇，一边用颤抖的声音唱着流行歌曲，估计跟鬼哭狼嚎差不多。那时的条件实在太艰苦，我们也没能将冷水浴坚持下去。

才女周敏休学，才子鲁潜来了。鲁潜本来是八三级（3）班的，因休学转到了我们班。鲁潜的口才特好，思维缜密，讲起话来不急不忙、娓娓道来。他最大的特长是表演，和他的一帮票友们创办了东吴剧社，创作、演出了不少剧目，在校礼堂公演，吸引了全校师生。鲁潜的表演我看过，有一个喜剧角色，名字不记得了，演得不要太好哦！这家伙也没学过表演，完全靠着天赋无师自通。

张家浩是副班长，学生党员，做事一板一眼，原则性极强。毕业前夕，我把宿舍的门踢破，被他举报到系里，差点背个处分。当然，这事我不会怪他。张家浩有两个拿手绝活。一个是唱京戏，那种音乐的感觉也是无师自通，相当有天分；另一个是自己给自己理发，一手持剪，一手拿镜，咔嚓咔嚓就好了，连后脑勺的头发也能兼顾，真是绝了。

沈晓宇是个怪才。他基本不去上晚自习，而是“猫”在床上看自己的书，与世无争。他读过很多野史，通晓许多一般人不知道的知识。

还有顾强，八四级（3）班的班长，苏州人，328舍的前舍友，后来搬去了程康他们的宿舍，再后来就回家走读了。那时顾强胖乎乎、笑嘻嘻的，一头浓密的乌发，喜欢使劲地眨眼，脾气极好。他平时话很多，和别人交谈，会认真地盯着对方，让人倍感尊重。我刚搬到328舍那年，春季开学后全舍同学到顾强家打牙祭，每人带一样家乡特产。那会儿我家已搬到南京，我带的是南京特产板鸭，顾强提前泡了一天，结果吃起来还是像盐巴一样咸。现在顾强娶了南京的媳妇，不知道会不会做板鸭了。

苏大四年，教过我们的老师很多，印象最深的是系副主任范培松老师和班主任罗时进老师。我父亲和范老师是初中同学，父亲要我考苏大，就是希望以后可以得到范老师照应。那时生活条件还比较艰苦，我没少到范老师家蹭饭。范老师是散文名家，给我们讲过散文写作课，满满的都是正能量。前些天从班级微信群里看到范老师的聚会照片，虽然有了不少白发，但还是像三十年前一样英俊挺拔。罗老师是我们的班主任，永远是笑眯眯、慢条斯理的亲切模样。班主任经常要给我们开班会，每次罗老师都是条分缕析，娓娓而谈，用肯定和勉励的贴心话对我们进行赏识教育。四年间，罗老师既是老师，更是兄长。更难能可贵的是，罗老师不光有高超的管理才能，学术上更是卓有成就，成为古代文学研究的一代名家。我们为这样的老师自豪，为苏大中文系自豪。

窗外，淅淅沥沥的雨停了。冬天的雨夜是寒冷的，然而沉浸在对老师和同学们的回忆中，我的心中充满了温暖。

酒神曲

——追忆1986洪泽湖历险记

鲁 潜

芳华感言：醉了方觉酒醇，爱过才知情浓！

农历戊戌狗年小雪后的第二天，鲁潜从镇江坐高铁去丹阳，坐上盛嘉华号专车。同行的还有资深苏州美女龚赢、刘晓松。车从江阴大桥下来，拜访魅力无限的狐狸陈丽萍，靖江张卫民同学亲自点菜，地道江鲜令人口齿留香。午后，一行人带上狐狸，奔北奔北再奔北，终于在太阳落山前，见到了魂牵梦绕的耗子张家浩。

耗子亲自开车到一行人下榻的宾馆，送来了一箱酒。这个江淮平原的汉子，依然笑声爽朗。他说，对待疾病，在战略上藐视敌人，在战术上重视敌人。唯一的遗憾，他不能陪诸人喝酒并高歌一曲。

宾馆大堂，鲁潜大胆地深情拥抱梁红玉（淮安人氏，曾经在镇江擂鼓战金山）式的侠女曹文，引得众声喧哗。见到久违的连云港美女张海玲，鲁潜却联想到美猴王马富胜（鲁潜八三级上铺对面的兄弟，现为连云港广电集团总经理）。

晚餐在古运河畔的酒家，曹文家重情重义的蒋老师，不仅贡献出家藏的陈年今世缘白酒和南非葡萄酒，还赶场子，来喝二磨子酒，把淮安欢乐行的第一场酒推向高潮。桨声灯影里，一行人步行回宾馆。蒋老师走着足球运动员特有的外八子步，身体有点武松般的摇晃。第二天，曹文说老蒋回家就吐了，劝酒者是坏东西。

酒后躺在客房的浴缸里，鲁潜浮想联翩。三十二年前的往事历历在目。

苏大时光，猫鲁（鲁潜被同窗戏称为“不发情的猫”）闻鸡起舞，长跑，冬天洗冷水澡，泡图书馆，在旧报纸上写大字，在走廊昏暗的灯光下背诵课堂笔记。

猫鲁更喜欢和朋友吹牛。宿舍里，耗子与猫鲁隔桌相看。每次打镇江回苏大，猫鲁必捎带肴肉和香醋。肴肉分给年幼且怕老鼠的宗宗同学吃。猫鼠则对饮镇江香醋。耗子砸嘴曰，醋没有老家的酒过瘾。猫鲁又吹嘘镇江有扬子江畔的金山、焦山、北固山，耗子大吼道：“我有一望无际的江淮大平原，还有洪泽湖。”还有耗子的同乡于明星（雅号老鱼头）同学，也在一旁帮腔。猫鲁不由得十分神往洪泽湖。

1986年暑假，猫鲁回到老家——南通海安曲塘镇，九十五岁的老祖母生命垂危。奶奶儿孙满堂，临终只有两个孙子在身边。作为二房长孙，猫鲁几乎每天守候在奶奶的病榻旁，听老人家解说鲁氏家族的兴衰和各种丑闻。处理完祖母的丧事，猫鲁身心疲惫，决定不回镇江，去洪泽湖找耗子散散心。八十岁的外公慷慨资助二十元，小舅、小姨、小堂哥、各赠五元，加上猫鲁的十元私房钱，共计四十五元盘缠。外公陈老爹建议，酷暑天坐夜行客车。

猫鲁一夜颠簸，终于在凌晨两点抵达泗阳县城。昏暗的路灯下，满是西瓜和醉汉。只有一家小店开门，店主在打瞌睡。猫鲁悄悄推醒店主，买了一包两毛钱的大运河牌香烟。店主听说猫鲁是苏州大学的学生，肃然起敬，立马泡上一杯浓茶，攀谈起来。不知不觉天已放亮。猫鲁打听到泗阳农场的方位，与店主握手告别。

走过一座桥，扑面而来的是酒香。铃儿响叮当，有一驴车载酒糟驶过。猫鲁的脚步不觉轻快起来。看见泗阳农场的招牌，老鱼头于明星同学家快到了。猫鲁悄悄地进庄，没有人影，突然犬声四起。全庄的大犬、小犬、公犬、母犬，齐刷刷站立路旁，猫鲁仿佛有了猫鲁国之国家元首的感觉。在犬国国歌声中，猫鲁阔步向前，检阅仪仗队。

老鱼头于明星同学家很好找，他爸是泗阳农场赤脚医生，他祖父是德高望重的兽医。率先起床的明星他妈，热情接待猫鲁，熬了一锅玉米糊，煎了两个鸡蛋。猫鲁吃饱喝足了，老鱼头才睡眼惺忪地爬起来刷牙。此刻，猫鲁终于发现他来到了动物园，天上飞的是鸽子，地上跑的是猪、牛、羊和兔子，还有鸡、鸭、鹅等。明星二弟骑着高大的骡子扬尘而去，好像新四军通讯员。听着蝉鸣，猫鲁躺在老槐树下睡着了。傍晚时分，老鱼头叫起猫鲁，共进晚餐。一瓶分金亭大曲，这是猫鲁平生第一次喝白酒。

第二天早上，老鱼头领着没睡醒的猫鲁，搭手扶拖拉机赶往耗子家。耗子不在家，估计随父母兄弟下地干活了。家中只有一条黑狗看门，还有一个跟狗一般高的男娃。老鱼头去找人，猫鲁则在院子里徘徊。大公鸡领着一群母鸡散步。肥壮的黑猪妈妈，领着一串黑色的小肉球，出门找食去了。猫鲁饥肠辘辘，无法忍受泗阳人民不吃早饭的习俗。猫鲁从口袋里摸出几颗糖果，问男娃家里可有吃的？男娃手指草房屋顶，有一篮大饼挂在梁上，大概是防止老鼠偷吃。猫鲁找了支叉棍，取下篮子，掰了一块大饼狼吞虎咽。男娃见之，垂涎欲滴。猫鲁则分了一角大饼给男娃。男娃自己吃一口，顺手给黑狗也咬一口。

晚餐是斋饭，酒乡人民待客的大菜是豆腐，当然还有洋河大曲。

酒席上，耗子的中学同学也来了，全是大学生，其中有苏大中文八三级庄昌东同学，没有女生。有一广州中山大学医学院的哥们儿，名唤李金虎（现是广州中山医院专家），酒量好过耗子，是渔家子弟。他一边向猫鲁敬酒，一边拍着胸脯保证，明天找条小船带大家到洪泽湖上喝酒，岂不浪漫！当晚酒后，诸人趁谈兴正浓，索性步行十几里（五千多米），来到洪泽湖畔，皆醉卧虎子家中。

第二天太阳落山时分，耗子和老鱼头哼着民间小调《摘石榴》，抬着虎子妈早就备好的渔家饭菜；庄同学等拎着白酒、啤酒，猫鲁则提着一竹篮的碗筷，走在宽阔的洪泽湖大坝上；渔家虎子扛着两把小桨，在前面带路。猫鲁跟着几个傻小子，上了“贼船”。

七月十三的月亮已然美丽，洪泽湖水面飘来凉爽的风，渔家虎子轻快地划桨，小船跟着涨潮顺水向湖心飘。虎子的邻家大叔捕虾归来，慷慨赠送了一堆活蹦乱跳的湖虾。盐水煮湖虾。点上煤油渔灯，大碗斟酒。

半夜时分，皎洁的月亮没了踪影，天边飘来片片乌云，很快一场倾盆大雨劈头盖脸浇下来。渔家子拼命划桨，可是洪泽湖已经退潮了，小船逆流而上却在湖心打转。这小子惊呼，忘记带船篙了。雨越下越大，船上会水的只能跳水推船。一帮愣头青在水中扑腾了两个时辰，终于把小船弄到岸边。洪泽湖大坝上泥泞不堪，犹如溜冰场，几个人前赴后继成了泥猴子。猫鲁拎着一篮碗筷，前滚翻接着后滚翻，一个碗也没坏。趁着四下无人，几个浑小子，赤条条跳进虎子家门前的水沟里。

一觉醒来，已是晌午。为了给猫鲁压惊，耗子大哥弄了一桌酒菜，原班人马继续喝酒。白酒加啤酒，喝好为止。半夜猫鲁被尿憋醒，悄悄起床摸到电灯开关，停电，再摸到大门口，对着场院一阵扫射。回到床铺，猫鲁周身奇痒，辗转反侧，难以入眠。天亮才发现，猫鲁上肢和躯干长满水泡，是酒精中毒的症状。耗子十分内疚，领着猫鲁去找赤脚医生挂水。数日里，猫鲁仿佛郭建光来到沙家浜，受到沙奶奶们无微不至的关怀，还吃到了驴肉（村民派发的）。猫鲁一周没洗澡，臭成流浪汉。此时此刻，猫鲁归心似箭。

距离苏大开学还有三天。谢绝了耗子和老鱼头的挽留，猫鲁踏上了去连云港的班车，东海县还有八三级的同窗好友马富胜在家等着呢。猫鲁和富胜同学，还有苏州工艺美术学校昌东明（现供职于连云港广电集团），一起爬花果山。骄阳似火，蝉鸣声声，花果山上只有猫、马、昌三只猴子。

三人是坐火车回到苏州的。猫鲁掏出钱包，发现还有24.50元，够吃一个月。

猫鲁的万言书《苏北农民运动考察报告》，作为暑假作业，受到倪均强书记的高度评价。猫鲁的《祖母葬礼实录》，在《民俗学史》考试中，拿了优秀。

梦醒时分，还是2018初冬的淮安城下。鲁潜早早起床吃早饭，西餐。于明星同学，安排了淮安文化之游，看吴承恩和他的状元同窗。中午聚餐，面对明星同志亲切且真诚的笑容，鲁潜灌下一壶酒，立马看到地球自转，与抽水马桶亲密接触后昏昏欲睡。就这样告别淮北诸君。

三十二年后，张家浩感慨：仲夏夜的洪泽湖惊心动魄！

于明星同志却叹了口气：洪泽湖历险——狼狈不堪！

鲁潜则回味：洪泽湖浪里白条就是苏大中文系八四级英豪！

有哲人说：是否喝酒，也是人和动物的重大区别！

淮阴聚会，鲁潜、刘晓松、陈丽萍、龚赢、曹文、盛嘉华、张海玲、于明星及其夫人

刘晓松，苏州大学中文系八四级（3）班学生，毕业后进入政府做公务员至今，从事外经贸管理工作。

永远的八四(3)班

“永远的八四(3)”是我们班的群聊名称，当初是谁起的，已经不记得了，开始群主是姜师立，后来“禅让”给了龚赢。当年，中文系八四级共招收三个班，我们班有点特殊，叫“宣传文化专门化”，据说是为江苏省委宣传部代培的，毕业分配时大部分同学进了全省的宣传文化部门。这是后话。

说起我们班，必得先说说我们班主任罗时进老师。老罗是个学究型师长，专事中国古典诗词研究，现在也是泰斗级人物，著述等身，这些不用再说了。我们班同学不爱参加集体活动，历次同学聚会都是参加人数最少的班级，这点，老罗是有点责任的。因为在读书时，他就不大赞成我们去当学生会干部，不赞成我们参加华而不实、对学习没有帮助的活动。他经常说的是，有时间多看点书、多写写文章，不要浮躁，等等。他毫不掩饰对“有出息”的同学的偏爱，但对投身外向型经济、给国家交了大量税的龚总，却是一句“苏大白培养你了”，可见其对“有出息”的定义和对学问的重视。

有了这样的班主任，我们班才子一大把，诗词歌赋随手拈来，他们为写而写的“正文”大家都看过了，其实我们班才子写起“通俗文学”来，也是不可小觑的。下面有一段，就摘自我们“永远的八四(3)”群，大家不妨也来围观围观：

岁在丙申，时令仲秋。群主号令各地分兵合击，于目标出没之窝点处，布岗设伏，一经发现，生拖硬拽，肩扛袋载，掳入群中。不日，目标捕猎殆尽。由是，人始聚合，群始壮观。运作半月有余，渐入佳境。虽秋深天气转凉，而群内热度渐高。盖驶入正轨，进入新常态也！

吾群之盛，盛之有道也。一曰议题有界定，所议者广。秉持百花齐放百家争鸣之“双百方针”和不设禁区不碰雷区之“二不原则”。所言者，除国是之外，风花雪月、饮食男女，诗词书画、花鸟鱼虫，历史掌故、小道佚闻，品茶养性、斗酒设擂，文字考古、饮食探源，心忧房事、情寄山水，比拼二代、攀结亲家……可谓包举六合，囊括八荒。世上万物莫能外，人生百味笑谈中。虽宇宙之大而能宏议，纵品类之盛而能察详！二曰嗨聊有底线，所嗨者众。一人单口、二人对掐、三人互黑、四人扯淡，直至群起群哄，若非诉诸武力，皆无禁绝。或激扬文字，或图文并茂；或插科打诨，或互吹互擂；或长篇大论，或蹦个单词……只要嗨得过瘾，悉听尊便。不同而能和，相异却相谐；逗趣有笑点，论辩见机锋。使健谈之士而能申其志，让静默之人亦能得其趣。宵衣旰食者，开机就坚守阵地；龟息兔突者，得闲便转悠一圈。潜在水中的，时而冒个泡；躲在人后的，伺机抢红包。虽形态各异，静躁不同，然皆出自本性，发乎真心，不可谓不认真也！三曰挖掘有深度，所获者丰。泡群之功效亦大矣！泡在群里，不相见兮睹音容，隔千里兮知行踪；听八卦兮开眼界，涨知识兮增谈资；去劳形兮娱视听，化冗时兮悦身心！大秘奉命操刀，每日朝花夕拾，撷英而记之。或赋，或诗，或联，或段子，或乡俚野语。赋不求绮丽，诗可以打油，联不必工稳，段子俚语亦荤亦素。然皆提纲挈领，词简意丰，开人脑洞，启人心智，便于消化，利于吸引。令人阅后一笑而不能了之也！

这篇只是我们的《群月度工作总结》，是我们班钱铮茶余饭后随笔涂鸦的，让人看了实在忍俊不禁，拍案叫绝。这次聚会，钱铮原本要来的，后因故未能成行，于是又制《定风波》一阕，遥寄助兴：

定风波

为苏大中文系八四级三十周年聚会而作

会饮如何肯惜杯，故人相聚复相违。数碗豪情频入胃，谁醉？飘飘恍若踩云归。

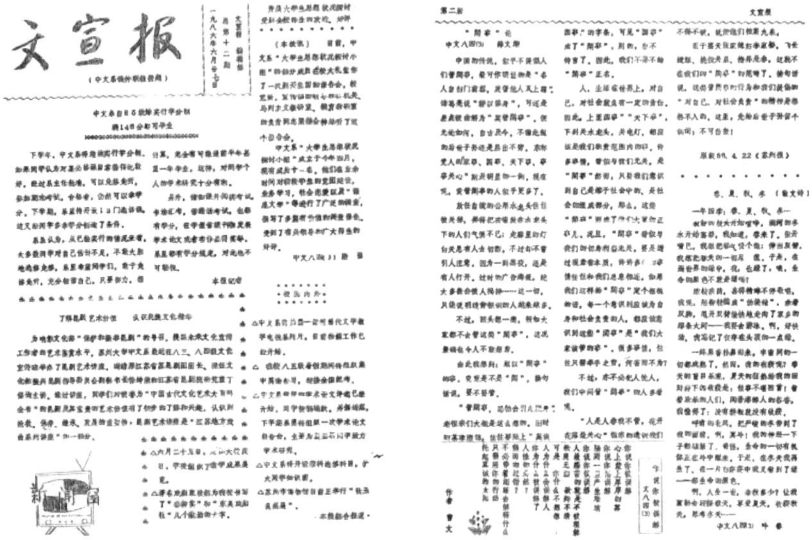
文宣报

《文宣报》旧影

莫向人生言坎坷，回首，且将心绪放歌飞。此去经年无以谢，聊借，天涯明月照相随！

我们班的群里，这样的诗词歌赋、骈文等佳作层出不穷，许久不见了，来一篇；老酒喝多了，诌一首；一言不合，便用诗怼；他乡小聚，必得填词……

对了，当年我们班还有自己的报纸——《文宣报》，大概是我担任班级宣传委员的缘故吧，我成了负责人，负责收稿、编排、校对、印刷什么的。文字的编辑、把控有王建、薛文潮他们，我给他们打杂。其实当时哪懂什么报纸编辑，也就是把出黑板报的手法放到了书面上，钩钩边，补补空，真正是无知者无畏，哪里知道日后这些投稿者的了得哟！

在这样氛围下的八四（3）班，学究味加上浸到了骨子里的独立、自由、随性，历经三十年不变。

不管世事风雨变化，不管别人如何评说，在互联时代，我们只是转移了地方，依然争着，闹着，飙着，温暖着，孤傲着……

我们永远的八四（3）班。

薛文潮，男，1966年生于溧阳，老辈证实出生时未有满室异香。曾就读于苏州大学中文系八四级（3）班，未留级正常毕业。1988年进入常州广电系统工作，三十年没挪窝。被公认为没有骄人业绩，本人不持异议。

镜头内外，定格曾经的芳华

2018年国庆，毕业三十年回校，发现姜师立胸前没挎相机。

沉甸甸的相机和飘逸的风衣，是曾经的姜师立独一无二的行头。今日躬逢胜饯，居然“裸奔”，职业操守荡然无存，匪夷所思啊！

联想到姜师立已被归入文化名流，前一阵还看他作为国宝级专家开讲座、收门徒、传扬运河文化，神采奕奕，应该难以造假。好在，聚会组委会明察暗访后昭告天下，大概率排除假冒嫌疑。主要依据：自称姜师立的男子带着姜师立老婆赴会，而老婆是真的，这老姜也假不了！一场有可能伤害八四级同学（尤其是女同学）的危机，由此冰消雪融。谁让当今骗子横行呢？吃瓜群众识骗、防骗、不受骗，永远在路上。

老姜现在可能也只用手机拍照，能偷懒就偷懒了。可怜曾经傲视群雄的长枪短炮，从人人艳羡沦落到幽居冷宫，徒唤奈何！

回首苏大四年，于尘封的记忆中，历时一年的新闻摄影课时不时要显山露水。作为摄影课的课代表，姜师立挎海鸥牌相机、着米色风衣，风流倜傥的“定影”，在同学中无可替代。列为“东吴十景”之一，恐怕也实至名归吧。

如今，为了证明自己曾经年轻过，曾为同窗的大叔大婶们，动不动就忆及苏大当年，满眼迷蒙。一言不合，直接上图，秒杀万语千言。而一次次呈堂证供的惊鸿一瞥，基本是那些年新闻摄影课留下的遗产，属无心插柳的延时收获。隆重建议苏大课程改革时，把摄影课交给历史系负责，回归考古系就更加对口了！

留不下永久遗产的摄影课，不能叫摄影课；未曾为女同学留住芳容的摄影课代表，肯定不是合格的课代表。但姜师立这位课代表，是优上加星，无愧于伟大时代的。

当年，姜师立同学游走校园，栉风沐雨乃至爬冰卧雪，在取景框中遍览天香国色，孜孜不倦，不辞辛劳。一趟趟爬上爬下，坚持送照片到每一间女生宿舍，一句“这是我应该做的”，岂止履行课代表的光荣使命，展现的是侠肝义胆哪！

老姜的手艺，为大伙定格了青春，也在三十年里顽强呈现着曾经的芳华，弥足珍贵。如果说，绝大多数同学学摄影，仅仅满足于掌握拍摄、冲印、暗房简单加工等技术，是修一门课程；老姜则“得意”而“忘形”，玩的是技巧，求的是美感。

在文科楼一楼，老姜曾霸占了一个几平方米的暗房，晚上经常在里面捣鼓，有时整宿整宿折腾。他最后交给同学一沓沓的成品，颇具专业水准，有些还散发着浓重的艺术气息，大伙直白地评价“老姜有两下子，挺像那么回事”。但镜头前后，老姜为至诚至美而殚精竭虑，个中甘苦，外人是难以想象的。一次班里春游，老姜拍了好几个胶卷，每卷三十六张，冲洗印扩，上百件作品都是他一人完成的。别忘了，这一些照片，我们现在还在玩味、共享着。记得此后我帮他清理暗房时，发现这次春游的照片，光是不很满意的废片，就有好几百张，满满一抽屉。稍有瑕疵就从头再来，这劲头，这精神，现在回想起来，还是让人敬佩，不由得点赞连连。

三十年回校，在天赐庄阅尽沧桑的百年老楼下，同学们仍在醉心“对焦”。天赐庄的一砖一瓦、一草一木，都见证过我们与生俱来的意气风发、桀骜不驯。故地重游，“发思古之幽情”，岂止一位课代表，谁不是百感交集。

上图：孙东辉、鲁潜、顾强、姜师立、沈晓宇
下图：校园雪景
前排左起陈丽萍，丁迎春
后排左起钱铮，薛文潮，张清，姜师立

回忆远行的岁月，我们八四级（3）班有文，有诗，有歌，有画。每一片承载，都那样隽永。镜头内外被定格的曾经的芳华，随岁月流逝，愈显珍贵。感谢这位课代表，也感谢每一位课代表，每一位同学，每一位恩师。流年似水，我们在这个世界的独特情分，已然成像、显影、定影，也必将被永久珍藏，与生命如影随形。

周晓平，曾就读于苏州大学中文系八四级（2）班，现就职于苏州经贸职业技术学院。

“缘”来如此，一切正好
——大学影像三十年

一个平凡的夏日午后，虎丘山边蜿蜒的公路上，一辆老式的交通牌大卡车缓慢地行驶着。

阊门边，一家汽车配件厂的办公室里，乡镇供销员熟练地给负责的同志递上香烟，介绍着车上戴眼镜的小青年。很快，一辆吉普车冲出厂门。

沿着阊胥路，经过红旗桥，来到道前街。地面开肠破肚，正在浇筑水泥的马路，路边绿化工人正在栽种银杏树。叶子这么少，还作为行道树，奇怪！

路边一音响商店闪过，收录机里飘出一串歌声：再过二十年，我们来相会，伟大的祖国，该有多么美……

十梓街1号到了，邮局边上直到红楼门前，路的两边放着桌子，后边站着一排师兄师姐。找到中文系的牌子，办完手续，老家的邻居跟着车子走了，我在师兄的三轮车上坐着，摇摇晃晃地去宿舍。

这段路很长，电化教学楼、体育馆，门口长着一棵清奇古怪的松树，物理楼、食堂、浴室、后边还有住着几户人家的院子。绕过文科楼就是高高的方塔、幼儿园、两层楼的体育系食堂，六号宿舍楼过去就是西门。

八号楼是校园最后边的一幢建筑，东边围着的是教学仪器厂。我感觉有点害怕，因为这里太偏了。大四住到顶楼，发现墙上有好几个大的裂缝，听说这幢楼是“大跃进”时代大师兄们自建的。

不久，青年教工宿舍边上开了北门，西门原来的门房成了小吃部。每天下午散发的炒菜的香味，体育系食堂的声浪减少。边上住着的弟兄，除了偶尔的舞会去食堂看看，再也不去吃饭了。

方塔诗社成立，周日早晨费尽心机进去，没看到什么，太平天国时建的瞭望塔，比周边的建筑都高，成为地标。后来我很羡慕象征主义的诗歌，但塔的边上没有橡树，更看不到“恶之花”。

文科楼，四年生活的起点。四楼西北角的一间教室，灯光不够亮，冬天的晚上自修有点冷。隔壁历史班有个玲珑精致的女孩，在迎新的晚会上表演古琴，后来才知道她的爷爷是大家。大二开始流动教室。

唱着记不清的歌去七子山，五发子弹打出五十四环；听了寒山寺钟声，走回来吃饺子；八月中秋相门外，稻田中喝过酒，李白斗酒诗百篇，此后诗没几首，酒常伴。

314大教室去得最多。上过课，参加过舞会，看过电视，听过宣讲。浅显的、高深的课；记得那些亲和的、高贵的老师。但深深印在脑海中的是“五分钟”的精彩，饭盆准时掉落在地板上的声音，三天三夜“枉凝眉”之后的沉默与讲台上穿着风衣、挥舞双手的身影。

新教楼的灯亮了，晚自修食堂后面金黄色的大油条更有魅力。准备考研的、考试的，都在这里奋战过。白天看看运河中的木筏和看守的小屋，在河边城墙废墟的丛林中发发呆，生活平淡，学习不易。

深夜收音机响起，第二天食堂海报栏挂出的“警世钟”。看着校园里不同宿舍楼穿梭的身影，成为横幅的床单，大门前汹涌的人流，明白了：学习、革命都需要热情，恋爱多的人就是革命者。

铺着满地的玻璃碴的水泥路，送走了我四年的日日夜夜。留校的、后走的同学流着泪在站台上送别，说了很多话，最后总是要再见。

前排左起：李斌、李宗诚、陈全平
后排左起：马斌、李路、王维兵、张卫民、常林波

1994年，十年到了，不管入学还是毕业的同学，从四面八方汇聚到钟楼，我们在太湖明珠城前留个影，从此太湖的波纹中有新歌。

1998年，老图书馆还在，眼前是“济济一堂”的师生合影。母校的成果丰硕，老师们精神矍铄，同学们风华正茂。圆融广场、高新区规划，苏州有根，同学有情。

2004、2008，莘园驻留，重元寺钟楼巍峨，澄湖之星酣畅，尚湖遥典虞山言子，沙家浜春来茶馆阿庆嫂，白马涧烧烤尽心品茶话人生……

2018，又聚红楼报告厅，一个个身影似真似幻，但一颗颗真心依旧，钟楼草坪更青，红楼香樟树更大。有根的永生，无根的有情。老师倡议从此五年一聚，十年再聚，直到下个三十年。

再过三十年，我们再相会，那是怎样的美。开车穿过大街小巷，绕过虎丘山后进入笔直的城北大道，来到玲珑湾大桥，看看独墅湖校区，再回到天赐庄，彼此相拥走过望星桥。那一定是个秋天，再看道前街满地金色的杏叶，笑谈各自来去的路。

“缘”来如此，一切正好！

2018年11月5日深夜

忆江南

梦里东吴

潘杏芬

姑苏忆，最忆是钟楼。春有樱花夭靥意，
秋来银杏漫云酬。锦绣院林留。

姑苏忆，最忆是东吴。唐宋诗词今古语，
形而逻辑也之乎。禅益养文儒。

张敬安，苏大中文系八四级宣传文化专业本科毕业，中国新闻学院双学士，复旦大学法学博士。历任中共中央对外宣传办公室（国务院新闻办公室）副调研员，全国政协办公厅研究室副处长、处长，全国政协新闻办公室副主任、主任，全国政协办公厅新闻局长。曾任长春市委常委、副市长。现任全国政协农业和农村委员会办公室主任。

我与苏大二三事

前言：龚赢同学向我这个没参加活动、除了写公文讲话之外基本不会写文章的人约稿，真可谓鹭鸶腿上剜肉。其苦心如此，倒是让我很感动。我平时是要做不少组织工作的，深知其不易。即便挟领导之威，组织一场成功、像样、精彩的活动也是要付出大量心血的。更何况同学们已云散各处、俯仰由己，没人可以号令四方。龚赢和其他组织者以情感人、以责任心投入，这没有一点情怀和公益心是做不到的。做公益是不容易的，以做公益为天职的公仆们如果多点此心，这世界便会好很多。因此先向龚赢同学和其他组织者、付出者表示敬意。为落实这个敬意，我就写几句。

身不能至，心向往之，活动期间及前后一直关注。活动前预知会发大量照片、视频时心中就有个悬念：三十年风雨究竟会把老师、同学们雕刻成啥样？很怕自然规律的残忍，待到看时很是欣慰，多数反而风采胜旧，特别是时间把师生的差距缩小甚至倒挂了，比如罗时进老师，恐怕比一些同学还显年轻了。到底是江苏养人啊！

没参加活动是一个无法弥补的遗憾。虽然同学聚会还能再办，但任何以年份命名的同学聚会都是空前绝后的。中文系八四级人因缘相识、因情相聚，希望以后四十年、五十年还办这样的活动，到时所有在岗的人也都退了，没现在这么多羁绊了，相信那时会更轻松、更热闹。

对苏大学子而言，不管你是什么原因到苏大的，苏大都是一段人生经历、一个客观存在。这四年，绝对是脱胎换骨的四年，按医学的说法，细胞都换好几轮了。中学生进去，大学生出来；傻小子土丫头进去，俊男靓女出来。谓予不信，就拿第一年和最后一年的照片对比看看。不管你信不信，反正我信了。四年下来，苏大特质乃至苏州风韵永远留在我们的血液中、骨髓里。毕业后，我很少回苏州，但一听到有人说起苏州，总觉亲切，说到苏大，更像亲人。苏大不是个很响亮的名字，但到过苏大的人对苏大学子没有不表示艳羡的。我去过很多高校，若论校园之美，苏大绝对进前十名。几年前，因拍摄电影《辛亥革命》，请张黎做导演。他说起当年拍电视《走向共和》，想找一个表现欧美场景的地方，找了很多地方都不理想，后来在苏大找到了。记得他当时说，360度无死角啊。我就顺便给他讲苏大历史，尽管苏大和东吴，算不上苏州的正宗衣钵"传人"，但苏大毕竟生于斯长于斯，一方水土养一方人，苏大根子上是有贵族底子的。

人生有时很奇怪，没想到的地方有时能去好几次，想去的地方反而几年也去不了一次，江苏于我就是如此。两三年前，我在浦东干部学院学习，心里便一直念着苏大。人就怕没想法，有想法了，一旦时机成熟这些想法都会实现。于是趁着周末，来了一场说走就走的旅行。没买返程票，是因为不愿被约定的时间束缚自己。为了找回当年的感觉，我是从高铁站坐公共汽车到饮马桥，然后沿十梓街步行到西大门。尽管十梓街变化不小，但肌理仍在，对于我们这些知根知底的人来说并不难辨认。看到门口的邮局，就想到张秋。他四年如一日风雨无阻给大家取信送信，慰藉了多少翘首以盼的心灵。等信看信可是当年的一大民心工程，若无亲身经历很难理解。尽管他可以"以权谋私"去女生宿舍，但公允地说，他首先是为大家做好事的。凡是能坚持做好事的，我都敬佩和感谢。门口的桂花树和栀子树依旧，当年花开时节芳香浓郁，记得夜归时尤甚。北方这两种树不多，对我来说，它们就是相思树了。不大的校园，我闲逛了四五个小时，知道机会不多，差不多走遍角角落落。所幸方塔以南变化不大，也可以说越变越好。当年沿运河东部是有些荒凉的，现在绿化好了，但人依旧不多。因其偏僻，我原先很喜欢到这里看书。也从这里去运河游泳，从四五月到九十月，偶尔坚持到冬季。1984年刚入校时这里水质还行，后来水质越来越差，上来时身上都有股味儿，也就改去校外的游泳池了。为什么说苏大对我的影响大呢？我后来到北京，一般游到下第一场雪，若不是苏大养成的习惯，我断不会在北京的冬天游泳的。中午也是在食堂吃的饭，当年我们都是带着热水瓶去的。记得食堂南边原是个大礼堂，也放电影，但总是二三轮的，要看新片，还得到城里看，况且大礼堂里总有股饭菜味，我们并不爱去。我们住的男生宿舍已经改建成北大门，气势磅礴，但我不喜欢。苏大就该有苏大的样子。即便弄个小桥流水的校门，反而更苏大、更苏州。

时间久远，过去很多事情都模糊不清了，只能说几件印象比较深的事。苏大于我，最大收获是“饱读”——用“饱”字是不过分的，我的借阅记录一年超过两百本。当然不都是细看，多数是凭兴趣跳着看。我好像有强迫症，看过一个作家的书就恨不能看完他所有作品。借的多，但最后也就草草翻翻。不过这终究是有好处的，终日浸淫在这氛围里，我提炼出影响终身的两个字：“人性”。最后一两年，我的兴趣转向法律和经济，有时就到法律系和财经学院听些大课（我起初报的就是法律系，不知何故被中文系录取），耽误了不少中文系的课，据统计一学期旷了一百多节课，据说可以被开除三次。但罗时进老师知道我的具体情况后和系里商量，让我做

情人坡下同学合影，左起：龚赢、刘晓松、张敬安、顾强

叶学先、盛嘉华、刘晓松、江涌、罗时进、张敬安、龚赢、张秋和顾强合影

了个检查了事。我原来以为苏大就是升级版的中学，但从这件事，我感受到了大学之大，大师之大，是和中学有根本不同的（很希望现在的苏大领导能够坚守）。还有一件事是在无锡扬名乡实习，丁迎春同学总是替我洗衣服，她本身年龄大些，颇有大姐风范。后来到美国了，好像跟同学没什么联系了，也不知现状如何。类似的片段还有些，不一一记了。

从新校门折返往西，就走到双塔路，然后向北拐到平江路，再拐上玄妙观。苏大是跟苏州紧密相连的，在苏大的四年也是在苏州的四年，相信这条路同学们不知走了多少遍。从北校门直向北，可以到耦园。这次不顺路没走，当年却常来。耦园很少有外来游客，非常幽静。夏天宿舍溽热难耐，我有时到这里看书，门票不贵，大概几分钱，偶尔泡壶茶，算是奢侈。现在的平江路无比繁华，当年可是一条古朴僻静的路。我总觉得戴望舒《雨巷》的场景在这样的巷陌中。观前街一带不复旧观，这一片原来影院集中，多数新片是在这里看的。原来玄妙观东边还有个类似抗震棚的电影院，1987年的夏天，我在这里看过一部巴基斯坦电影《爱是不能忘记的》，印象很深，现在连同当年的故事都没了。这次看同学们写天平山看叶、寒山寺听钟、宝带桥赏月……这些在当时都是别样体验。只要有人点亮，即时浮现当年光亮。

一路走到高铁站返沪，上海已万家灯火。这也是我后来的经历。按下不表了。

王伟林，1988年6月毕业于苏州大学中文系。现为中国书法家协会理事兼学术委员、中国文艺评论家协会理事兼书法篆刻艺术委员会副秘书长、江苏省书法家协会副主席。苏州科技大学教授、苏州大学兼职教授、国家一级美术师。曾两度被评为苏州市『新长征突击手』，1995年被评为江苏省优秀教育工作者，2014年被评为江苏省优秀中青年文艺评论人才，2015年被评为第四届江苏省中青年德艺双馨文艺工作者，2016年被评为苏州市姑苏文艺领军人才，2017年被评为中国文艺评论家协会先进个人。

东吴园：梦开始的地方

我与书法正式结缘是三十年前的事情。

1984年，我进入苏州大学中文系，攻读汉语言文学专业。我与书法结缘，正是因为在东吴园结识了华人德和李鹤云两位恩师。二年级时设有书法课，就是这一机缘，使我有幸立于两位先生门下。书法课程虽仅有匆匆一载，但老师的言传身教深深地影响着我，以至于改变了我进校之初颇为强烈的考研念头。我清晰地记得，当时苏州大学校园活跃着一个名为“书画研究会”的教师组织，会长徐惠德，副会长华人德，秘书长便是李鹤云。十梓街正门口的校园文化长廊橱窗内，不时更换书画展览作品，每每令我驻足忘返。我和学生书法社的柏文东、丁骏、王斌等同道，幸运地被破例特许参加书画研究会的活动，或聆听讲座，或外出考察。关于腾冲李根源与吴中小王山摩崖石刻的事迹，就是在百狮子桥鹤师书房中第一次听到的。后来，我还随书画研究会的老师们一同登山探秘，其乐融融。如今小王山已作为穹窿山的一个著名景点“小隆

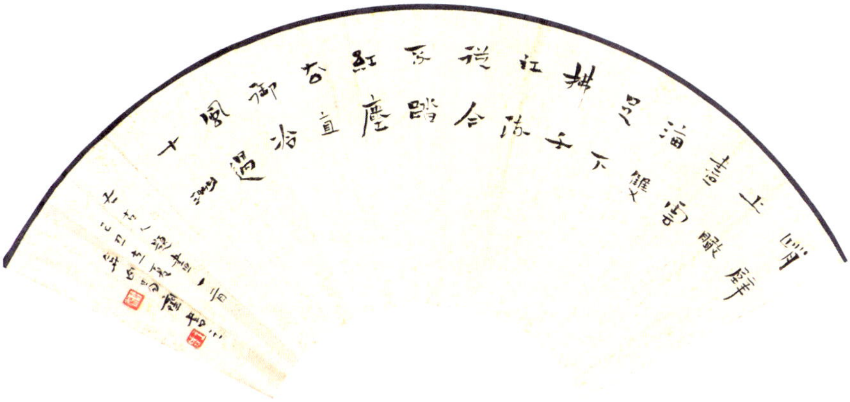

王伟林楷书扇面

中”对外开放，也成为苏州市书法家协会的创作基地。

恩师华人德先生和李鹤云先生，在我习书问学的道路上指点尤多。他们的引路不仅改变了我的人生轨迹，其言传身教更让我渐渐悟得做人的道理。如果说我在书艺、书学上有什么心得，毫无疑问，首先归功于他们的教诲和栽培。我“描红”习字虽然起步于小学一二年级，以后也未尝间断，但真正接触书法，有志于书学的探研，是从聆听两位的书法课开始的。因此，前年出版的《走向浑融——近三百年中国书法述评》（江苏人民出版社）一书中的文字与其说是我对书法艺术的一点认识和感悟，毋宁说是问学两位恩师卅载交上的一份期中作业。人德师于书法创作、书学研究、书法教育乃至协会建设均能取法乎上，独辟蹊径，为世所重。鹤云师热情似火，又勤奋执着，虽至耄耋之年，却耕耘不辍，诲人不倦。他们的道德学问使我终身受益。

我至今清晰地记得那时苏大校园中要题牌匾，大都会找到鹤云师。大三那年“苏州大学书店”等几处牌子均需刻木匾，鹤师知我平日也偶尔动刀刻些印章，于是就鼓励我操刀。我从观前街“古吴轩”买来专用木刻刀，在他亲授下，将其所题的几个牌匾镌刻在木板上，这也是我平生第一次做“像模像样”的木工活。刻工虽笨拙，但有幸能与鹤云师合作，心里美滋滋的。后来每次经过校园的书店，看到自己与鹤云师合作的店招，心中油然生起一股自豪感，也更激发了我对书法的兴趣。

苏大求学四年，也是转益多师的四年。期间，得识吴门书坛印苑耆宿沙曼翁先生、祝嘉先生、费新我先生、张寒月先生……耳濡目染，获益良多。令自己都感到意

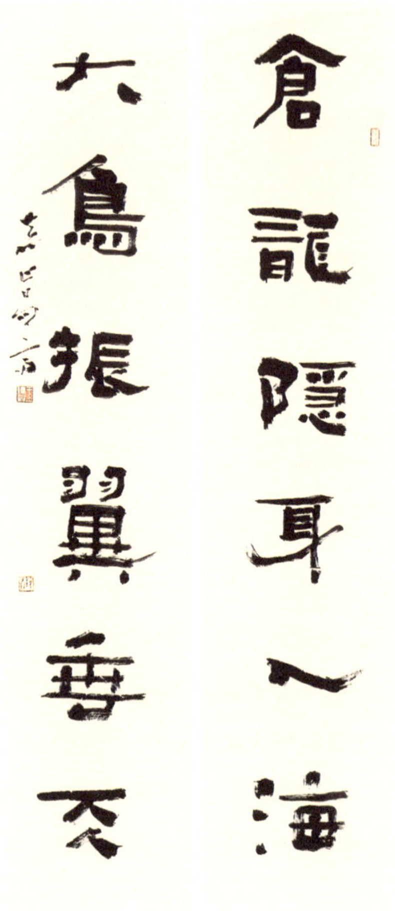

王伟林隶书对联

外的是后来的毕业论文写作竟斗胆选择了书法课题。在华人德、张鹊两位恩师的悉心指导下，论文得以顺利通过，又意外摘得全国首届书法理论“书谱奖”。现在回想起来，四年大学生活充满了温暖。记得1986年1月8日，正好是敬爱的周总理逝世十周年纪念日，华老师在学期最后一堂书法课上为我开小灶，即兴写了一副对联，内容正是周总理的名言，“与有肝胆人共事，从无字句处读书”。三十余年来，这副对联一直陪伴着我寒窗夜读，成为我人生道路上的路标。我同样清晰地记得毕业前，华老师又特别引荐我认识了当时被借调在苏州大学《汉语大词典》编纂组工作的年逾八旬的钱太初先生。钱老满腹经纶，一派儒雅，面对不才如我的冒昧请教，他却没有半点架子。于是，姑苏富仁坊内先生那几间简陋的平房成了我心向往之的殿堂。那一年，钱老和华老师联袂当起“红娘”，介绍我加入苏州市书法家协会。而我却直到工作了数个年头，方知钱老竟是协会的首任理事长。东吴园里，同样的温馨记忆来自众多的同窗及师兄弟：王斌、丁骏、孙悦良、薛龙春、卢雄勇、王学雷……因为书法，我们每每彻夜长谈，不知东方之既白。

大学四年一眨眼就过去，比起书法社的其他几位同道，我自然幸运得多。毕业时我被分配到市区的新苏师范学校执教书法。由于同处一城，我有条件得以经常回到母校，向人德师和鹤云师请教。每次回母校图书馆古籍部或去百狮子桥看望两位恩师，他们都无微不至地关心我的学习、工作和生活近况。我们谈人生，谈经典，谈家庭，谈现实，两位老师都能以宽厚的长者的身份给我以悉心的教诲。其真诚、热心、无私和善解人意每每使我心中倍感温暖。

毫无疑问，大学毕业三十年，我能专心从事书法工作，传承中华优秀传统文化，完全得益于苏大四年的培养与熏陶。东吴园里曾经留下了我的刻匾处女作，也留下了《啊，杨树》这篇文学习作。现在看来，尽管当初是那么的稚嫩，但无论怎么说，我的艺术梦正是在温馨的东吴园、在巍巍方塔下的红楼萌发、生长的。从1986年首次参加全国书法理论研讨会，1987年第一篇书学论文在《书法研究》上发表，到1989年毕业论文《姚孟起事迹考略及其书法美学思想探析》入选第二届全国青年书学讨论会并获首届中国书法理论“书谱奖”……我忘不了三十年前的中原之旅：1987年10月，大学三年级的我有幸以一篇小文入选了全国“书法新十年学术论辩会”。当时交通不便，苏州至郑州的绿皮火车开得很慢很慢。然而，我因随华人德师及潘振元先生同行（他俩因入展全国第三届书法篆刻展而受邀出席开幕式），一路上聆听两位师长谈艺术、谈人生，反倒觉得时间太短促。第三届国展汇集了诸如林散之、沙孟海、启功、费新我等大家的作品，且又是在全国“书法热”最火的中原大地举办，因而显得人气十足。中原之行是我第一次在现场观摩“国展”，零距离地感受如火如荼的书法热潮，同时也是我首次出席大规模的全国书学讨论会，有幸领略当代书坛理论精英的风采。那次会上还巧遇苏州前辈书家王健生，回苏后我方知道先生书法功力深厚，在全国电视书法大赛中摘得银奖。他在苏州图书馆古籍部工作，我一有空便会去向他请教，渐渐地我们成了忘年之交。

蒙师友的不弃，在我前行的道路上不断鼓励我、鞭策我。我的好友、母校文学院陈国安教授居然为我请到国学大师钱仲联先生的珍贵题签，令我受宠若惊！钱老著述等身，名扬海内外。记得当年在苏大求学时，曾斗胆向先生请教虞山大书家萧退庵的生平事迹，他不仅亲笔回信，更约谈我于“梦苕庵”，循循善诱，和蔼可亲，其浓浓的常熟乡音至今在耳畔回响。这些年，工作再忙，我每年总要翻出钱老给我的回信，拜读再三，以此激励自己。孰料钱老96岁时为我文集所题的墨宝竟成为其毕生的绝笔！

同样弥足珍贵的题签来自沈鹏先生，这全仗吴门另一位忘年交陈铭先生的热心相助。其实二十年前，也就是大学刚毕业的第六个年头——1993年，我随华人德先生同赴重庆参加全国第四届书学讨论会，会议期间即幸运地得到了时任中国书法家协会代主席沈鹏先生的题诗一首。但随后“书法热”愈演愈烈，沈老肩上的担子更重，时间也愈加宝贵，我再也不愿去惊动他。未曾想数年后当陈铭先生与沈老交谈时，说起日后我将整理出版书学文集一事，沈老竟二话没说，欣然命笔，笔墨间透露出一位书坛老者对后学的期许和嘉勉。

谈到当代书坛，自然绕不过吴门，而吴门书坛又不能不提“沧浪书社”和“江南风”。可以说，这两个社团汇聚了众多当今吴门中青年书家的代表性人物。平日里，他们雅集园林，相互评点，相互砥砺，常常争得面红耳赤，又乐此不疲。需特别一提的是，在本人临池学书和从事书协工作的三十余年间，沧浪书社中的诸位吴门师长一直是我学习的楷范。本师华人德先生敦厚务实，弘道养正，作风民主又恪守原则；言恭达先生热情宽容，诲人不倦；黄惇先生缜密严谨而又乐于提携后进；孙晓云老师细致入微，待人如春风化雨；陆家衡先生谦和儒雅，循循善诱；马士达先生率真笃实，不事雕饰；潘振元先生勤勉通达，平易近人；周玛和先生耻于张扬、王歌之先生淡泊宁静、张士东先生执着坚毅……师长们为艺治学、待人接物的优秀品格犹如一面面镜子，时常提醒我在工作生活的每一天都要笑对生活、笑对困难。而“江南风”诸同道积极进取、不甘落后的可贵精神也无时无刻不在鞭策我，工作之余不忘临池、读帖、看书、写作……

芳华三十载，东吴园的四年已深深烙印在心间、脑海。忘不了众恩师的培育，忘不了系领导范伯群、范培松、倪均祥等的鼓励，忘不了班主任缪学为的叮咛，忘不了各位同窗的牵手……

戊戌孟冬于胥水之滨易斋

王斌，江苏如皋人，曾就读于苏州大学中文系八四级（1）班。大学毕业后被分配在江苏省无锡师范学校担任语文老师兼教书法课程。五年后的1993年8月被调到中房集团无锡房地产开发公司办公室工作。直到2001年改制后担任无锡中房拆迁有限公司总经理。2009年创办无锡联泰房屋拆迁有限公司和无锡威孚物业有限公司（国家一级资质企业）。

改变命运的十三天

2018年10月17日，重阳节那天晚上，毕业三十年聚会的筹备组成员在无锡南长街古韵轩大酒店进行了一次简单的小结。席间，大家对这次聚会的成功非常满意，特别是余音部分，袅袅不绝。刚开始的时候，大家只是想把领导、老师和同学们的精彩发言整理出来，在微信群里发给大家看看。没想到，一发不可收，就像崔大炮“童鞋”（对崔继业同学的爱称）说的，二三十篇回忆就像一颗颗珍珠，用我们几十年的感情的线，把它们穿在一起，璀璨夺目。

聚会的餐桌上，喝了点小酒的我，兴奋地讲起了三十年前工作分配的十三天的经历，也可以说是改变了我一生的十三天。顾强和刘晓松他们听了以后，戏称这是我“十三天的爱情接力”，而且一定要我把它写下来，与同学们共勉，和下一代分享（其实我也知道即使真的写下来，我们的下一代也不一定能够理解，因为他们没有经历过这些，他们不会相信）。我倒是认为即便要写，也就把它当个故事记录下来，以免再过十年、二十年以后，老年痴呆了，就回忆不起来了。

为了防止老年痴呆的不日到来，我想还是写点吧。即使没有什么文采，权当记录吧。至于题目，我不敢用刘晓松给我起的《十三天的爱情接力》，因为我想我的爱情没有这么伟大，在这十三天里，为了前程，为了工作，奋力挣扎，爱情虽然不是唯一动力，却可以说是强大的动力，因此我就把它起名为《改变命运的十三天》吧。

前序

三十年前的那个8月1日，也就是1988年的8月1日，一大清早我就起床，准备赶往南通市教育局报到，生怕迟到了，错过了，就丢掉了一生的饭碗。洗漱完毕以后，反复地摸了又摸揣在怀里的分配单，就匆匆地赶到村东头的那条并不宽的公路上，等待着早班汽车的到来。辗转近三个小时，终于在吃午饭之前来到了南通市教育局人事科。接待我的是人事科的单科长，人很和蔼，也非常热情。我记得他对我说了一通南通市如何重视人才、重视教育、重视教师之类的话之后，就给我开了一张报到证。报到证的备注栏里赫然写着“江苏省如皋中学”七个熟悉的大字——我的母校？！我本以为会被分配在南通市里的，不曾想，又被打发回母校了。但是，对在农村土生土长的我来说，能留在如皋县（今如皋市）已经可以说是前世修来的福分了，所以那时候心里也很坦然，就听天由命吧，服从命运的安排吧。反正我们已经跟爱情说拜拜了，对于一个失去了爱情的我，到哪里不都是一样吗。

拿着那张报到证，我准备正式跟爱情说分手了。记得那天我是通过南通的周灵灵跟我的女友联系上的，约好了第二天也就是8月2号在她宿舍见最后一面。她当年的宿舍在八号楼的西侧，她们住在238宿舍。说到这里，我就来说说我的爱情吧！我先向各位做个检讨，我的爱情是“以权谋私”得来的，谋来后还带回家当了我的老婆，而且连任了近三十年了，一直没有换届，直到现在。当时，我担任中文系的体育部长，因为参加校运动会需要挖掘新生里的体育人才，前任体育部长陈小民留校任中文系八六级（1）班的班主任，向我推荐了他们班的一位学生。这个学妹训练中特能吃苦，即使脚扭伤了肿了，也不叫苦，坚持参加了校运会，还拿了几个“第一”（那是后来我们恋爱后我笑话她的）。那届校运会女子跨栏项目，是提前比赛项目，“第一项”。她被分配在了“第一组”，而且是“第一道”。发令枪一响，她便忘了脚上的疼痛，“嗖——”的一声冲了出去，但是，在跨“第一个栏”的时候，由于脚扭伤实在太重，摔倒了……自私的我，生怕中文系因为她的退赛而被扣分，于是，我就逼着她一定要去参加比赛……其实我很内疚，真心里是不忍心的。早知道后来她会成为我老婆，我宁愿系里被扣分……

最后一面是见着了，可她的老父亲也紧跟着追到了学校238宿舍。当时也没有任何理由去责怪人家父母，就这么一个女儿，哪个舍得她嫁到那又穷又远的苏北乡下？她母亲也知道我们是真心相爱，也不嫌弃我家穷，让她跟我说只要分配的工作不超过南京她就同意我们。可是现在我被打回原籍了！当她父亲拉着她的手让她回家时，我气急败坏地摔出一句：“你要是跟你爸走，我们就一刀两断！”其实我本来就是来“一刀两断”的。

第二天，8月3日，失魂落魄的我拖着疲惫的身躯回到了如皋市教育局，准备去办理报到手续，安安心心地去如皋中学当个语文老师，运气好的话或许能讨个如皋城里的姑娘，霉到底无非就让人家媒婆给说个乡下大姑娘呗。

八月四日，第一天
被人调包

1988年的8月4号，“改变命运的十三天”之第一天。早晨，我是怀着一颗平静的心，来到了如皋县教育局人事科办理报到手续的。县教育局人事科的一位中年女科长接待了我。女科长有一张我永远不会忘的“朝南面孔”，一口官腔。因为我忘记带那张十几块钱的派遣单，不能办理报到手续，我就弱弱地问了一句，我分配在哪一个单位，是不是分在如皋中学？科长大声吼道：“谁告诉你是如皋中学的？到了我们这儿报到了就要听我们的，我们叫你到哪去你就到哪去！回家等通知吧。”我本来还想跟她辩，我说这报到证上不是备注了“如皋中学”的吗？不是“戴帽分配”吗？后来一气之下，我来到教育局三楼副局长办公室找到申副局长，说明来意后，申局便陪着我找到了人事科长了解情况，在局长面前女科长道出了实情，本打算将磨头中学一名四十来岁有教学经验的语文老师与我对调！居然调包？！没有这么欺负人的！当时的我年轻气盛，咽不下这口气，于是决定回苏大要求重新改派。

当天下午，我就到如皋邮局摇了长途电话给尚在学校的缪学为老师。

八月五日，第二天
初次失望

第二天一大早，我就搭乘如皋到苏州的公共汽车，一路颠簸近五个小时，于午饭后到了苏州，找到缪老师，缪老师陪我找到了中文系党总支倪书记。他们非常热情地接待了我，也详细了解了我的情况，表示十分理解和同情，可是，他们告诉我，既然已经落实分配了，有特殊情况需要改派必须由省教育厅同意，学校无权改派。我陷入了困顿，初次失望！

八月六日，第三天
重燃希望

既然学校里没有办法改派，我只能想办法到江苏省教育厅找人了。8月6号一大早，我就买了火车票，来到了南京，到省教育厅计财处找到了我一个远房表姐夫，他当时任省教育厅计财处长，我想找他帮忙问问情况。找到马处长之后，他告诉我，如果要想改派，必须南通市教育局同意放人才有可能，同时，还要落实好新的用人单位。

八月七日，第四天
信心倍增

为了落实用人单位，第二天一早，我就乘火车赶到了无锡。当时我得到了一条信息，说是原来分配给江苏省无锡师范学校的我们班的丁瑜同学，由于成为保送研究生，所以这个学校的名额实际上是空缺的。我就第一时间找到了无锡师范学校的范校长，毛遂自荐，范校长听后当即拍板，说需要我这个有书法特长的年轻的语文老师，而且让我只管去跑南通和省里，无锡市教育局这边他替我办好！

八月八日，第五天
再次失望

落实好了新的用人单位，我就兴冲冲地赶回南通，找到了南通市教育局人事科的单科长，然而得到的回答是，南通是绝对不可能放人的！好不容易从苏州大学中文系要回一个本科毕业生，如果今年放人，明年南通就没办法向省里再要中文系的毕业生了。得到这样的回答，我像被浇了一盆凉水，失望至极。

从家里跑出来四五天了，1988年的夏天，那是史上有记载的超热夏天，气温超过四十摄氏度，纵然在凤凰街上连吃三根冰棍也无济于事！身上穿的唯一的一套汗衫和西装短裤都已经一次次地干了又湿，湿了又干，结了厚厚的盐霜，快发臭了！尽管再次失望了，但是我还不甘心，还是想继续跑！为了工作，为了爱情！我不能就这么认输！于是，当天，我从南通赶回了老家如皋，让哥哥嫂子帮我向他们厂里的同事借了七十块钱，准备在外面再买两件汗衫替换，再买点吃的充饥，又一次踏上了南下的道路！

八月九日，第六天
重燃希望

怀揣着七十元人民币，我再次来到了苏州大学，找到了中文系党总支倪书记和缪学为老师，希望他们能够帮帮我。他们千方百计为我想办法，可是还是一点头绪都没有。我觉得最后一线希望也破灭了，当时的我心里、脑子里似乎都空了。没有了一丁点儿希望的我，百无聊赖地游走在空空荡荡的文科楼前，想着日后回到我那生我养我的地方的情形，不敢想象我心爱的姑娘不久将会另嫁他人的情形。

就这样漫无目的地走着，不知不觉走到了望星桥，烈日炙烤，饥渴难当，我下意识地躲向路边的树荫下。就在这时，一个熟悉的带着浓厚宜兴口音的声音在喊我，是范培松老师，我们的范主任！他关切地询问我的工作情况，我如实汇报并表示已经走投无路。范老师听后邀请我到他家吃饭，并答应帮我寻找南通的关系！范教授是全国有名的散文、报告文学专家，同时又担任苏大中文系的系主任，为了我这么一名普通的高校毕业生，而且还是一名曾经辜负了范老师期望的毕业生，他不端一点架子，不厌其烦，一帮到底。他那比大海还要宽广的博大胸怀，让我不知如何是好，只得很顺从地跟他回家。

来到了范老师家，范老师一边给我泡茶，一边捧出厚厚的两大本名片簿，一页一页地翻找南通的老友或徒子，口中念道："南京、常州、泰州、盐城等都有我的学生，有的在政府办，有的在宣传部，怎么好像就南通没有呢？"突然，"找到了，找到了！"范老师一阵激动，抽出一张名片，对我说那位老朋友曾经与他一起开过会，并热情邀请他到南通吃小海鲜，如果他肯帮忙，此事应该有希望！于是范老师便让我以他的口吻给他的老朋友沈部长写封信，并特别说明我跟范老师的非常亲密的关系，我写好后，范老师亲自誊抄后装进开好的信封，让我尽快去南通市委宣传部找沈部长。我手捧那封范老师的亲笔信，如获救命的灵丹妙药！哪里顾得上外面的似火烈日，直奔南门汽车站而去！

至今已整整三十年过去了，我们敬爱的范培松老师已经从当年的小范变成了"无齿之徒"老范了，可是他对他的每一位学生都热情似火，对每位学生付出的都是真爱！我三十年来竟然没有请范老师喝一杯茶，抽一根烟，吃一顿饭！我欠老范的！几十年来，他又为多少个像我一样的毕业生操碎过心，而他却从不计较学子们的回报，我们欠范老师太多了！

八月十日，第七天
忐忑不安

买了一瓶雀巢咖啡、一瓶咖啡伴侣和两瓶可口可乐，我来到了沈部长的家，接过范老师信的沈部长热情地接待了我，寒暄过后，沈部长拿出便笺给市教育局两位局长写了一张便条，希望在考虑全局的情况下予以照顾。当我拿着沈部长的便条来到南通市教育局时，方才得知两位局长均在外开会，无奈，只得又来到人事科，找到了单科长。看了沈部长的便条，单科长对我的态度较以前更加热情了，只是他还是认为不能以公文的形式同意我回校改派——如果以公文的形式，那么第二年他们有可能受到影响。单科长跟我说他的同学加老乡在苏大任学生科科长（当时是叫学生科还是人事科已经记不太清楚了），他以私人的名义写了一封信给高科长，信长达八页，内容大致是南通同意放人，请苏大重新安排我的去处，南通和如皋方面不会追究等。从单科长处还得知，高科长十二日开始放假，将回老家休假。我想，如果不能在十一日晚上之前赶到苏州，找到高科长，也许就永远错过了机会，因为我根本不知道她的老家在哪里！当晚住在南通的同学的宿舍，翻来覆去，辗转难眠。脑中一直在为第二天去苏州的车票发愁。因为八十年代的交通还不发达，苏北到苏南的交通方式主要是靠长途客车运送旅客，一天最多四班车，上午两班，下午两班，车票很紧，隔天都很难买到车票，更不要说当天买票了！如果明天买不到汽车票怎么办？

八月十一日，第八天
惊险一跃

天还没有亮，我便来到了南通长途汽车站，排队买去苏州的车票，果不其然，当天的车票已经全部卖光，一张不剩！我该怎么办呢？必须设法于当天晚上之前赶到苏州。在南通工作的同学告诉我，长途汽车都是通过通沙汽渡轮渡过江的。于是，我就想，如果我在中午之前赶到轮渡口，不管是乘什么样的车，货车也行，只要能够到达苏州，多花点钱都愿意（依稀记得当时长途客车从南通到苏州的票价应该是两块四毛，我愿意花五块钱搭乘卡车到苏州）。说走就走！我的同学张学锋向单位请了假，向朋友借了一部自行车，驮着我就直奔通沙汽渡码头。快到码头的时候，突然发现南通到苏州的下午1：40的班车从我们身旁开过！追！一定要追上！于是我同学不顾一切，拼命蹬车，当我们赶到码头时，汽车已经上了轮渡，而且轮船已经鸣笛准备离岸，说时迟那时快，我不容分说，跳下自行车，沿着码头斜坡狂奔近百米，当我到达岸边时，轮船的甲板已经缓缓地升起，离岸已近三米，我一个箭步跨了上去，鞋子已浸透了江水，好险！我大口喘着粗气，心怦怦直跳，魂都吓飞了，好一会儿我才站稳在甲板上，向张学锋同学挥手道别。

这奋力的一跃，没有来得及去想它的后果，也没有敢去设想如果！而甲板下面便是滚滚长江水，奔流不息向东海！

我庆幸我赶上了好运，也遇上了好人！班车司机竟然是苏大八四级历史系运动健将王清的邻居，听说我认识王清，好司机免费加绕行，一直把我送到了凤凰街口，才满载旅客驶向了苏州南门汽车终点站！

闷热的夜晚，我带着单科长的私信找到了高科长。尽管见信后高科长还是表示不可操作，但是我觉得我已经努力了，如果真的走不通，那便是天意了！

八月十二日，第九天
百无聊赖

这是最为无聊的一天，游荡在苏州街口，已无任何心情，甚至不想回家！我低着头，从饮马桥站数着人民路那古老的石板向南走着。汽车站有没有回程票似乎已并不重要，我要去往哪里也未可知，去无锡？去南京？去南通？

对！去南通！我不死心，我不认命！我还要做最后一搏！找单科长去！

八月十三日，第十天
峰回路转

黄历上的1988年8月13日也许是个黄道吉日！

赶在上班之前，我就坐在了单科长的办公室门外，等待着单科长的到来！我要做最后的努力，希望单科长能够网开一面，高抬贵手！可是，时间一分一秒地过去，却始终不见单科长的人影。询问他的同事才得知，单科长当天上午在市里参加退伍军人的一个什么会议，下午就去青岛出差一周，当天不来科里上班了。天太热，口太干，心太烦！歇会儿吧！看来大局已定了，只能对不起无锡师范的范校长了！也对不起梅村的女朋友了！这时的我反倒觉得浑身放松了下来，随手在报架上取下一份《南通日报》翻阅起来……

也不知道过了多久，一阵自行车铃声把我的视线从报纸上拉向了大门外，只见着装干净朴素的单科长匆匆地赶回了办公室！原来是他青岛出差用的一本重要的笔记本忘在单位了，回来取了立即就走！见了我，单科长第一句就是“办好了吧？”他还以为我是办妥了来谢谢他的呢。我说还是不行，必须要有

他们局里的公章才管用！只见单科长一边拉开办公桌的抽屉，取出有红色“南通市教育局”字样的十六开便笺，口中喃喃自语：“不可以的呀，如果我今年放了你，明年我们怎么办呢？……”而手中的笔却飞快地写了同意放人的几行字，然后让内勤盖上了南通市教育局的大红印戳！而这时的单科长取了笔记本，已骑上了自行车赶他的旅程去了！

其实，我也特理解单科长的难处，为了南通的教育事业，为了能留住教育人才，煞费苦心。我衷心地感谢他！

八月十四日，第十一天
敲定锡师

拿到了南通同意放人的红头“宝件”，我便赶到无锡师范学校，找到范校长，落实了无锡师范学校同意接收我的事宜，并确认无锡市教育局这边没有问题。于是我就买了去南京的火车票。

八月十五日，第十二天
有惊无险

火车到达南京已经很晚了！省教育厅早就已经下班了，我身上的钱也所剩无几，开不起旅馆了，我便买了一个面包权当晚饭，然后在火车站候车室的长条椅子上安顿下来。半夜里，多次被蚊子咬醒，可是那几天实在是太累了，也就顾不上这些了！

第二天，我早早地来到了省教育厅的门口，希望早一分钟盖上改派的图章。当我来到省厅门口时，远远地看见我家远房亲戚、计财处马处长站在大门口，手里还拎着个包。这么早？难道他知道我办好了南通的手续，在等我？不可能啊？！等我也用不着这么早啊！上前一问，方才知道，马处长是在等司机，去徐州开会，再有一两分钟车就到了！好惊险！幸亏我早到了一步！在马处长的陪同下，我来到了人事处，顺利地将“南通”二字改成了“无锡”，并盖上了大戳！

王斌、谢晓燕合影

八月十六日，第十三天 情定无锡

8月16日的上午，办好了一切手续，我便来到江苏省无锡师范学校正式报到。当时，无锡市里我没有亲戚也没有朋友，不记得是向谁借了一辆半新永久牌自行车，风也似的奔向梅村去向我女朋友报告这个喜讯，更主要的是要去告诉她爸妈！记得当天，当我骑车来到梅村老街时，只见她在街边上给她姑妈家生煤球炉子，由于好久没有了我的音讯，当又瘦又黑的我站在她面前，告诉她我分配在无锡时，她真真切切愣在那里，半天没有说出话来！

后来我才从倪书记那里得知，我哥哥嫂嫂以为我失踪了或想不开了做出什么傻事，请假出来到处找我。后来倪书记告诉他们说我已经在无锡师范报到了，他们才放心了！

无锡就这样成了我的第二故乡，爱情也终于开花结果！

钱涛，教育管理研究员。1988年6月毕业于苏州大学中文系，后获南京师范大学文学硕士学位。始终如初，从事职业教育工作达三十年。

686，我们的幸福密码

身处大数据时代，如果套用迭代编码方式，我们这一群人的标签可以打码“686”。这组数字隐藏的含义是，我们出生在六十年代，第一个“6”是自然世代的标识；我们接受高等教育在八十年代，那时的中国处于改革开放的第一个十年，是一段国家百废待兴、民族充满浪漫理想的岁月，中间的“8”镌刻下我们精神成长的印记；现今我们跨过五十岁的槛儿正奔向六十岁，末尾的“6”是我们从现在向未来始终在路上的行进轨迹。身为“686”的我们是幸运的一代，青春年华没有被打扰。“686”，成为我们打开家国天下共同记忆的神奇密码。感谢命运让我和我的老师、同学们相遇，在八十年代中期的苏大校园里满怀期待度过美好时光。

任何时候看苏大的校园，风景和人都很美。

第一次进苏大校园，望见十梓街尽头的学校门楼，感觉有些特别。门是竹制的，很简朴，更加与众不同的是校门是向西开着的。进入校门，干道旁高大的枫杨树遮天蔽日，校门口右边有间理发店，紧挨着的是收发室，我们班用的是97号邮箱。没见过什么世面的我和室友一道，在校园里走了一圈，感觉真大！在桂花飘香里，我们绕得晕晕乎乎的。校园东边有条河蜿蜒流过，河岸杂树丛生，颇有天然趣味。校园南边的外语系所在的西洋风格的建筑群、大草坪给人印象深刻，钟楼之美让人震撼。听说校长在其中一座楼里办公，更让我们这些小菜鸟驻足张望，仰之弥高，肃然起敬。校园北边有座方塔，因为靠着男生宿舍区域，只是在远处注视过几次灰黄的塔身，当时太过年轻肤浅，对文物没什么钩沉的兴趣，印象中好像有学生社团叫方塔诗社的。当然更感到亲切的是我们的文科楼，庄重典雅，文文静静地掩映在苍翠林木丛中。从左侧宽阔的楼梯拾级而上，右拐走进南边的314大教室，阳光透过窗照进来，露出本色纹理的木地板有些老旧，年轻急促跃动的脚步扬起轻尘，在光的线里浮沉。有时盯着这浮尘，看着看着，忘记了所有，耳边先生们讲课的声音也虚化成了呢喃的背景，可惜错过先生们几十年功力练出的肚皮筋。更多的时候，我们是俯身在座椅右侧的案几上奋笔疾书，记下密密麻麻的笔记。甚至有位同学颇有闲情地记录下老师讲授的实景：此处有笑声。

校园里相对有些现代气息的建筑是高大敞亮的图书馆和背依运河的一座新教学楼。图书馆的座位总是紧张，有好学的考研的同学用书占座。后坐下的和先占座的同学常常为此发生不愉快。我们就转战到新教学楼的自习教室读书。在下午闲散的时光里记诵唐诗宋词，时不时听到河里驶过的机帆船的声音，为“欸乃一声山水绿”的意境被搅散而遗憾。站在最高处的教室隔窗眺望，还能看到对岸河边放置的木排。我们快毕业离开时，有消息灵通的同学用手比画着指向河对岸，说那里是学校新扩的东校区。每当期末考试来临的时候，大家都很紧张地看书讨论，打探各种消息，从老师的只言片语里猜题，仔细地将教科书从厚翻到薄，从薄翻到厚。我们坚持在大教室里坐到十一二点钟，然后顶着冬夜的寒冷绕到大食堂的一个角落的边门，买了师傅刚炸出锅的油条，边吃边心满意足地往宿舍去了。离开苏大后好像再没吃到这么香的油条了。

中文系老师们都很平易近人，对待学生和蔼可亲。班主任缪老师其实只是大我们几岁的学长，经常穿一件绿军装，配一条蓝色牛仔裤，有点时髦的意味。但每次看他上课，表情严肃，很是老成持重的样子，估计是怕压不住那些调皮的男生，故意端着点吧。四年里，他的确像兄长一样关心鼓励着我们每个人的成长进步。当然我们也像关注兄长一样，关注着他的生活，比如他的恋爱动向，不失时机地向他讨要喜糖。给我们上课的老师都目光如炬，满腹经纶，在讲台上侃侃而谈，为我们开启了一扇扇多角度理解“文学即人学”的窗。宣树铮老师教授美国文学，讲到激昂处转身板书，一脚踏空，打了个趔趄，自嘲踏进历史的裂缝，坐在下面的我们报以善意的笑声。讲俄罗斯文学的陆人豪老师身形高大微胖。那时候还没什么品牌服饰，但他的穿着方式让普通的衣服也显得考究，有些贵族气。我总是不自觉地将他的形象和导演《战争与和平》的邦达尔丘克联系在一起。同学们非常佩服他出口成章的本领，他的语言干净得没有任何多余。清癯的徐斯年老师说起话来总是慢条斯理，剖析曹禺戏剧丝丝入扣，让我们对繁漪这一人物的复杂性多了理解与同情。王锺陵老师讲魏晋文学时的神采，让我们领略到名士风度。还有讲授清词的徐永端老师动情处手之舞之，歌之咏之，我至今仍记得徐灿那句“月痕休到深深处”。苏大校园中更多给我们滋养的是课外阅读老师推荐的书籍和研究文章，晚上赶场听各路专家开设的讲座。从西方现代派艺术介绍到创新思维写作尝试，还有涉及美学、民俗学、建筑学、现代哲学、管理学等五花八门的讲座，我们青春澎湃的情绪在民族寻根情结和走向未来现代派之间游走。

周明华和王祖炎合影

同学间的情谊也是与日俱增。入学的第一个中秋，同宿舍女生一时兴起步行去盘门吴门桥赏月，准备了红菱、瓜子、芒果干、月饼等零食，邀了几个男生一路同行充当护花使者。那晚夜色如水，静谧的月光洒落在盘门宽阔的坡道上，我们铺开塑料布垫，席地而坐，有一搭没一搭地闲聊着。到了星期天，我们还会结伴游天平山、灵岩山、上方山等。那时候交通不便利，我们又是一帮穷学生，很多的路都是靠自己迈开双腿走。看山近在眼前，可是走路过去真是要走死人的。胆大的就在路边拦下机动车，七嘴八舌一番好话说尽，车主同意搭载一段路程，众人欢天喜地攀爬上车，全然不顾淑女形象。

李商隐《锦瑟》诗云："此情可待成追忆，只是当时已惘然。"这言说的不局限于爱情，更是人生的况味。一切的过往在回忆中格外美好，青春的岁月更是在回望中闪烁幸福的光亮。毕业聚会时范伯群老师和蔼的笑容，至今历历在目，他说我们转眼间便是苏大的校友，言辞间透着殷切的期望。毕业前最后一次聚餐，酒酣耳热之际，男生们齐声吼着刚夺得金熊奖的《红高粱》里的那首《妹妹你大胆地往前走》。离别时刻，五味杂陈，只有借这恣意狂放的吼声表达了。

转瞬三十年，一幕一幕仿佛还在眼前。当亚辉在微信群里招呼大家撰文纪念这次毕业三十年聚会时，我不免陷入拖延症的纠结中。因为当热气蒸腾的日子呼啸而去的时候，我越来越沮丧地发现——语言相较于纷繁的现实，如同捉襟见肘的衣衫，总是难以遮掩不断生长的躯体。大千世界林林总总，总有些不可言说的遗憾、欲说还休的尴尬、得意忘言的静默。

如何是好？答应提交的作业还是要完成的，只能勉为其难，笨拙地写下这些文字，记录在苏大校园遇见的小美好，表达一份小心意、对恩师的敬意、对同窗的感谢、对母校的深深祝福……

李斌，曾就读于苏州大学中文系八四级（2）班，淮安人，现在江苏省淮安中学工作。淮安市优秀教师，淮安市语文学科带头人。历任备课组长、教研组长、办公室主任、校党总支副书记。工作一站式，经历简单，但很充实，很幸福。

苏州大学赐予我幸福

几个月前，同学微信群通知，让每位同学写一句毕业三十周年的感言。我不假思索，马上写了一句："毕业三十年，是人生最好的三十年，很满足，很幸福！"后来这句话忝列于《永恒的记忆——苏州大学中文系八四级毕业三十周年留念》。之所以想也没想，是因为它是我的真切感受，真情流露。

上学时很幸福

前面讲"毕业三十年……很幸福"，实际上，不只是毕业后，从我的名字和苏州大学连上，就开始幸福了！

1984年夏天，我在河边钓鱼，有"苏州大学"字样的录取通知书送到我手上，很高兴。拆开一看，中文师范，高兴劲儿没了，因为我想上的是法律专业。后来了解到，我们淮安中学，两个文科班，一百多人，只有十八个人考上本科，不少上的是"学院"，

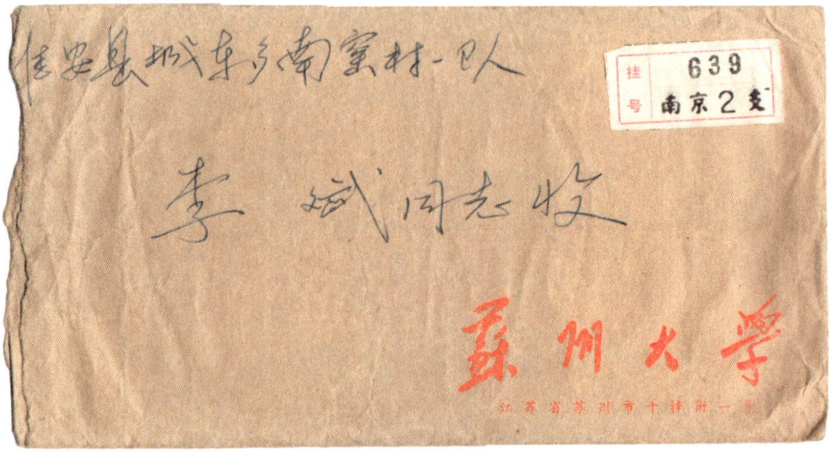

苏州大学录取通知书信封

而我上的是“大学”，还是有点满足，有点幸福的。后面的暑假，写毛笔字，听相声，听洛杉矶奥运会，钓虾子，玩得……用现在的话说，很嗨!

上学了，第一次出远门，父亲亲自送我。扛着新买的皮箱，戴着新买的“琼花”手表，我一路上很兴奋。第一次出淮安，是什么时间；第一次看到长江，是什么时间；第一次看到山，是什么时间；进校前几天做了什么事……我都记了下来。

“（1984年）9月4日：早晨6：10从淮安汽车站出发，6：45出淮安至宝应境内。13：05见到长江，13：20在轮渡中见长江岸边的一座小山，16：45见到火车（客车）。17：00进苏州汽车站，17：35进苏州大学校门。”

“9月6日，上午8：00—9：10，学校举行了开学典礼，陈校长介绍了学校情况：1901年，东吴大学建立……1982年，改名苏州大学……蒋介石之子蒋纬国也在这里学习过。

“开学典礼结束后，我们进了自己的教室——文科楼405室，联系信箱——中文系97信箱。我们是师范专业（2）班，（1）班在409室，96信箱。

“我们师范专业共有二十七门功课（政治教育课两门，公共必修课两门，选修课一门，体育课，专业课二十一门）。”

“9月10日，开始上课。”

另外，进宿舍后，我想买一台收音机，我们父子俩对话，用的自然是淮安话，张卫民他们觉得很滑稽，经常模仿，笑话我。第一次大扫除，我们在操场除草，朱亚辉骑着一个三轮车收草，这些情景历历在目。

大学期间，我有两大爱好——打乒乓、练书法，它们使我的大学生活很充实，很幸福。

打乒乓球，水平不高，过程很有意思。

用的板子，有买的，更多的是自己造的，为了好拉弧圈球，我还造了一个歪头乒乓球板子，哎，还别说，用得确实顺手。

为了打乒乓，我和王维兵等人，偷偷提起体育系专用球房窗子的插销，偷偷从窗子钻进钻出；

为了打乒乓，晚饭不吃，应“歪头博士”的邀请，赶紧骑车，到文科楼三楼西头球房打球；

为了打乒乓，和郑生明等人，顶着烈日，到游泳馆东边的室外水泥球台战斗；

为了打乒乓，把宿舍的桌子拼起来，还用木板傍宽，将买来的球网装在上面，球友们在这简陋的球台上打得不亦乐乎！

说起书法，水平和王伟林王大师比起来，那叫“赤脚追汽车——望尘莫及”，但我很享受练书法的过程，很享受老师和同学对我的抬爱。

我练过颜真卿，练过柳公权，练过胡问遂，但最喜欢练的是周慧珺。

纸蒙在字帖上，用铅笔描出轮廓，然后用毛笔写，别说，还真有个样子。我将练过的一张张纸接起来，长长的一卷，常常展开看看，自我欣赏，自得其乐。

因为练过字，老师和同学对我很是抬爱。

徐斯年老师让我和王维兵等同学抄写《鲁迅大辞典》稿件，我记得好像是每千字5毛钱，也小挣了一笔。

毕业的时候，好些同学请我在纪念册上写上“梦曾游天”。这次三十周年聚会，1班的季余华同学一见面就提起这事，满满的幸福感！

王清玲同学曾对我说：“瘦瘦的肩膀，怎能挑起生活的重担？”她不知道，每每在我困难的时候，总有贵人相助。

上学时印象最深的是我得阑尾炎时同学给我的帮助。

有那么几天，我感觉胃不舒服，怕冷，穿了大衣不行，还要裹被子。同宿舍的常林波、李宗诚、张卫民等同学我看不对劲，就把我送到苏大附一医院看病。一查，我竟得

苏州大学中文系八四级（2）班女生合影，左起：刘训萍、王清玲、王祖炎、周雯、胡健、曹桂玲、周明华、徐光萍

了急性阑尾炎，就要穿孔了，需立即手术！手术过程记得很清楚，手术台上，那个给我做麻醉的女医生对我特别好，我基本没有多少痛苦的感觉，很感谢她！

手术没受什么罪，不知什么原因，伤口愈合却不太顺利，在医院住了半个多月。其间，同宿舍的同学不用说了，“小草”王洁洋等班委看望过我，江涌等同学还整夜守着我。想起这些，万分的感激，满满的幸福！至今，我还常常给我的学生讲这事，说：“你们看，我上苏州大学，只花了一元钱，家里人都不知道，阑尾炎手术就做了，半个月后就恢复了。我的同学，我的苏州大学，多么好！你们也能考进苏大，一定要上苏大！”

毕业后很幸福

上大学时，有贵人相助，毕业后，因为苏大，也常有贵人相助。

我找工作单位，没有王斌同学的那些波折，比较顺利。我也找了人，但不是想进淮安中学，而是想进质量远不如淮安中学的前进中学——因为前进中学离我家近。

接到报到证，我纳闷了，不是说前进中学吗，怎么分到淮安中学了？多年以后，我才知道，是毕业于江苏师范学院（苏州大学的前身）的苏州人朱和林副校长知道我是苏州大学毕业的，特地把我要到淮安中学的！

因为是苏州大学毕业的，领导高看我，让我教六个班中两个好班之一——高一（2）班。这个班毕业的邵峰同学于2015年12月，当选中国科学院院士，时年43岁。尽管是老师沾学生的光，我还是感到很幸福。

因为是苏州大学毕业的，有缪学为等老师的引导，有优良氛围的熏陶，我功底扎实，踏实肯干，备课组长、教研组长、办公室主任、党总支副书记，一路走来，很顺利。

因为是苏州大学毕业的，我虽然其貌不扬，却娶了个在银行工作的妻子，虽然结婚时还借了钱，但多少年来，这个穷家，有了爱人的打理，我就没有受过少钱的罪，很幸福。

因为是苏州大学毕业的，我儿子很向往苏州，大学一毕业就到苏州一家民企去工作了。虽然现在他回母校淮安中学做信息老师了，但因为他当时在苏州，2015年5月，我在苏州买了套风景房，前观独墅湖全景，后览金鸡湖全景，住在家里看美景，惬意得很！

现在就很幸福

同学们都知道，我是个内向的人，不善于和人交往，因此，毕业很多年，闷头做自己的工作，过自己的生活，很少与同学往来。是常林波常老大把我拖进同学圈，开始享受与同学交往的幸福。

2016年的夏天，我忽然接到常林波的电话，说他和江苏写作方面的专家一起在周恩来纪念馆游玩。我立马奔过去，与常老大见面，交谈，了解了不少同学的情况。临走，老大把我拖进“苏大中文八四”同学圈。

一个秋天的晚上，通过微信，我和江涌联系上了。我们一起回忆了当年在一起的情形，叙说了毕业后各自的情况，畅谈良久。最后，我邀请时任苏州科技大学党委书记的江涌同学到我们淮安中学开讲座。

2016年11月11日，江涌书记来到淮安中学，为高三全体同学做了一场“向理想大学进发”的精彩报告会，反响热烈。淮安中学王玉洲校长、成向前副校长等干部也知道了我有一位做大学领导的同学，后来又知道了这位同学做了苏州大学领导，我感到越来越有面子，这不是苏州大学赐予我的幸福吗?

今年高考分数出来后，我们教育集团的董事长把我请到她办公室，谈她侄女上大学的事。侄女上的是文科，考了351分，在报苏州大学（中外合作办学）和南京邮电大学之间摇摆不定。她打电话到苏大招办问清楚毕业证书肯定就是“苏州大学”四个字后，力排众议，敲定报苏大。她的一句话让我记忆深刻：“苏州大学的牌子多响啊！”（后来的情况是，她侄女总分够了，可因同分排序靠后未被苏大录取。这里说明一下，因招生政策和两个民办初中比拼等原因，淮安每年有五六百最优秀的初中毕业生外流，我校能考上苏大的高三学生并不是很多。）

前些日子，苏大来了份邀请函，请我校派人前去参加11月24日开展的“名城名校”2018苏州大学校园马拉松赛。本来淮安中学的工会主席（他女儿在考苏大研究生）想和我一起去，结果我们一把手王玉洲校长说苏大是我校学生争取考上的重点高校，他一定要亲自去!

董事长和王校长是我们集团和学校的最高领导，他们的语言和行动，充分流露出了苏大在他们心目中的重要地位。我耳闻目睹，能不幸福吗?

2017年暑假，我到苏州，和郑生明一起在李公堤吃饭，与江涌不期而遇。后来，应同学的邀请，我又和朱亚辉、王德河、周晓平，以及王维兵、周明华、缪建峰、叶学先等同学见了面，吃了饭。同学们的盛情款待让我感受到了满满的幸福。

今年5月15日，我身体出了点状况，和爱人的心情都不太好，中午吃饭的时候，就说了儿子几句，大意是儿子没什么本事，帮不了我们什么忙。儿子一急，就在朋友圈发了一条消息，说家人生病了，哪个同学有熟人在大医院的?不到两分钟，我电话响了，是苏州的一个固定电话，不知是谁的。一接，江涌!他让我立即将病情告诉他，不久就帮我联系了苏州一位权威医学专家。几天后到苏州，专家一看，说不要惊慌，问题不大，我心里的一块石头落了地。8月30日晚，我和爱人在外面散步，江涌同学打来微信电话，问我的情况，让我注意休息。

就说10月2日的聚会吧。刚准备坐公交去苏州，曹文打来电话，说她和老公开车，带我一起走。中午赶到饭店，迟了点，朱亚辉见到我，就叫我到他身边坐。拍集体照的时候，江涌不肯坐在中间，说就跟我站一起。

唉，不知哪辈子修来的福，能得到老同学如此的关心！

可惜的是，因为爱人生病住院，我10月3日一早，就悄悄坐车回淮安了，没有和大家一起畅游盘门。应该跟大家打招呼的，但看大家聚会都很兴奋，怕扫大家的兴，就悄悄和德河同学告了假。

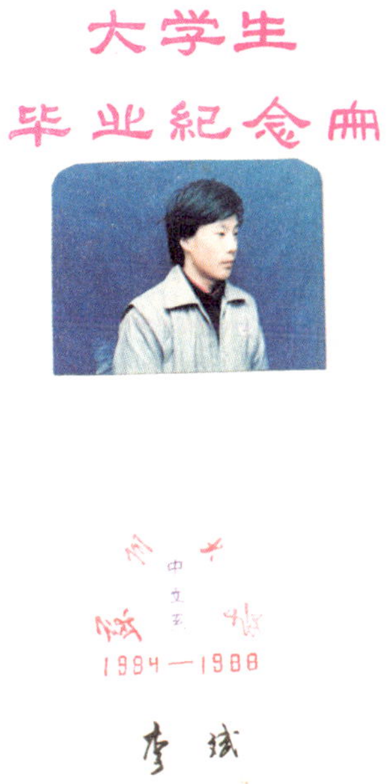

李斌的毕业纪念册

一直以来，我是个埋头做事的人。我用QQ和微信的基本原则是，QQ用来工作，微信用来生活。前面因为负责处理学校的来文、来电，老要看QQ，因此常常很长时间不看微信，特别是微信群里的信息。写到上一段的时候，为了确定是不是“盘门”，我迅速浏览了“苏大中文八四（二）班”的微信群，看到周玉林和金利在群里又提到了我那个“梦曾游天”，心里又幸福了一阵子。

过去，现在，未来，我一直并将永远幸福着，因为“苏州大学”！

2018年11月24日夜23点

人生就是寻寻觅觅的过程

杜频，江苏吴江人，曾就读于苏州大学中文系八四级（3）班。毕业后回吴江物资局工作。一年后去深圳打工。1992年左右去北京，在工艺美院进修服装设计，后在《中国服饰报》任编辑和记者。1997年去德国定居至今，期间随夫在日本和国内生活若干年。

时间过得真快呀，毕业已经整三十年了。这三十年间，我除了老郇所说的“惊鸿一现”过，一直游离在外。这三十年间，祖国也发生了翻天覆地的巨大变化。可是，好像还是没有变成我当初想要的那个样子，尽管已是高楼林立、空前繁华。我想要的是什么样子呢？我的理想之地到底在哪里呢？这就是我三十年前开始游历的原因吧。

寻找自然是艰难的，因为我也说不清自己到底要什么，也没有人告诉我答案。直到某一天，碰到了一个人，一个灵魂和我高度匹配的人；通过他认识了一个地方，一个到了那儿我可以惊呼“就是这儿”的地方。何其幸运，几番的寻寻觅觅、跌跌撞撞之后，我找到了那个安心、妥帖、让人可以舒展的地方。圆满的结局，当然也让来路上一切的艰难苦楚，都不再被抱怨。于是，我不再是那个愤青，我是安详的主妇，柴米油盐，围着家转，围着自己转。

每个人是不是都有过寻觅的冲动，只是内容各异、强弱有别、早晚不同而已呢？不然我们的老郇也不会暂别优渥的生活，万里追风。是吧，老郇？生命本没有固定的模板，每个个体的不同，才成就了世界的斑斓。

感谢我的父母，一直没有给我很多的限制，一直包容着我的折腾和不按常理出牌。

感谢同学们不离不弃，你们的一切都温暖着我：高升了、买房了、儿女有出息了……还有什么比这些更能让人会心而笑的呢？

三十年，尘埃落定。未来的三十年，我们又有了新的寻觅和追求，那就是，健康，亲情，友情。

希望我们都硬硬朗朗的，三十年后举杯把盏，再续前情。

陈丽萍，曾就读于苏州大学中文系八四级（3）班，毕业后回到家乡靖江。三十年来流动于广电局各部门，卸不下记者编辑的角色。深信性格即命运。

杜频印象·补白一

杜频不是我们宿舍的，我却一直对她念念不忘。

杜频的眼睛大而灵动，像极了那个年代的电影明星潘虹，有男生叫她大眼美女。虽然她总是笑吟吟的，但是只要她大眼一瞪，加上伶牙俐齿，震慑力、杀伤力绝对碾压其他女生。张清是男生中极有个性的主，但是据说曾经两军对阵，败下的竟然是张清。

毕业时，我给她留言：烈性女子。我总觉得我和她就是电池的两极，个性不同却又互相吸引。杜频桀骜不驯，敢作敢为，而我内敛温和，循规蹈矩。她的存在就像我平淡生活里的一缕光，照亮着我梦想拥有的世界另一面。仿佛，我不敢说不敢做的都可以通过她来实现。毕业之后她离开吴江县物资局，辗转深圳、北京，远嫁德国，在我看来是情理之中的事，对此我毫不意外。

杜频手巧，大学时就自己买布料做衣服，不会撞衫又很惊艳，每件都让我对她的崇拜多几分。毕业时我要了一件带回老家，又穿了几年，现在看来仍不过时。

几年前，杜频随老外先生短居苏州工业园区，我们小聚过两次。杜频好像掩起了锋芒，一副贤淑的家庭主妇模样。当听到有次她去阻止小区居民在景观河里洗拖把，第二天汽车被人泼了漆时，我不禁会心一笑，这还是眼里揉不得沙子的杜频呀，我们嫡亲的同学！

顾丽华，来自无锡，曾就读于苏州大学中文系八四级（3）班，文宣专业里唯一当老师的，教了护士又去教外籍人士。骨多肉少，绰号“小排”。

杜频印象·补白二

记忆里的你是个鲜艳的女子。

大一你比我们晚报到几天，肤白腿长，五官清秀立体，眼神炯炯。我缩在一边悄悄打量着你，感觉你是漂亮傲气的孔雀，而自己是灰头土脸的小鼹鼠。

相处久了，我特欣赏你的率真、热烈、独立、果敢。

学校假期你外出旅行，据说旅费是趁父亲在马桶上没手纸时威逼利诱来的。你去黄山，白色短裙蓝色上衣，惊艳了一路。你蹭人家帐篷露宿山巅看日出，好像还遭遇了一段轰轰烈烈的爱情。

谁都难入我班才子张清的眼，但你例外。记得是一次小组活动，张清直言：“杜频，你真好看！”你果断赐他一个黑白分明的眼神：“神经病！”

女孩们相处一室难免闹点小别扭，有一次上课回寝室，大家的热水瓶塞都不见了！我们几个都相视而笑：这事只有你干得出！

我也见过你恨恨地寄出过刀子，听过你一定要远嫁的誓言。我们曾为一个看法争到几天不理对方，也为一个段子笑到抽搐，一起拎着搪瓷饭盆去课室，踩着积雪回宿舍。四年同房，上下铺夜夜卧谈，这份情谊，没有因毕业三十年而遗忘。

裸穿的玫红色一字领套头羊毛衫、裸穿的宝蓝色尖头细跟皮鞋……那都是八十年代校园里难觅的高端与时尚。

后来听说你去了德国，嫁给了老外，性情变得温婉平和，为人贤淑得体。好的眷侣真是互相成全！

前几天终于有了联系，终于见到了照片里的你，一身清爽的粉蓝，素净无瑕的脸颊。岁月不可能不留痕，但色可衰，相永存。你的纯真、善良、美好，都在青春里储存好，在以后漫长岁月里被匹配的人逐层激活。

张蓉华，江苏武进人，曾就读于苏州大学中文系八四级（2）班，现在常州市北郊初级中学任教。

杜频印象·补白三

杜频是我拉进八四大群的。虽然我们是好友，但后来联系也因诸多因素时断时续，只能说一说她给我留下的一些深刻印象，并向大家介绍几句她家的老米。

杜频，苏州吴江人，身材娇小，皮肤白净，声音柔和动听，笑容温暖明朗，她突出的大脑门和一双灵动的大眼睛，很是引人注目。

她兴趣广泛，多才多艺。大家可能不知道，她曾经最向往的是当配音演员。童自荣、乔榛、李梓等都是她崇拜的对象，同时她也爱看外国影片，对叶塞尼亚更是佩服得五体投地。高中时她曾瞒着家人去上海报考配音专业，可惜人家慧眼不识珠，成了她的一大遗憾。

我俩有许多相同的地方，但不同的地方更多。其中很大的不同，就是我胆小被动，而她敢想敢做。大二快结束时，她约我暑假去黄山。那时我除了在常州、苏州转转外，还没有外出旅游的概念，所以支支吾吾的下不了决心。谁知，暑假里，她突然联系我，说两三天后就准备出发，要我立即赶到苏州。我一时不知如何是好，只能向父母添油加醋地强调此行的重要性，以此筹到盘缠。后来，一路上跟着她乘火车倒汽车，好不容易到了黄山，但因为我们都没有旅游经验，只带了少许食物，所以渴了就喝山涧的流水，冷了就租山上又脏又臭的大衣。幸亏遇上两位安徽肉联厂的姐姐，她们分享了许多火腿肠和其他零食给我俩，不至于一直饿着肚子爬山。那次旅行是我所有旅行中走得最为匆忙的一次，也是最为艰苦的一次，但同时也是最为激动难忘的一次。后来返回时因还剩些零钱，我们还在南京逗留了两天。

杜频，现在成了贤惠的家庭主妇，把她的老米（她的德国老公）照顾得无微不至。其实早在大学时她就表现出了样样家务不在话下的一面。有一次我去她家玩，他爸忙，好像不在家，早饭后她妈妈说要去医院加班，临走时说你们把后院里的鸡杀了，中午熬鸡汤喝。吃鸡，我满怀期待，但鸡谁杀呢？她弟弟还只是一个初中生，不能指望。杜频知道我胆子小，说："你杀，没什么难的。"杀鸡，我见过好多回，但是真要自己动手，没那个胆量。我推却说，我怕一只手拎不动鸡。"哪要拎起来？让它自己站着，你只要两只小腿夹住它，把它的脖子一拉，往地上一摁，把头一砍就行了，我可杀了好几回了！"我羞愧难当，只能战战兢兢，照章办事，用力一刀下去后撒腿就跑，全然不顾身后她姐弟俩的笑声。

杜频和张蓉华合影

杜频是吴江物资局的代培生，物资局当初是热门单位，加上她殷实的家境，本可以在家乡过舒适安逸的生活，但她那时心中就有诗和远方。为了寻找诗意的生活，她很快辞职，下深圳上北京，起初还干老本行，在报纸杂志社工作，后来又去了宝马公司，后来又被送到德国深造，有幸遇到了当时在读博士的先生。

她先生姓甚名啥，我至今不知，因为杜频对外人称他为老米，所以我们也一直跟着叫老米。老米温文尔雅，始终洋溢着笑容，非常有亲和力。若干年前，他的一张照片被我先生放大，给一家以龙虾为特色的农家饭店做广告牌，高挂在马路边。后来他俩到常州，我们请他们去那吃饭，突然看到了那张照片，杜频开始不免有些担心，怕被熟人看到后怀疑她先生不务正业。老米看到后先是疑惑，一手指着照片，一手指着自己的鼻子反复求证："我吗？我吗？"待证实后，他竟然有些得意，笑容更显得灿烂。临走前，他还特意走到广告牌下，再三端详并要求拍照留念。杜频打趣道："老米，你总算过了一回明星瘾了。"当然某人该批评，侵犯了肖像权。

在我看来，老米除了工作敬业外（他是公司技术总监），还有三大爱好：一是爱玩石头。到处捡石头，他家的一个房间摆满了大大小小形状各异的石头。二是爱搜集老物件，有的还加以整修，木制的还要涂上油漆（他的这些宝贝现在不知有没有跟他去了德国）。三是爱外出旅游，认为放假不出门就是浪费时间。老米平常不太干家务，但我们去了，饭后他总会抢着收拾碗筷，忙着塞进洗碗机。只要洗衣机一停，他会马上抢着跑过去，然后端着一大盆衣服从我们面前走过去晾晒。此时杜频总是一边抱怨一边满是宠溺地看着她家的老米……

我的朋友杜频，有点心高气傲。但命运待她不薄，让她在兜兜转转后找到了她想找的人，去了她想要待的地方。我在羡慕的同时也深深地祝福她，同时也希望我们晚年能多点时间在一起，一起安享温馨快乐的美好时光。

刘晓松

杜频印象·补白四

杜频给我的概念就是干净利落。穿得干净利落，说话干净利落，做事干净利落，就连吵架骂人也是干净利落的。不瞒大家，大学四年，我一直挺怕她的，不知道哪天不当心就踩到了她的尾巴惹她发火，现在回想起来，她是那种天不怕地不怕的个性，容易发火也容易忘却，开心就大笑，不开心就噼里啪啦说，但从不往心里去。到我结婚的时候，我们宿舍四女生，就她还没着落（传说很多，好像就是没有安定下来），我心里便在担忧：那脾气，别耽误了。

待到再找到她，全然变了一个人，虽然还是快人快语，但感觉已经是顽石变璞玉，整个温润起来，描述起她的老公："你们别以为他是魁梧高大的欧洲人，身材不如苏州人的。"又说："哦哟，刚来中国，看见马路上车子多，还不敢过马路，待了没多久，乱穿马路比中国人还中国人……"只言片语，足显幸福和快乐。又说起德国婆婆的趣事，把两人的"bra"同排晾晒，成为当地的风景和笑谈。只一小事，又足显旅居生活的轻松和大家庭的和睦亲热。我们的心，总算放下了。

王建，曾就读于苏州大学中文系八四级（2）班。1988年9月至1993年8月，在江苏省海安县立发中学工作。1993年9月至1998年8月，在云南省宁蒗县民族中学支教。1998年9月至今，在江苏省海安高级中学工作。

我的苏大

我与苏大的缘分，是因为班主任缪学为老师。因为八十年代初，教师的待遇低，教师工作辛苦，所以，当时我本一的第一志愿填的是西南政法大学，本二的第一志愿填的是华东政法大学。我想最不济也能上个江苏公安高等专科学校。阴差阳错，我上了苏大，而且还是师范专业。恰巧当时宣传文化专业也有个叫王建的，我当时很怀疑了一段时间，是不是把我们两人搞错了。记得到校报到，我是最后一个进的宿舍，当时缪学为老师就等在我们宿舍，见我，问道："你就是王建吧？"我说："是。"他说："你就是我录取来的。"说实话，当时我恨不得狠狠给他一拳，因为他打碎了我的政法梦。

我是个乡下孩子，没见过世面，来苏州读书前，最远只去过县城，还是因为高考。我比较敏感，不够自信，所以缪老师跟我说"你就担任（2）班班长吧"时，我很是怀疑自己是不是听错了，当时就手足无措了（好在缪老师当时也比较腼腆，说完后就离开了我们宿舍）。

到大学的第一个中秋节，外面下雨，宿舍里的我们彼此还不太熟悉，我一个人偷偷在蚊帐里流泪，想妈妈做的中秋晚饭（妈妈每年中秋都用粘玉米面做成饼子，切成蚕豆大小的方块，和着黄豆米、芋头丁、青菜梗儿做成杂烩，最后加进毛蚶肉、蒜叶，鲜美无比）。记得我做班长的第一件事就是要排练一个合唱，参加系里的比赛，我简直不知道怎么办，好在有文娱委员周雯，好友常林波、朱亚辉、郭毅浩、章宏等的鼎力相助，最后还取得了第二的成绩。后来大家都叫我"第一任班长"，现在想来实在没有为大家做些什么事。后来大家彼此熟了，就可以厚着脸皮叫女生帮助缝被子，跟女生要饭票了……

在大学期间，第一次觉得自己长大了是办第一代身份证，当时我们是集体户口，户主是钱涛同学。

我不喜欢热闹，当时同学们参加的很多活动我都没有参加，比如跳交谊舞、演话剧，但是倒是和李路、章宏、张为民等狠踢了一段时间的足球，虽然我的水平很臭。

我们读书的时候，苏大有很多优秀的老师，讲语音词汇的徐菊秀老师，讲鲁迅小说的范伯群老师，讲"散文是喷出来的"的范培松老师，讲曹禺戏剧的朱栋霖老师，讲古代汉语的蔡镜浩老师，讲唐宋文学的吴企明老师，讲古希腊罗马文学的何孔鲁老师，讲文学理论的应启后老师，还有讲舞台艺术的徐斯年老师，讲欧美文学的宣树铮老师……

同学们最喜欢的是讲魏晋南北朝文学的王锺陵老师。王老师绝对有魏晋风度，不但讲学问，还针砭时弊，永远激情澎湃，神采飞扬。看我当年的课堂笔记，就分这两部分记录的呢。在那时的我看来，用时下流行的说法，王老师真正颠覆了我的三观。

那时候，几乎所有的老师我都觉得是一种了不起的存在，他们的学问都很深厚，教学都认真负责，现在大学里本科的孩子大概再也享受不到我们那时候的课堂了吧。当然，也因为神化了老师，当后来老师们光环褪尽后还有点小小的不适应呢。

而最为遗憾的是在大学这个人生最美好的季节没有谈一场轰轰烈烈的恋爱……

啰里啰唆说了这么多，最后感谢母校，感谢老师，感谢青春，感谢那些美好的时光……

张秋，曾就读于苏州大学中文系八四级宣传文化专业，毕业后当过狱警。后又辗转南京、深圳、大连等地多家媒体。2000年落脚上海译文出版社至今。深度影迷，著有《第一镜》《不准调头》《爱，诚》《中产阶级的审慎魅力》《历史的人质》《正义的人质》等。

苏大寻根

前言：聚会前躲过了晓松的约稿，聚会后却躲不过龚赢的稿约。自大群发起聚会征文，邻班群情激昂，文从天降，发稿如注，三班却风平浪静，纹丝不动，筹委会两大美女心急如焚。晓松返家，对顾胖宣布“双规”：在规定时间、规定地点交稿，否则不让吃饭——据江湖传言，后升级至不让上床（均未遂）。龚赢身为群主，于小群内连连喊话，只收到语音自动回复：“对不起，本群暂时无人接听，请稍后再拨。”三班之闷骚慢热，“坐怀不乱”，可见一斑。群主岂肯善罢甘休？又发私信各个击破，逼债连连，同时以身作则，撰写聚会纪念服之“科普文章”，并不惜抬我出镜，充当男模，大打感情牌。未几，又当即私信转发新鲜出炉之敬安大作。该文一气呵成，余温尚存，读后为之一振。大势危急至此，又有珠玉在前，我等速速交砖是也。

每次趁同学聚会，我都要设置一个纯私人环节，就是独自在老校区走走，哪怕只是匆匆地走上一刻钟、半小时。这次也是。四年间的一点一滴——那些共同记忆，还有私人记忆，都被眼前的景物瞬间激活，随午后暖阳，铺洒弥漫。这种感受，只能一个人去品味。这种幸福，只能自己用脚一步一步地去丈量。

我虽是土生土长的无锡人，不过说起苏大、苏州，家人却与其颇有些渊源。我爷爷毕业于上海圣约翰大学，二十世纪三十年代初曾在东吴大学任教。父亲毕业于苏州中学，每次去苏州，必去母校。有了这两个铺垫，后面发生的事情也就好理解了——父亲出于“私情”，一手包办了我的高考第一志愿。我无力抗拒，因为他就是我的高中班主任。巧的是，我1984年入学，正逢二姐从同济大学毕业，分配到苏州市建筑设计研究院，姐弟俩又在他乡会合。

爷爷去世得早，我们姐弟三人都不曾见到过他。但自从得知爷爷有一段在东吴大学任教的经历，想象我在老校园迈出的每一个脚步，都有可能与他当年的足迹相互重合，我对苏大的感情，就更不同一般了。

除了这一点家庭的渊源，除了爷爷在老东吴留下的这一条根，这里当然还有我的根。回想起来，除了从事多年的传媒行业，日后滋养我人生的一些嗜好，根都在苏大。

比如逃课看电影。这事我常干。此次返校，路过当年上大课的阶梯教室，特地趋步向前瞻仰。一旁的盛嘉华也有同样经历，不但拍照留念，还在照片上

苏州大学十梓街校门

特别标注“当年跳窗处”，发到群里。当时的作案手法和场景，依然鲜活：事先抢占有利地形，坐在最后一排位子，等老师点完名，转身就从窗口一跃而出，身轻如燕。

观前街的几家电影院，都靠在一起，所以我看得最疯狂的时候，是事先买好了票，在几家影院赶场连轴转，看得天昏地暗。当时的观影习惯，是一个人坐第一排，这样前面就没有人头挡。电影不够看怎么办？就转战录像厅。印象最深的电视连续剧是《加里森敢死队》，看完一轮，不过瘾，再来一轮。

比如乱读书、读闲书。这次也路过老图书馆，当年用网兜拎着饭盆到里面占位子的画面，历历在目。我在图书馆的阅读量和借书量，远不及日后成为复旦大学博士（而且还是跨专业的法学博士）敬安，也没有丁纪闽在熄灯后仍秉烛夜读的精神，所以人家考上了研究生。但我也有我的特色，印象比较深的两个细节，一是好读理论书。从中国古代画论，到时兴的西方哲学，哪样难懂读哪样。二是自制分类卡片，做了好多读书笔记。中学里接受的是应试教育，进了大学，白纸一张，只知爱书，根本不懂如何选择，怎么办呢？就盲目地挨着图书馆的检索卡片顺序去读，生吞活剥，吃相难看，仿佛知识难民。这个形象延续至今。

当时最常去的是观前街的新华书店。关注的几个书架，熟悉到什么程度呢？书店哪几本书最新上架，我一眼就能发现。买书钱不够怎么办？又不好意思跟家里开口要，就硬从牙缝里挤。记得我最节俭的一个月，伙食费压缩到9元。早饭多买两个菜包，权当午饭，玻璃瓶子装的红绿萝卜丝当小菜。后来班上不知哪位好心人，一纸匿名举报信写到我家里，结果当月就加了生活费。书越买越多，宿舍里书架不够放，只好沿床内侧排成一排，反正我人瘦，不影响睡觉。这段与书同眠的时光，怎能不怀之念之？

比如写字。这事对我来说就像感冒，当年完全是受同学传染。王建的散文，张清的评论，邵小华的诗，都让我眼红。光同宿舍就有两大文豪，岂能不受刺激？另一层原因，跟自己的职务有关。我当时被任命为班里的收发员，老给这个那个送编辑部寄来的样报样刊，接着又给这个那个送稿费单，这种心情，大约相当于我的另一项重要使命——老给别人送滚烫的情书，但自己却没有。用现在的话说，就叫“羡慕嫉妒恨”。于是我也发了狠地写，三条产品线一起开工，天女散花式地往外投稿，然后哗哗地收退稿。这时候我的优势就来了，因为没人知道，也不怕人笑话。散文、评论相对好弄，唯独这诗，太难上手，就模仿，就硬憋。憋不出来，就使劲揪头发，结果诗没发表几首，倒是落下了揪头发的坏毛病。

大学时期，基本奠定了一个人的知识格局和思想格局。饮水思源，感恩母校，感恩老师，感恩每一位朝夕相处的同学。四年当中，即便同班，可能有的同学之间——尤其是男女生之间，都未必说过多少话，有过多少交流，但这并不要紧。每个人的独特气质、气场，无形中都会影响、感染他人，自己也会受到他人的影响和感染，只是可能彼此不知，本人也不曾察觉而已。就如敬安写到实习期间丁迎春帮他洗袜子，而我跟丁迎春，竟然想不起来有没有说过话，但她与众不同的大姐气质，就放在那里，一定感染到我，也感染到其他人。正因如此，她在毕业后虽从未露面，只知其人在美国，但大家仍会对她念念不忘。照顾身边的男生，帮男生洗衣服，对她来说想必是件极自然的事（有没有别的意思，或者敬安有没有体会到别的意思，未经考证，不下结论），她自己或许早已淡忘，但敬安却记了三十多年。换作是我，一定也不会忘却。

人与人之间，就是这么微妙、奇妙。一个集体中的这种相互潜移默化，时间拉得越长，就看得越清，体会也越深。对我来说，这种微妙、奇妙，正是同学聚会的吸引力之所在——每隔若干年，相互看看大家都变成什么样了，打个招呼，确认下眼神，这就足矣。

聚会结束后，徐瑞明把他抓拍的那个后脑勺，发到了班级群，我一下子就被打动了，随手稍做裁剪，更突出“地中海”这个视觉中心，然后将其转发到了大群。后来看到吴晓宁发至朋友圈，料想也打动了不少人。岁月如刀，曾经的同学少年，如今都已步入中老年。或许难免会有一丝伤感，但我们看到这张照片的第一反应，一定是发自内心地大笑吧？至少我是。我们不是在笑话这个后脑勺的主人，而是在轻松坦然地自嘲。因为我们从中照见了自己，照见了外表虽不复存在，内心却始终奔腾飞扬的青春。

邵小华，男生，老家东台，毕业于苏州大学中文系八四级宣传文化专业，毕业后先供职于盐城某机关，后投靠南京某新闻媒体至今。

睡在我上下左右铺的那些兄弟

舍友，应该是大学生活中最难相忘的存在。每一个宿舍背后的故事，都是一部百读不厌的青春小说。

在我的印象中，我们宿舍的七位哥们儿自打一入学，就一直在一个屋檐下，春秋四载，相望相守，似乎没有谁因什么原因调整过寝室。其间难免也会因谁偷倒了谁暖瓶里的热水这等小事偶生龃龉，但总能在一顿胡侃或豪饮后，相忘于江湖，这是一群让我把致敬写在心里的兄弟。

新生初入宿舍时，各人的床位都已被安排就绪，各人的名字被校方用粉笔一一写在床板上。看到邻床“叶留芳”的名字，我委实吃惊，以为学校后勤部门忙中出错，送了一个女生过来给我做邻居。迟疑间，一米七八个头的叶留芳扛着一个足有七八十斤重的大木箱子进来了，用周总理的口音跟我打招呼。叶留芳，原来是一个比我还五大三粗的淮安壮汉。

我们宿舍是典型的“苏北帮”，除了盛嘉华是唯一的苏南人，其余人清一色来自苏北。初识盛兄他是穿着西装的，架一副书生气十足的眼镜，有点像徐志摩，一副玉树临风的派头，让我们一下感受到苏南苏北人民在精神面貌上的差距。盛兄是个可靠脸蛋也可靠本事吃饭的家伙，跟女生风花雪月的“黑档案”很多，后来俘获才貌俱佳学姐的芳心并终成眷属可算佐证。盛兄与学姐热恋时，星期天我们都习惯在宿舍睡懒觉，学姐每每会蹑手蹑脚进来给盛兄送早餐，热腾腾的肉包子和豆沙青团弥漫开的香味成为唤醒我们起床的无声“闹钟”，大家会纷纷洗漱作鸟兽散。青春年少的我们，哪里抵挡得住爱情加肉包这诱人味道的骚扰。不尽唏嘘的是，几年前的一次交通事故让可爱的学姐飘然天国，作为他俩爱情的最初见证者，我们特别的黯然神伤。

与盛兄有关的宿舍故事有一则很经典。一次，盛父来宿舍看儿子，顺便带来了一大盆水煮鲜花生和芋头仔，热情地招呼我们几个一起吃。大家其实都垂涎欲滴，不停地乜斜着盆子，但个个装得彬彬有礼，死要面子活受罪地硬撑着。好不容易待盛父告辞，离门不过十步，上铺下铺的兄弟们个个如饿虎下山地扑过去，一盆花生和芋头仔顷刻间被一扫而光。哪知道盛父离开时落下了手套，走到楼下后又折回来取。那场面可真是可想而知的尴尬——一片狼藉的桌子加五六张狼吞虎咽的丑恶嘴脸，把老人家惊吓得不行。

睡在我上铺的兄弟叫徐瑞明，海安人士，普通话水平跟我最有一拼，因为我俩老家靠得近，大学四年我俩交流基本上都飙方言，结果大四普通话测试，两人都是补考才涉险过关的。为这事徐兄对我一度耿耿于怀，意思是我把他的普通话带到沟里去了。徐兄高中毕业后短暂工作过，后因追求诗和远方又考进了苏大，是我们宿舍唯一在社会上“混”过的人，比我们几个见多识广。宿舍熄灯后的卧谈会，话题自然雅俗荤素都有，在一些男女敏感问题的探讨上，我们不说单纯，至少当时还比较混沌，许多“知识点”都是徐兄帮我们拎清的。他的发言常常让宿舍的空气里充满荷尔蒙，划根火柴就能点着。称徐兄为我们宿舍的青春启蒙老师一点不为过，只是我们几个至今还欠他一顿“谢师宴”。

徐兄善饮，宿舍聚餐拼酒一般是他的天下，即便是来自酒乡的老于和老叶也让之三分。“感情深，一口闷”这句酒场名言，我最早就从老徐那儿听来的。老徐喝酒有实力也有战术，基本套路是这样的：才开喝，他往往举杯颔首，礼数有加，甚至做菜鸟状；酒过三巡，耳酣面热，他便开始兴风作浪，主要是挑拨群众斗群众，而他多半伏在草垛里喊冲锋；待酒过六巡，不少人防线告急的时候，老徐的高潮这时上来了，他一般会将单腿弯曲并充分抬举，难度系数很高地将脚和屁股同时安放在狭小的凳子上，双手抱膝，口若悬河，或离席过来与你勾肩搭背，诉说相见恨晚以及上下五千年的兄弟之情。虽然近乎套得深，但他的目的很明确，你得把手里的这杯干了。倘若对方想逃酒，徐兄顿时会怒发冲冠，像个要扔炸弹的人，甚至揪住对方衣领欲行“人工授酒”。对方只好饮罢认输，他立马又会像个小男孩一笑泯恩仇：“这才叫兄弟，来来，再满上。”都说文如其人，徐兄快意江湖，落拓不羁的性格后来成全了他评论写作的犀利文风，毕业后时见他的评论大作见诸报端，跻身《人民日报》头版的都有一二。

我们班的几位徐州大佬似乎自带魏晋风骨，不落俗情。王建和张清自不必说，郭兆瑞则是我们宿舍徐州“侉子”的代表。此君不苟言笑，但时又语出惊人，单那句堪称八四级（3）班金句的“郭兆瑞的‘郭’”，就可见其冷幽默天赋。传说他是男生宿舍“光屁股夜跑地震”第一人，此为野史，又涉隐私，不做考证。不过我所亲见“地震”中郭兆瑞的“淡定哥”形象，却与这一传说反差甚远。有次闹“地震”，当我们一番“狼奔豕突”，亡命户外，后惊魂未定返回宿舍时，唯独不见了郭兆瑞的身影。大家茫然四顾，但见此君匍匐于床下，如一尊忍者神龟，喃喃自语了一句“跑完了”，然后慢慢从一堆破鞋子、臭袜子中从容起身，身上的灰尘也不掸，一头便钻进被窝继续酣睡。郭兆瑞的宿舍趣事其实很多。某日中午，大概是为了义务清理宿舍楼后面的垃圾，团支部书记老郇来我们宿舍做动员，招募志愿者，见大家态度暧昧，郇书记便一屁股坐在郭兆瑞的床沿，口吐莲花地讲起了大道理，迟迟不走。郭兆瑞的帐门平时总爱垂着，灰不溜丢的粗纱面料通透性不佳，谁都没在意老郭午休，正在帐内“活色生香”地躺着，而且此刻内急。可能是衣衫不整的缘故，担心贸然出帐让老郇花容失色，老郭愣是隐忍着。老郇的迷人背影近在咫尺，可怜老郭却无心赏景，身子越来越蜷缩，额头渐渐冒虚汗，在行将崩溃之际，老郇总算抬腿走了人。冲出帐门的郭兆瑞，如一头发了疯的野兽往盥洗间一路狂奔，尽享一泻千里的快意后，回到宿舍直嘟囔：“奶奶的，膀胱今儿差点废在老郇手里。”

徐效文跟我乃盐阜老乡。其家乡建湖的“森达杯”中小学生足球联赛在江苏与孙东辉老家江阴的“贝贝杯”齐名。所以大学四年徐效文跟我一样酷爱踢球。这厮脚下有活，无奈身板单薄，经不住冲撞，所以在中文系足球队一直怀才不遇当替补。读

于明星、郭兆瑞、徐瑞明、叶留芳、徐敬文、邵小华合影

书时他的经济本不宽裕，但偏偏有一副“有朋自远方来，卖血也要请客”的古道热肠。被来访同学吃光饭菜票，接下来一个星期只能吃榨菜泡饭的感人事迹在他身上时有发生。兴许是“上有天堂，下有苏杭”这句话的广告效应，在苏大读书，我们常常要做外地同学来游姑苏的东道主。说真话，这可是一件悲喜交加的事情，许多人的经济常常会因此捉襟见肘。与效文类似的绝境我也不止一次遇到过，只是那时我染上了八十年代大学校园的浪漫主义流行病——诗歌，闲时琢磨几句，偶尔也能发表，不期而至的稿费，有的虽只有区区十块、八块，却成了拯我于“经济危机”的救命稻草。我和徐效文是一起喝酒、吹牛、踢球的狐朋狗友关系，从大学一直延续到工作后。毕业后我们分配在同一座城市，八小时之外的时间，好事坏事一起干过若干，而且把原本各自的亲朋好友都一个不落地玩进了对方的“朋友圈”。

于明星在我舍以“好好先生”著称，为人厚道，大智若愚。一副深度近视眼镜让他在我们宿舍最像一个“读书人”。他开口说话习惯带一两个卷舌的“诺诺”语首助词，具有浓厚的江淮味。我至今没搞清这个“诺”字的准确写法和含义。那时候的盛夏，没有空调和电扇的宿舍酷热难当，睡到半夜常常会被热醒，大家便会半梦半醒地拿只脸盆去盥洗间用冷水冲凉，冲舒服了再回来睡，再热醒就再去接着冲。干净短裤不够换了，干脆裹着一条湿漉漉的短裤睡到天明。我们那一代大学生精神之丰满、物质之骨感的生活，远非现在这些住在酒店式公寓宿舍楼里的高校学子所能想象。除了冲凉，老于还自有一套消暑的招牌动作，就是默立宿舍一隅，任尔眼前穿梭，一手轻轻拎起汗衫角或者很危险地拎开裤衩，一手摇动一把破芭蕉扇，气定神闲、不厌其烦地往身体的上下各个部位人工送风降温，心无尘念、万事等闲的佛系青年形象至今叫人念念不忘。毕业后憾与于君未曾再谋过面，不知他那遇人就是“菩萨式”的温暖微笑是否依然还在。

张秋在回忆文章《苏大寻根》中有这样一段话:“四年当中,即使同班,可能有的同学之间——尤其是男女生之间,都未必说过多少话,有过多少交流,但这并不要紧。每个人的独特气质、气场,无形中都会影响、感染他人,自己也会受到他人的影响和感染,只是可能彼此不知,本人也不曾觉察而已。”我读后印象深刻,因为这段文字也许就是对八四级(3)班人风格与气质再好不过的“点睛”。与隔壁的(1)(2)班相比,我们班人数不多,但个性十足者却很多。

“作家”王建的文笔之功,发表作品之丰,让当时的我们高山仰止;“帅哥”张秋那种为人为文上的“不着一字,尽得风流”几乎无人能出其右;“酷客”张敬安貌似散淡,其实性格坚韧,志存高远;“怪杰”张清文武双全,在我班“东山橘林突围战”中,孤身单挑一干橘农,太湖边背水一战的英雄气概,让大伙彻底见识了他的剑胆琴心。

不得不说,我们班十一位女生的单人和团体颜值那时可谓冠盖校园。邹国珍的寒梅傲雪、郁慧荣的柔中有刚、龚嬴的女神范儿、顾丽华的小家碧玉、陈丽萍的知性温婉、杜频的美目流盼……总之,她们一个个人见人爱,花见花开,一直是校园内“被贼惦记着”的“高危”人群。而墙内开花墙外香,我们班的男女生之间,貌似大多保持着中学生般的矜持和青涩,更有甚者四年间彼此说过的话,加起来恐怕写不满一张稿纸。除顾强和张秋两位成功实现近水楼台先得月外,其余恐怕就数姜师立最有女生缘。其时,中文八二级的大帅哥陈小民与我班男生过从甚密,尤与姜师立关系最铁。后来才知道,陈师兄那阵子正在暗中苦追我班TOP(顶级)美女龚嬴,与姜师立走得近,有兄弟情分在,也因醉翁之意不在酒也,是为了迂回打探更多关于龚嬴的消息。后来陈师兄留校任教并做上中文八六级的班主任。你懂的,投桃报李,心照不宣,姜师立很快就从陈师兄班上如愿追得一位长相周正而又可爱的女孩,幸福地当上了陈师兄的“毛脚女婿”,陈师兄也算把欠姜师立的这份人情给还上了。两人看破不说破,始终好朋友。

“芳华三十年,青春再出发”的大聚会我因故未能参加,遗憾肯定是有。但感谢互联网,那些日子同步直播的图文视频,让我宛若身临其境,始终与大家共享激动时光。看到现场的同学们各个芳华依旧,澎湃如昨,我更相信后会有期,来日方长,相信我们留在苏大的青春和情缘不会散场。

吴新泉，江苏盐城人，曾就读于苏州大学中文系八四级（2）班，现盐城中学教师。

因为岁月、苏州和你们

一夜北风，城市进入了寒冬。

清晨，走在校园后面平常散步的小道，景致一派疏朗。银杏叶尽脱，其他树木也不复纷披蓊郁。小河隔岸是驰名的美食街，白天人声喧阗，夜晚灯火辉煌，往日因繁茂树叶的遮蔽，只能闻其声、见其光，此时一览无遗地裸呈在面前，抬眼就能看得清清楚楚、明明白白。

细细想来，人生不也如此吗?

行走在人生道路上，位子、票子、房子等生活的种种欲求，在浅薄媒体的哄炒下，就像繁茂的枝叶，遮蔽了我们的视线，使我们看不清方向。我们怀疑过往，我们迷茫未来，我们开始生活在别人眼里：位子就是生命意义，票子就是人生价值，房子就是成功标志。于是，在世俗的价值洪流中，我们被裹挟，在沉沦。

幸好有岁月!

当岁月的寒风凋零了人生道路上的枝枝叶叶，我们便能明心见性，看清本真。社会是一方舞台，每个人都扮演其中的一个角色。导演和主角固然必不可少，观众也不可或缺。一场演出，如果没了观众，不只是冷清，还有上演的必要吗？各美其美，各展其美，如此，演出才会精彩。

因为岁月，我们便能看得清楚、想得明白，从而不后悔当初的抉择、不怀疑自身的价值、不迷茫未来的追求。

不由得想起今年国庆期间的同学聚会，想起那句主题词：芳华三十年，青春再出发。“芳华”是对过往的肯定，不后悔；“青春”是对未来的期许，不迷茫。既直白、现实，又诗意、浪漫，真好！也许这就是苏大中文人的文化特质吧。岁月剥离了浮华，让它凸显得如此鲜明。

濡染四载，影响一生，苏大中文，你真的很牛！

想到苏大，不能不提及当初的选择。毫不讳言，当初的选择只为“苏州”二字。小桥流水的画卷、月落乌啼的诗意、人间天堂的美誉，对鄙陋的乡野小子来说，能不心生向往吗？

因为苏州，选择苏大。

曾经有人问我，如果时光可以回溯，你还会选择苏大吗？尽管生活没有如果，但我喜欢这个提问，因为它会使我思绪翩跹，重温当年的火热：虎丘览胜、天平赏枫、宝带玩月、枫桥听钟、观前看片，钟楼笑美，冬至夜饮，宿舍鏖战……

当然还有一张张亲切的面庞。

且不说可敬的恩师，无论是儒雅的范伯群、激情的范培松、张扬的王锺陵、倜傥的吴培华，还是娴雅温婉的徐菊秀、平易近人的倪均强、质朴睿智的杨海明、乡音不改的吴企明、故作老成的班头老缪。

也不说可爱的学长，无论是学生领袖王尧，还是运动健将小民。

这里单说朝夕相处的同窗。请听听他们的雅号：小草、小不点、龙兄、哈卞、浩子、小和尚……请看看旧时的照片：或相拥而欢、或结伴而行、或放浪而歌、或纵情而饮……

每个名字，都有回忆，听到便觉亲切；每张照片，都有故事，看到便觉温馨。岁月不仅没有模糊它们，相反把它们打磨得闪闪发亮。

记得聚会时，漫步校园，我们感叹母校的跨越式发展——那也有江同学的功劳。

苏州大学中文系八四级(2)班在文科楼前的合影

但现代化的教学楼不能使我们目光久驻，因为没有我们的故事。我们感兴趣的是那棵老樟树、那块绿草坪、那片篮球场、那间小书屋、那座文科楼，因为它们承载了我们的相思、我们的汗水、我们的欢笑、我们的梦想。

一句话，我们曾经在一起！

因为你们，爱上苏大。

准备上课的音乐声响起，我收敛思绪的翅膀，微笑着走向教室：那里有孩子们的青春岁月，更有我的人生岁月。

太阳升上来了，城市和煦，你我安好！

盛建国，籍贯江苏丹阳，曾就读于苏州大学中文系八四级（1）班，现在丹阳市民政局工作。

那些人那些事

我是那种记忆力特别不好的人，大学四年很多事情都慢慢淡忘了。怕三十年后老年痴呆，仅存的一些往事也记不起来，于是，我想把它们记录下来，算是我自己的口述历史。如果记忆有误，有损某些同学的高大形象，请多多包涵。

一、执意退学的史先朝

在我心目中，史先朝算一个特立独行的人物。对他的第一个印象就是懒。换下的衣服袜子堆在墙角，隔天他又换上了。他的房间总是充满了汗臭味。这第二个印象呢，就是他身体素质特别好。他是徐州丰县人，徐州自古尚武，他练过武术，弹跳力也特别好。

刚到学校的时候，他跟着我打篮球，但由于技术不行，经常抢不到球，他很着急上火。

也许在球场上被压制久了，他内心其实是很不服气的。终于有一天，他开始挑衅我，要跟我单挑，在方塔边上的篮球场，结果他输了。他那时还没明白，篮球可不纯粹是个体力活，它还得有技术。我虽然没经过正规训练，但毕竟十岁就开始接触篮球了，球感可不是一日之功。我们丹阳是全国著名的篮球之乡，从我记事起，村村都有篮球场和篮球队。当然，史先朝有非常好的运动天赋，如果不是退学，再有三五年，我就不是他的对手了。

一个周末晚上，他在宿舍又是压腿又是蹲马步。我问他晚上有什么打算，他让我晚上陪他去操场，我说去那儿干吗，他说到那儿就知道了。在去操场的路上，他告诉我中午打饭的时候他被人欺负了。大概场景是，一个不认识的学生插队，他与人家论理，人家没理他。他觉得这是对他极大的侮辱，就跟那个插队的同学说："现在吃饭时间，我不跟你计较，咱晚上七点钟准时在大操场西北角见，单挑，不见不散。"

他在操场蹲马步，对我说："你尽管对我拳打脚踢，只要不打脸就行。我得练练抗打击能力。"我说我不会武术。他说："你要么打我，要么被我打。"他让我蹲一个马步，让他施展一下他的拳脚，我说我也经不起你的武术。他非常生气地说："你这人怎么这样，我让你打你不打，给我打你又不愿意。"无奈之下，嘿嘿哈哈地对着可怜的小树，展开了一番拳打脚踢，还学着鲁智深倒拔杨柳，不过小小的桂花树纹丝不动。

过了一会儿，他看见大操场另一侧有六七个人影，便跟我说："大事不好，这家伙不守信用，怎么带其他人过来了。"要我立马到体育系喊他老乡过来。当时学校武术队队长是他的老乡。我照他的要求赶紧到体育系宿舍找人，谁知他老乡出门去了，联系不上。我又返回操场，他告诉我刚才是虚惊一场，那几个人是财经系的，来操场溜达，还有我的丹阳老乡。

就这样，我们消磨到晚上十点钟，一直没见到他要约架的那个学生。他当时非常抓狂，对我说这人怎么这样不讲信用呢。我问他："人家怎么回应你的？"他说没有表态，就是答应。

还有一事，足以证明他的身体素质之强悍。一个星期天的下午，他坐在二楼宿舍的窗台上海阔天空地吹牛皮，一不小心一个后空翻摔了下去。当我们惊呼不好，冲到楼下的时候，看到他安然无恙地傻傻站在那里。这小子真是个有福之人。

当然，他做得最牛逼的事情，就是在大学三年级的时候退学了，仅此一事，便够我崇拜一辈子的了。具体的经过我就不多说了，反正我们是苦口婆心、好言相劝，都无济于事。他回到家乡后，听说是住在同学家里复读了两年，考取了江苏省外贸学校。我到外贸学校去看过他，那时他可是学校的风云人物。他颇有些得意地告诉我，他在一个中专学校就像是蛟龙入海，风生水起。论文，凭着中文系三年的加持，上古、中古、明清文学，加上什么美学、训诂，会吹五音不全的笛子，引无数男女学生竞折腰；论武，连破校运动会短跑、跳远记录，系里像宝贝一样宠着他。他以一个优秀毕业生的身份被分配到省外贸公司，同时将校花收入囊中。现在他是一家大型国企的老总。

现在看来，史同学这种迂回前进、降维攻击的战术是成功的。

二、每晚被我用书攻击的孙修远

二年级的时候，我们搬到了314宿舍，同宿舍的除了陆亚华、顾亚平、吴昌龙、闫志强，还有年龄比我们稍长的孙修远同学。当时我的感觉就是这小子的名字起得特别好，修远修远，路漫漫其修远兮。他的父母知道屈大夫，肯定是个文化人，不像我们的名字被起得这么俗。

他每天人模狗样地夹着一大沓书进出，非常用功的样子。后来才知道，他是去教室给老家的女孩写情书呢。

这哥们儿啥都好，就是打呼噜太严重，我们每晚都不堪其扰。我们寝室的同学经常逃课，那是因为我们睡眠不足啊，每年我们都拿不到奖学金，孙修远难辞其咎。

我们失眠，这哥们儿倒好，天天睡得跟猪一样。把他叫醒，不出三秒他又开始打呼噜了。我睡他对面，受害最重。天天如此怎么办？我想，不能让他再天天祸害我们，便每天从他的床头拿来几本书当武器，把我吵醒了，我就扔一本书过去；又吵醒了，就再扔一本过去。每天早上他乖乖地把自己的书整理好。就这样日复一日，年复一年，度过了两年多的时光。

大三暑假前，为了筹备暑期补习班的事，我们发生了激烈的争吵，差点干了一架。孙修远那次脾气特别大，捡了块板砖要拍我，被同学劝住了，他气咻咻地声称决不饶我。担心他失去理智，半夜三更偷袭，我上床时将头脚偷偷换了位置，连续几个晚上都没敢安生睡觉。

此后冷战了三五天，不知不觉又和好如初了。毕业后我和李路去泗洪，他热情地陪我们吃喝玩乐。为让我们尽兴，他喊了几个当地朋友陪我们。泗洪规矩，见面三杯酒，不胜酒力的我被他们灌得头昏脑涨，第二天不得不赶紧打道回府。后来他也来过丹阳两回，我们相谈甚欢。

三、一辈子欠我两包烟的顾亚平

我们宿舍有一个风云人物那就是顾亚平，他总是回到宿舍最迟的那个人。他的社会活动最多，好像是学校广播站的站长。他非常看重这个职务，虽然我们从来没有听过他的小广播。回到宿舍，他会跟我们讲一些八卦新闻，这些成为我们当年卧谈的话题。我们最恨他的地方是，他认识那么多女生，却从来不带我们一起玩。

大学三年级的时候，我学会了抽烟。有个星期天的上午，他跟我借了两包香烟，说要去会会未来的丈人，等他毕业了，他会还我两包“大熊猫”。我等了三十年，连一根熊猫的毛都没看到。那些烟是我从父亲抽屉里偷偷顺来的，最高档的是“中华”和“红塔山”。这家伙现在已是中石化市级公司的老总。我不会再要那两包香烟了，我要他永远欠我两包烟，欠我一辈子。

314宿舍发生了两次火情，都是顾亚平惹的祸。一次是他从广播站偷来一个话筒，说要在宿舍改造出一个长明灯。星期天下午，他找来一些材料和工具，在宿舍墙壁和走廊开了线槽，安上了电线，七搞八搞。我说：“你懂电工吗，有没有危险？”他说：“你放心吧，我这开关是个双联开关，开关的瞬间就把火线和零线都关了。”我这文科生也不是太懂啊，等他安装好了，他让我在宿舍等着，他到楼道的总开关那边去“送电”。等他把电闸合上，我们宿舍墙上刹那间腾出一团火苗，吓得我赶紧用书本扑灭，并高声喊叫顾亚平把电闸关了，所幸没有引发更严重的后果。

还有一次，情况就有点严重了。那天晚上，他自作聪明地在床头用茶缸做底座，点上蜡烛，看《天龙八部》还是什么武侠小说。我们宿舍的人都说，这太危险了，蜡烛点燃蚊帐怎么办？宿舍里所有的人很认真地讨论了灭火的问题。顾亚平非常自信，让我们放心，说蜡烛是放在茶缸里的，他会把蜡烛吹灭了再休息。

睡梦中听到顾亚平的喊叫声，我们惊慌地一跃而起，就看到顾亚平已经被蚊帐的火光包围了。大家都非常惊慌，陆亚华算是反应比较快的人，他拿起洗脸盆到洗手间去打水。我从宿舍冲出去，他们以为我当逃兵。陆亚华对我一声怒喝："你去哪里？"我没有理睬，径直到楼梯口取下了灭火器，冲到宿舍，三下两下就把火灭了。第一次使用灭火器，感觉很爽，很有成就感。剩下的泡沫，我全喷在了顾亚平的身上。这场火引得两层楼的同学都过来看热闹。缪老师肯定知道这件事，但是他"包庇"了顾亚平，没有给他处分。

四、立志成为一代伟人的浦明波

浦明波失联了，毕业以后再没有与他联系上，更没有看到他的人影。大三的时候，他因为身体原因留级了。我觉得他的留级与他的伟人梦大有干系。

有一次放学回来，我看到浦明波正伏案专注地看一本厚厚的书。凑过去一看，是有关人体生理和解剖方面的书。我问他："你一文科生看这个书干吗？"他说要认识世界，首先要认识自己。身体和生命都是非常深奥的科学，他要先弄懂自己的身体结构。我当时觉得他非常有思想。

他热衷于阅读伟人传记，认为天将降大任于斯人，必先苦其心志，劳其筋骨。强健的体魄是未来成就一番事业的基础。他跟我说他不仅要洗冷水澡，还要开始跑步锻炼身体。他计划每天先从学校到虎丘跑个来回。我看到过他两次，雄心勃勃地从学校出发开始跑步。

大三快放寒假时，他又说要开始他的徒步旅行计划，从学校徒步去山东看望他的同胞兄弟。我说："浦明波啊，从苏州到山东可是路途遥远，你做好准备了吗？"他说他思想上已经做好了吃苦的准备。我说快放假了，在路途中有什么问题和我们联系啊。整个假期一直没有他的消息。开学后我问他旅行得怎么样？他支支吾吾没有正面回答我。后来我听说他走到南门汽车站，就没有坚持下来，而是辗转乘车去了山东。

再后来，听说他因病休学，从此便失去了联系。记得他是无锡人。不知道有没有同学知道他的下落，不知他现在生活得怎么样。

五、不会女红的女同学

何金华要我写写女同学的事情，实在有些勉为其难。因为除了上课，我的大部分空余时间都耗在了球场上。晚上也大多是和男同学一起逛街、看电影、吹牛皮，不像有些男生与女同学有那么多故事。不是不想，而是不懂得怎么交往。印象深刻的也就是缝被子和冬至聚餐的事了。

当时上学都是自带铺盖，洗被子是个苦差事，缝被子更是一件令人苦恼的事。每次开学的时候，我们都面临缝被子的问题。我不记得是哪个男同学出了一个天才主意，请女同学到我们宿舍帮我们缝被子。作为回报，我们请她们共进晚餐。

我的室友各自有自己的意中人，他们分别邀请了各自想请的女生，我也沾光。这些女生倒也挺仗义，满口答应。只是可怜了这些女生，自以为天之骄子，缝被子这种事情太过简单，手忙脚乱了一下午，手被针扎了不说，好端端的被子也被缝得不成样子。常艳证明了此事。她回忆说："我记得大三时我和士妹给男生缝被子，辛苦了大半天，没过几天就有男生跑来说，被子散了，晚上被冻醒，盖的是被面……我有张照片可惜不在身边，是缝完被子我和士妹的合影，她穿的就是崔同学的夹克。"

不过，王士妹的回忆与常艳有出入。她说："说到缝被子，我倒想起我第一次缝被子的窘事。我在宿舍折腾了半天也没有缝好，急得直流眼泪。后来是姚美珠姐姐看不过眼了帮我缝好的……后来有被套了，缝被子的难题就迎刃而解了。我都自顾不暇了，肯定不会去帮助男生缝被子，蹭吃蹭喝还有可能。"

苏州的冬至大如年。记得每到这一天，学校会放半天假，还给我们发助餐券。有一年，班委会非常体贴，把女生分配到各个男生宿舍，共度冬至夜。据章朝阳自己说，这是他所做的为数不多的几件好事之一。我们宿舍的都比较愚钝，信息也不灵光，活跃一点的女生早被其他宿舍的男生抢光了。我记得吴昌龙惦记着许同学，就和章朝阳说，你把许同学交给我们宿舍，其他女生随便你们分配。那个冬至夜，到我们宿舍的女生特别大方，买了很多的菜，使得我们大快朵颐。我们喝酒吃肉聊天，度过了一个温暖美好的冬至夜。

六、宿舍闹地震了

一年级的时候，我们的男生宿舍楼闹过两次“地震”。为什么说是我们的宿舍地震，是因为其他地方并没有“地震”。

第一学期的时候，我们住在一楼的宿舍。夜已经很深了，一阵很大的动静把我们从梦中惊醒，只听到外面有人叫嚷：地震了！地震了……

我在黑暗中慌乱地找我的鞋。只听到咕咚一声，睡在我上铺的兄弟吴昌龙，头撞门上，跌倒在地，不省人事。我急忙扶他起来，打开门要出去。说时迟那时快，史先朝同学以迅雷不及掩耳之势，一把推开我，箭步冲出门外。我拽着迷迷糊糊的吴昌龙穿过走廊，只见楼上的同学三步并着两步直冲下来，楼梯口一排自行车全被他们踢翻在地。一路磕磕绊绊，我们到了院子里，才知道是虚惊一场。黑压压的人群中，有人竟然一丝不挂，我认出那是三班的一个徐州同学，别人笑话他，他振振有词地说他们家乡自古就有裸睡的习惯。

回到宿舍惊魂未定，只见李含乐同学安之若素，根本没挪窝。我佩服他的淡定劲儿，问他为什么不怕地震，他的意思好像是看破红尘、生无可恋，我们知道其实是失恋把他打击成那样了。回来时我们发现同宿舍的邢良洪不见了，正在纳闷，他从床底下探出头来，问我们地震过去了吧？他想从床底爬出来，却怎么也出不来。于是我们几个合伙拉着他的手臂，把他拽了出来，我们很奇怪，他当时是怎么钻到床底的。他自己也纳闷，何以如此身手敏捷，一下钻进这不到一尺高的床底。

第二次闹“地震”，我们就淡定多了。有了第一次的教训，我先感觉一下床并没有动，就没有再起床。

两次“地震”都是楼上的高年级同学惹的祸，他们很晚回来，在楼上闹出很大的动静，谎报军情。听说那栋楼早已是危楼，这次回校，看到我们的宿舍楼已经被拆了。以下是关于那两场“地震”的回顾对话录——

王建：说到地震，我记得当时我们204室的情景。陆光麟反应最敏捷，一个箭步飞到门口，情急之中大喊：糟了，门框已经倾斜了，打不开门了。原来他忘了扭“司必令”锁（老式二保险弹子锁）。好不容易扭开了，就一头冲了出去。胡建华跟着。我和李路纹丝不动。风波过后，胡建华喊着递短裤给他，才知道他没穿短裤，而且也从此时才知道，他穿的是花短裤。

胡建华：有点误会。那次闹地震，周小平先我跑了出去，我紧跟其后。出去之后，只见周小平躲在人群的一边，腰弓着，对我喊："胡建华，快，帮我找条短裤！"因为当时你还在屋里，于是我又让你递短裤出来。由于我没有说清是周小平需要的，于是你把我的裤头递了出来。裤头是花色的，这是事实。周小平似乎后来没有把那个花裤头还给我，是留作纪念了吗？

周玉林：地震原因是前面七号楼楼顶平台可以乘凉，很多人干脆就睡在楼顶。那天半夜下雨了。一群人匆匆忙忙往楼里跑，引起共振，声音咚咚，楼也有点晃。七号楼里蒙眬中的同学就以为地震了，越来越多的同学往外跑，咚咚声也越来越响，共振也越来越强。于是惊动了八号楼。八号楼的慌乱终于渐渐平息。大家议论纷纷似乎对没有地震感到有点失望。这时就听有人喊某某没穿短裤！这才注意到有人是裸着的。而那个说有人没穿短裤的家伙自己也是裸着的。第二次地震，是在高年级的同学毕业的时候，快放假了。高年级的同学要离别了、分手了，喝酒，砸酒瓶，宿舍楼前的路面尽是碎玻璃。于是第二天去校医院包扎伤口的特别多。说到失火，还有一桩公案未破。我跟你们不在一个宿舍。我的被子怎么被烧了一个洞？那时李路、王建擅自睡到阁楼上，四年级了，有点乱。不知是谁把我的被子抱到阁楼上去用。结果就被烧了一个洞。应当是抽烟的家伙干的！

章朝阳：还有一年夏天闹"地震"，半夜不少人夺门而出，有的人光脚下楼，个别的还是裸奔。结果第二天校医院人不少，一个个都是脚被碎玻璃划伤的。好像史先朝就是翻身从上铺跳到桌上，再一个箭步从二楼窗口跳下去的，被晒衣服的架子挡了一下，跌在楼下泥地上，好像脚也是划伤了。

王建：那时我们一楼男生洗澡后，都裸体溜回宿舍，但有一次，我被干部班的女生偷看了，赶紧用脸盆罩住隐私部位。

七、我吃错药了

"吃错药"通常是一句骂人的话，差不多就是说人脑子像一团糨糊、思维混乱、精神失常之类的。但我说的吃错药是真的吃错药，而且与大脑失常有关。

应该是在大三第二学期，临近期末考试的时候。我平时经常逃课，期末不得不临时抱佛脚，晚上也开始用功了。晚饭后回到宿舍，收拾起课本正准备去夜自习，看到孙修远从口袋里掏出一个小瓶子，我感到很好奇，问他是什么东西。他对我说，最近神经衰弱，去医院配了点药。我眼睛一亮，我最近也是神经衰弱，不是刚好对症吗！我要了两粒，当场就服用了。

到教室坐下没多久，就觉得脑子一片空白，每个字都认得，就是读不出什么意思，紧接着就感觉双眼沉重，只想睡觉。我心想大事不好，我这是得了什么大病了，要不就是孙修远的药害了我。就挣扎着喊同来的史先朝，告诉他我支持不住了，快扶我回宿舍。踉踉跄跄地回到宿舍，我就和衣躺下，沉睡过去了。

等我醒来，发觉自己躺在医院的躺椅上，手腕上扎着针管，旁边挂着盐水瓶。李路、史先朝站在旁边，有些茫然不知所措。我对他们说我想小便，李路长吁一口气说，你终于醒来了。我双腿发软，他扶我起来，到了院子里，也顾不得找洗手间，在一棵大树下便解决燃眉之急。我边撒尿边抬头看着树冠，发现树枝上蹲着无数个猫头鹰，对我挤眉弄眼。我对李路说："你看树上那么多猫头鹰在看我们，是怎么回事？"他讪讪地笑。

看过猫头鹰我一身轻松，又回去挂水，同时又沉睡过去。

等我再次醒来，已经躺在宿舍床上了，已是第二天的下午。从医院回来的过程完全记不得了。再次醒来，感觉从未有过的神清气爽。

史先朝、李路为我担心了一晚，也被折腾了一晚。我告诉他们我吃了孙修远的药，他们把药瓶带去医院，急诊室的医生都不知道这个药，深更半夜打电话给精神科医生，医生听说我只服了两粒，才明确表示没有生命危险。

事过境迁，药名记不住了，只知道那是精神科的处方药，专治焦虑症，一般剂量是半粒，狂躁性精神病人服药剂量一次不超过两粒。

从那以后，我能不吃药尽量不吃药，绝对不会乱吃药。生命诚可贵，服药须谨慎。如今假药横行，更须以我为戒，慎之又慎！

张志龙，苏州吴江人，曾就读于苏州大学中文系八四级（2）班。曾供职流通部门，2001年入职吴江建工集团，现为苏州伟业集团高管。

我当图书管理员的日子

人的压力有两种，一种是生活的艰难，另一种是精神层面的压力。二十世纪八十年代初，一般来自农村的大学生生活压力都比较大，家里兄弟姐妹多，经济都很拮据，听说读师范专业的有经济补贴，因此大家都愿意上师范，一是一日三餐能管饱，二是能减轻家庭的经济负担，我也是误打误撞上了师范专业，听天由命吧。入学报到时，我怀揣父母给的仅有的十元钱，踏入美丽的苏州大学校园。

记得当年，苏大师范专业学生每月有近二十元的饭菜票补贴，吃啥菜倒是无所谓，但男同学大都不能吃饱，有时干脆直接向女同学要饭票。好在那时女同学相对饭量小，都微微一笑，奉献出多余的饭票。

当年的我也有理想，幻想着将来怎样怎样，未来和理想一直在脑海里盘旋，一切都是那么的美好，令人神往……然而生活也是现实的，“仓廪实而知礼节”，一个温饱都没能满足的人是无心欣赏周边美景的。平时和同学一起去周边旅游或者看个电影、聚个餐什么的，常常感到囊中羞涩，不能老是蹭别人的，而且也不好意思向家里要钱。

一个偶然的机会，碰到中文系资料室的黄镇伟老师，他是研究生毕业后留校的。黄老师是我们吴江黎里人，也是我中学时的学长，聊着聊着，我试探性地问黄老师我能否到资料室帮忙，他立刻明白了我的意思，说："中文系资料室晚上不开放，我可以介绍你到学校图书馆。"我喜出望外。当天我就到第八食堂南侧的图书馆，又意外地见到了我初中时的数学老师吴绮红。和吴老师一起在图书馆工作的是吴企明老师的爱人陈佩雪，两位老师安排我每周三和周六晚上到图书馆借阅处，帮助看书的同学借阅图书，有时候每周还能加个班。因为在图书馆既可以学习阅读，又能有一点微薄的收入，一举两得。这样每个月就有五六元的收入，有点小小的补贴。于是，我担任起图书管理员的角色。

有了图书馆勤工俭学的经验，以后就有了寒暑假在校外"打工"的经历。靠着这样的经历，1986年年底，我有了自己的第一个"座驾"：一辆崭新的凤凰18型自行车。我将它戏称作当年的"宝马"，因为这车，那时在上海得凭票才能买到。这样的勤工俭学的日子坚持到了毕业前夕。

当时的图书馆阅览室分文、理科图书阅览室。起初我在底层的理科阅览室，社科类特别是文学方面的书寥寥无几。有一次将《收获》上著名作家张贤亮的《男人的一半是女人》推荐给了别人，由于该小说写法新颖、题材独特、描写大胆，阅读量爆棚。没想到后来这本书竟然不翼而飞了，图书馆因此加强了管理，好在窃书不算偷，谁让人家作者是当时爆红的张贤亮呢！这以后，每每聚餐吃饭，有女同胞参加时，敬酒时免不了会借用一句"男人的一半是女人"，满满的一杯先干为敬，对方只要喝一半，但不说随意，以示对女同胞的尊重。

在图书馆勤工俭学的日子，也是我大学最难忘的一段时光，当时三楼有图书馆唯一的一台复印机，外面复印需要钱，而且按张算的，我可以在图书馆里免费复印资料。我的毕业论文《论阿城的文学审美理念》就是提前一年在图书馆里完成的。在以后的工作中也养成了"凡事预则立，不预则废"的习惯，减少了工作中的不少失误。后来我被调到了二楼的文科阅览室。理科阅览室很少看到文科班的学生，而文科阅览室的晚上几乎爆满，理科班的学生也常常光顾，我也能见到许多熟悉的面孔这段时间经历了诸多"惊心动魄"的事。早早等开馆借书的自然是立志考研究生的，现在称之为“学霸”；也有纯粹热爱学习，为考个好成绩拿奖学金的；也有借看书之名去撩妹的，甚至也有为了抢座位发生口角大打出手的。

小时候最盼望过春节。过年时除了有吃有玩，最喜欢是放鞭炮和炮仗，炮仗俗称“二踢脚”。有一位临风同学，走路带风，雄赳赳气昂昂，性格豪爽，说话直来直去，一言不合，一点就着，拔拳干仗，酷似“二踢脚”。临风同学不光“外酷”，还有“内酷”，我在文科阅览室有机会看到他展示的温柔一面。晚饭过后，大家早早来到图书馆抢占靠窗的位置。一次，一个长发飘飘的学妹走进来，清秀活泼，齁甜的一笑，把裙子往下一抹优雅地落座，引来男同胞艳羡的目光，也引起对面临风同学的内心骚动。临风同学趁旁边同学换书离开之际，偷偷地瞄了学妹一眼，迅速地碰了碰对方的脚，学妹以为对方不小心碰到了她，抬头看了他一眼，没啥反应。当临风同学踢了第二脚时，学妹脸颊绯红，但丝毫没有反感。待到学妹借完书后，临风同学让我留意一下那女孩的学生证，等她还书的时候告诉他关于她的信息。这招果然奏效，以后每当我来图书馆时都会看到他坐在靠窗的固定座位，当他张望一下门口后，学妹会如约而至。由于他的执着，大学四年，他不仅学到了知识，也收获了爱情。

有了第一份打工体验，我再也没有向家里要过一分钱，虽然收入微薄，每个月只有几块钱，但加上每月师范补贴，足以维持生活，吃饭管够。周末闲暇时间，还能和周永泉、叶学先、杜频等一起骑着自行车游天平山、黄山，年底时也能赶上寒山寺的钟声，真是不亦乐乎。有时到观前街小弄堂里的旧书店去淘宝，也能淘到自己喜欢而又价廉的书，如《春秋左氏传》《百年孤独》《傲慢与偏见》之类的名著。虽然家里几经搬迁，但这些书依然静静地立在我的书柜里。每每翻阅，欣喜涌上心头。

大学生活是温馨、平静、美好的，勤工俭学的经历也是难忘的，经历虽然很简单，但终究是一个良好的开端。从此，我相信爱情，懂得了“在喜欢你的人那里，去热爱生活，在不喜欢你的人那里，去看清世界”。我也学会了面对现实，在工作后曾面临机制、体制的转换，经历了生活的各种波折。放弃是容易的，坚持是困难的，但我依然相信有想法必有办法，年年难过年年过，办法总比困难多！这一切，都要感谢四年大学生活给予我的底气和力量。

董立国，曾就读于苏州大学中文系八四级（2）班，现江苏省徐州医药高等职业学校教师。

师恩难忘忆恩师

在苏州大学上学已经是三十年前的事了，没能参加国庆期间的三十年同学聚会确实非常遗憾，感谢龙城使君同学根据同学们写的聚会诗文制作的“美篇”，让我能够感受那份浓浓的同学情谊。看着合影照片里那些大多已经退休的老师，突然心生愧疚之意。正是这些老师让我这个懵懂的年轻人在大学的课堂里得以健康快乐地成长，是该写点东西记录一下我对老师残留的记忆，聊表对老师的感激之情。

先说说两位女老师吧。

徐菊秀老师教授我们“现代汉语”。她是一位特别知性的中年老师，标准的普通话，动听的嗓音，漂亮的面容，举手投足都是那么的优雅。李路同学对徐老师的评价是“智韵俱佳”，我非常赞同。徐老师总是不厌其烦地纠正同学的方音，我也是在她的指导下分清了“zhi”“chi”“shi”和“z”“c”“s”。徐老师讲到比喻这种修辞手法时特意给我们介绍了《围城》这本书，让我从此对钱锺书先生的书产生了浓厚的兴趣。

三十年同学会，师生聚会红楼

教我们“心理学”的樊琪老师是位年轻女教师，说实话喜欢听她的课主要是因为她漂亮。近几年看到复旦有个陈果影响很大，可能也有这方面的原因吧。至于讲了什么，现在的确没有印象了，感觉很是愧对女神老师。

其实男老师中也有位男神级的老师，他就是教我们“现代文学史”的吴培华老师。这位英俊潇洒的翩翩君子，不知有多少女同学偷偷地暗恋他。同宿舍的龙兄也是仪表堂堂的大帅哥，论起颜值他只佩服吴老师，上课经常窥镜自视，喃喃自语，我为什么不如吴公美？其实三十年后龙兄才明白，差距就在于他跟吴老师比颜值，吴老师却只跟人比才华。对吴老师的课印象最深的，是他讲鲁迅的爱情小说《伤逝》。讲到涓生的爱情到了终点时，他凄然神伤，用他那带着浓浓常熟方言味的普通话感慨道：“阿随走了！子君也走了！”至今回想起来仍感言犹在耳。我一直很奇怪为什么吴老师那么喜欢《伤逝》，我也很奇怪为什么我只对这一课印象深刻。亚辉同学现在竟然直接称吴老师为“涓生”老师，可见同学们对吴老师的印象都是一致的。

苏大中文系有两个范老师，都是系主任，一正一副。范伯群我们称之为“老范”，他面容清癯，温文尔雅，颇具大师风范。他亲自为我们讲授“现代文学”，讲的是《在延安文艺座谈会上的讲话》。老范侃侃而谈，使一段貌似枯燥的文学史得以生动地再现。听范老师讲课特别享受，现在本科生估计没有听系主任讲课的福气了吧。在大学四年，中文系举办了各种丰富多彩的活动，比如艾煊作品学术研讨会，让我们有幸目睹了当时在文坛上非常活跃的陆文夫、高晓生等作家的丰采。再比如组织全系同学去剧院观看话剧《原野》，第二天把所有剧组成员请到学校礼堂为我们做报告，使我们能够真正感受话剧的魅力和演员的深厚功力。这些全得益于范老师，且还不要我们学生交一分钱，这样的系主任真的很少吧。

范培松老师是我们的写作老师、系副主任，我们私下里亲切地称他为“小范”。不是不尊敬，而是为了区别于范伯群老师。小范老师那时已经是散文界的名流大家，牛得很！他的《散文天地》，我们人手一本作为教材。我印象最深的是他书中的那句名言——散文是喷出来的。血是热的，心是热的，才能创作散文。

对范老师印象深刻还是因为写作课上的两件事。有次写作课范老师把我写的一篇小文章作为范文介绍给同学，是写早上同宿舍同学赖床，不想起床又不能不起床去上课的慌乱狼狈场面的，范老师具体怎么评价的我也记不清了，反正能被范老师看好，自己就感觉挺得意。另外一件事就不那么愉快了。范老师教我们写作杂文，我写了一篇文章，老师给的评语，竟然认为我是抄袭报刊上的文章。我在批语的后面写了好长一段话，表达我的不满和抗议，因为我实在是冤枉，这篇文章绝对是原创。结果没得到老师的任何回应，估计老师也懒得看我的回应吧。后来自己想想也没必要继续理论了，能被老师判定为抄袭，至少说明我这文章达到了一定的水平，自己明白就可以了。

王锺陵老师在所有的教师中绝对是个另类。学识渊博没得说，能够把一个时期的文学总结出规律且能自圆其说，着实让我佩服得五体投地。他经常会说“我的老师杨明照先生”“我的老师的老师闻一多先生”，师承渊源很清楚。听他的课很辛苦，那时没有PPT，讲课全靠口授和板书。想适应他的镇江口音还是很不容易的。王老师讲起魏晋文学真是激情勃发，潘杏芬同学形容说王老师那时就像被“竹林七贤”附体，一点不夸张。教材也没有，他经常感慨他写的那本书。因为出版社的原因，如何如何难产，害得我们等了三年，一直到毕业也没见到他的“神作”出版。真正见到他的那本《中国中古诗歌史》，已经是毕业四五年之后了。那时再看他的书倒没有太大的兴趣了，感觉还是听他那神采飞扬的讲课更有味道。好像他也是在考试前少有的到自习室去询问我们学习情况的老师之一，敬业精神令人敬佩。同学们对他也是情有独钟，喜爱有加。

讲授“外国文学史”的何孔鲁老师是个中年人。他性格很温和，讲授希腊神话传说挺有意思。我们喜欢模仿他说的一句话——请注意，阿弗洛狄忒要偷情了。是他让我喜欢上了外国文学，明白了西方的神也是如此地可亲可近，西方的文学是那么富有人性的光辉。他的“外国文学史”据说是同学们挂科较多的学科，我竟然考了九十多分。

学长们警告我们另有一门挂科较多的学科是“马列文论”。应启后老师当时已经是文学理论通用教材的编者，理论水平超高。“马列文论”竟然被他讲得那么生动形象，逻辑思辨极为严谨。期末考试，这门学科我们竟然都及格了，不知道是应老师大发慈悲还是我们学得好。

还记得吗？有位讲授“美学”的老师张鹄，讲了一学期的“美学”我只记住了一句话：“美是难的。”

还有一位老师必须要说说。那就是蒋乐群老师，也是教“美学”的。其实他的课应该叫“哲学”或者是“思想史”。因为他，我们很多同学买了《美的历程》《批判哲学的批判》，喜欢上了李泽厚。当时我们正在办理身份证，那是我们国家第一次为公民办理身份证。他说，中华人民共和国成立这么多年，我们终于可以证明自己是公民了……因为他，我才明白思考问题原来还有另外一种角度和思路。

三十年过去了，回忆了这么多老师，却无论如何想不起他们讲的课程内容了，只是留下了这些细枝末节的印象。教育学家说把学过的知识全忘记留下的就是素质，知识我是忘记得差不多了，如果这些片言只语的印象也能算是素质，那我也算对得起各位老师的辛勤付出了。

于明星，淮阴人。曾就读于苏州大学中文系八四级（3）班。毕业后回到老家，在宣传、文化系统工作过，大半时间在机关供职，有过短暂县区工作经历，曾到国企跟班。现从事『护林员』工作。

我、酒与苏大

我来自酒乡，所以无论走到哪里，人家都认为此君多少也能喝几杯。没听说嘛，泗阳小麻雀都能喝二两。我就是属于麻雀腿那种。我在苏大读过书，所以“苏大毕业生”也是我走到哪儿都背负的一个标签和符号。你看，在“上有天堂，下有苏杭”的苏州，读的是中外文学课程，不说让别人迷恋吧，就是我自己也欣赏了大半辈子。

初冬时节，群主龚嬴约班花刘晓松、“长（长，应读作cháng）子”盛嘉华、鲁猫潜兄，还有扬州的陈丽萍、连云港的张海玲，从江南江北汇聚至淮安，来看望老同学，让淮安的几个同学感动得手舞足蹈，却又抓耳挠腮，尤以曹文为最。我跟曹文商量过，冬天这个季节，苏北平原草木凋零、满眼凄惶，而且那阵子刚巧碰上那年全省最长最厚的雾霾天气，难得有这么一次机会，是不是留待春暖花开时请大家来这里欣赏秀美河川、品尝河湖生鲜，大家心情会更好些。谁知我的建议没被采纳，他们还是执意按原定计划如期而至。这是毕业三十年聚会后我迎来的第一批客人，四大美女两大帅哥。还有啥说的？接驾！

我和浩子、曹文安排好接待行程，曹文负责接头张罗。王辉从金湖打电话来火急火燎地要安排几位美女到白马湖小渔船上吃烧烤。我则满心期待着晚上和曹文家那位老蒋，以及浩子、王辉一起跟来淮的六位贵宾大战一场，喝个人仰马翻。因为鲁潜在苏大聚会的那两天，一直跟我喋喋不休地讲他曾经到淮安喝酒的情形，回忆那些给他留下深刻记忆的经历，把我的酒虫都逗醒了。长子盛嘉华，那么高的个子，半斤酒平均到他肠胃里，每一寸也就那么几小滴，万一放开呢？几位美女，那都是沙场老将，出手不凡的。没听说吗，女人要么不端杯，端起杯来就不那么好惹。谁知计划没有变化快，当天晚上，我的舅舅，一个年老而慈祥的人，久病不治，催我回去。想起幼年时，他对我呵护备至、疼爱有加，我只好请家浩、曹文代做解释，当晚缺席，次日全陪。

为弥补不周，第二天清早，我早早就赶到吴承恩故居门口等候。曹文涂脂抹粉，陪客人姗姗来迟。我则希望把已联系安排好的景点景区都让他们参观参观、指导指导。大家倒也很开心，一路评点，一路说笑，留下不少倩影美照。

不觉已到中午时分。刘晓松说从家出发时顾胖子跟她讲，漕运博物馆可以看看的。我说这个地方我已经预约了。可长子和群主说下午还要赶回去，时间要抓紧，鲁猫也在一旁添油加醋说那里都是人工的，没有昨晚看到的实景有意思。这么一来，刘晓松也就没坚持，就讲：“那就算了，下次再来吧。”于是直奔翠和嘉华大酒店。

按照惯例，我先说了几句“感谢各位帅哥美女到访革命老区，看望老同学”之类的客气话。长子说，今天他请客，大家放开吃。大家懵懂半天，忽然明白，原来我们就餐的这个酒店的名字中有“嘉华”二字，长子便说这个酒店是他开的。一句话把大家逗得更加开心。

我把王辉也专门请来了。本打算下午赶到金湖的，可群主周一还有大生意要签单，耽误不得，所以行程又做了压缩。王辉一看做东不成，便携夫人匆匆赶来。

席间，觥筹交错，推杯换盏。几位美女，红酒不沾饮料不饮，专喝洋河白酒。我自然甚是感动。没一刻，我的一壶白酒点滴不剩。老蒋昨天晚上独木难支，被群主一行当头一棒，败下阵去，以至于今日狼狈不能上场。王辉自谦要为夫人驾车，死活不肯端杯。浩子人没到场，要我代他陪喝。此情此景，顿让

同学合影，左起：赵德生、于明星、徐瑞明

我感到心里没底。来的都是稀客，不陪好怎么行呢？我一看，几位美女大都已经干了，可鲁猫还剩半壶。难得一聚，大男人比女人还扭捏！我于是又自加半壶，走近鲁猫，恭恭敬敬把他面前小壶端给他，碰上一下："兄弟，我单独敬你！"他嘟囔半天，也不知讲什么，好似抱怨他的酒多了些。我只好又将他的小杯添到我的壶里。这下他没说的了，一口就下去了。大家鼓掌。此时，豪迈的群主端起酒壶，盛情祝贺刘晓松道出的差点儿就实现了的人生理想，陈丽萍、张海玲和曹文谈笑风生一起来找长子碰杯，满堂欢声笑语。

没一刻，只见鲁猫头耷拉着，窝在那里，瘟鸡一样。我想他大概是累了，听说他早上四五点就起床了，晚上又睡得迟，困了。于是大家劝他点根烟，提提神。他也是嗯嗯地不理不睬。谁知说时迟那时快，只见鲁猫突然起身，往洗手间径直而去……

后来的故事就此打住。群主一行带着对酒乡的初见、初识和对洋河美酒意犹未尽的些许遗憾匆匆离淮。但愿此行的酒香和欢聚能留存在他们的味蕾和记忆中。

时间回到2011年的仲夏。罗时进老师带着苏州一众专家学者到苏北采风，行经淮安。张家浩设宴款待，地点安排在景色俱佳的白鹭湖酒庄。此时罗老师的行程已圆满结束，自然放松开心。席间大家不分彼此，你来我往，畅叙情谊，总结成果，点评得失。罗老师也是侃侃而谈，纵论淮安的历史文化、酒乡酒风。学生们对罗老师自然是钦佩有加，纷纷举杯敬老师。各位专家学者也纷纷离席感谢罗老师一路的安排，取得的丰硕成果。罗老师基本上是来者不拒，挥洒自如。吃完后，看着满地酒瓶摇头晃脑，地主自有一丝欣慰之情。但见罗老师了无酒意，有板有眼指挥大家上车就座，收拾返程，我被罗老师的酒量深深折服，终不知什么样的功力才能让罗老师“微醺”。

苏大曾在淮安设立过研究生进修班，罗老师曾多次到淮安来讲学，淮安有不少罗老师的学生，他们对罗老师的重情、博学都印象深刻，苏北人喜爱这样的人。所以常有学生课后邀请罗老师下小酒馆或去茶座。我们有时受邀随喜。冲着淮安人的好客，罗老师对老淮阴的“三沟一河”多有溢美之词。可惜现在兄弟分家，洋河、双沟酒在宿迁，汤沟酒在连云港，淮安仅剩下“今世缘”了。但是我们还是认定这四种酒是同一方水土酿制的。而且现在统一冠之以“苏酒”美称，扛起的是江苏的旗号，洋河梦系列也直逼五粮液，位居白酒行业第一方阵。

我们宿舍的几位兄弟，也是饮酒不多，但品酒有方。酒量最大的当属徐瑞明，人也豪爽。其次是叶留芳，好说话，能喝多少喝多少，不留量。徐效文比较小巧雅致，先品一下再喝。郭兆瑞喝酒容易上脸，但不怕激将法，敢于一拼。邵小华酒量不错，鬼点子也多，喜欢察言观色挑毛拣刺。盛嘉华爱喝米酒，封缸酒自摸一瓶毫不费力。我和徐瑞明都住在上铺，经常看他锻炼身体。我们经常一起探讨读书、学习、做人处事上的道理，也少不了三五一群，在操场草坪上对月小酌的经历。

到了苏大方知学校就在护城河边上。从我家的后屋檐上船，沿京杭运河，人不歇脚马不卸鞍地坐船，先到寒山寺，再经盘门，到校园东门上岸，就可进得校园。如果不是因为“苏大”，我和苏州这座城市也可能只是萍水相逢，顶多也是五百次回眸换来“擦肩而过”的缘分。苏大四年的青春岁月，于我，亦如一坛女儿红。这坛经过三十多年的陈酿，越来越醇越来越稠，甜绵可口，清香四溢。有了苏大的四年韶光，不管梦想穿行多远，人生总有一爿不变的港湾，一座时时回望的青山。

酒乡人热情，酒乡人厚道。“酒是粮食精，越喝越年轻。”大家有空来酒乡喝上两盅，少少地、雅雅地、轻拢慢捻式地。

张家浩，泗阳人。曾就读于苏大中文系八四级宣传文化班，毕业后先后在淮安市文化局、纪委、人事局、编办任职，现任编办副主任。

我记得的东山故事

1986年金秋十月，苏州大学中文系八四级（3）班的秋游，是到离苏州市区不远的东山半岛游览采风。这次秋游，因情节的丰富和激烈，令全班同学刻骨铭心，成为难忘的回忆。

话说那日上午，我们班委特地租了一辆大巴车，那时的交通远没有现在的便捷，虽然没多远，也在路上颠簸了一个多小时。但沿途风光旖旎，不快的车速正好可以让我们尽情观赏。三十多名男女同学（记得那是班级组织活动人数最多的一次），一路欢声笑语来到了太湖边。

秋天的东山半岛，橘香四溢。漫山遍野的橘林，远看万绿丛中点点红，近看累累硕果树弯腰。从山脚望去，绕在半山腰上的橘林就像给东山围上了一条红腰带。

东山，不仅有迷人的自然景观，更有丰厚的人文景观。

上午，我们先去了雕花大楼。雕花楼以其雕刻精美、结构奇巧，被称为“江南第一楼”。美妙绝伦的雕刻工艺（木雕、砖雕），令我们眼花缭乱，目不暇接，对东山的历史及文化积淀有了更直观的了解。

从雕花大楼出来，经过了一个小巧别致的园子。现在回想起来，应该就是如今的启园，只是当时还没有修复和作为景点。简单午餐之后，同学们的心按捺不住地飞向了浩瀚的太湖，飞向了橘林。

东山有一种称为“洞庭红”的橘子，早在唐代就被列为贡品。汁多味美，甘而略酸，香味宜人。穿行在硕果累累的橘林里，同学们掩不住好奇和兴奋。有的相互拍照、奔突嬉闹着；有的驻足凝神，似乎又在酝酿着什么诗句；还有的，找块太湖石，拉女友静静地坐着，微风从他们幸福的脸上拂过，周围的一切便与他们无关了……

橘香袭人，当时物质还相当匮乏的我们，实在抵御不了它的诱惑，又兴许觉得无人看管又无警示标牌，稍尝些许没有关系吧。于是有的同学开始东张西望战战兢兢地偷嘴尝鲜，男同学也乘机摘果献殷勤给女同学。

在农村长大的我，纳闷这么大一片橘林怎么没人看护？如果都这么采摘，不会影响收成吗？有点儿不对劲啊！定睛观察，果然发现不远处有一双双眼睛在盯着我们，并且有三三两两的人凑在一起窃窃私语。我顿时感觉，有“危险”正在向我们逼近。我们几个班委稍做对视，便赶紧招呼同学返回。

就在我们即将返回车上的时候，一大群手持扁担、扫帚等农具的村民，从四面八方向我们冲过来。我们班的组织协调能力、临危不乱的定力、团结一致的精神、神勇的战斗力，在此刻得到充分的爆发和体现。一部分男生抵挡村民的进攻，架住抡过来的扁担扫帚；一部分男生掩护女生撤退进大巴。张清曾经练过武术，力气大，性子也烈，他抓住一村民的扁担，稍一借力就将其推到了水里（这也成为村里掌握的最大罪状）。我在抵挡一村民的扫帚时，眼镜掉到地上，被另一村民捡起远远地扔进了太湖，让我这个高度近视眼顿时陷入一片模糊。真正是秀才遇着兵了。

班长顾强是本地人，看到一个村干部模样的人，立马用本地话上前沟通，并让我一起拿出了学生证。那位村干部立即劝止了动武的村民。沟通的结果，是我们班做了冤大头，村民们不知道我们是苏大的学生，我们被当成了有组织的偷橘子的游客。

东山农民秋季的最大经济来源就是果树的收入。其实作为朴实的果农，吃些果子他们根本不会在意的。橘园里允许现摘现品尝，只是不允许将橘子带出橘园（我们后来才知道）。但他们最近发现有不少游客大规模地偷橘子，村民们早就想找机会狠狠地教训一下，没想到竟让我们撞上了枪口。

我和顾强代表全班同学向村民们做了诚恳道歉，并让他们估算了损失，叫大家把身上带的钱凑出来进行了赔偿。

事情的善后至今令我感恩，感恩班主任罗老师对同学们的爱之深，恨之切。对内，罗老师严厉批评我们，让我们深刻检讨，差一点就像老头子一样拍儿子头皮了。但对外，罗老师百般解释、力般包庇，宁愿放弃当年度的"优秀班级"评选，也不愿我们班任何同学因此事受影响。想当年，"优秀班级"的荣誉，对一个班主任来说，含金量是相当高的。宗宗的父亲在听说此事后，来信对他进行了狠狠的批评，认为东山农民给了我们当头一棒，作为一个大学生，要时刻注意自己的言行举止，勿以善小而不为，勿以恶小而为之！

教训得好！

苏州大学中文系八四级（3）班部分同学合影

王建，曾就读于苏州大学中文系八四级（3）班，现为国家一级作家、徐州市作家协会主席、《徐州日报》总编辑。

【编者按】说到大学时代的文学创作，苏大中文系八四级（3）班的王建，是个绕不开的人物。大学四年，王建在国内报刊发表的文学作品之多，在同学中几乎无人可及，有中文系“小文豪”之誉。纸上阡陌，一路走来，如今王建为国家一级作家、徐州市作家协会主席、《徐州日报》总编辑。

王建是走过江南烟雨的徐州汉子，文字可见古彭雄风，又含江南诗韵，著书立说丰硕，其作品斩获江苏紫金山文学奖。寻常人印象中的他沉默内敛，貌似孤傲，其实在文学之外，在旧朋老友之间，他恰是一个“十年饮冰，不凉热血”的性情中人。

大一时，王建就以爱情小说《第二十一个是淡蓝色的信封》“轰动”中文系乃至整个校园，并摘得当年《兰州晚报》小说征文比赛唯一的大奖。这篇作品堪称当时的“网红”，是王建的“标签”，也是中文系八四级同学心中褪不去的文学记忆。

应大家要求，今天我们在时隔三十多年之后，决定刊发与重温这篇作品。与王建后来许多力透纸背的大作相比，该篇的水准与地位不是最重要的。重要的是，它是对我们过往青春的最好注脚，是对我们朦胧爱情的最好纪念。

芳华三十年，当初，我们不是不懂爱情，只是有自己爱的方式。

第二十一个是淡蓝色的信封

进入S大学以后的第二十一天，我收到了第二十一个淡蓝色的信封。

这是第二十一封情书。

不用称，一般重。但内容却一封比一封热烈，一封比一封叫人心烫。——尽管我一封也没拆开来看过，但我这个中文系大学生完全想象得出。“热恋着的少女像一盆燃烧的火。”这是哪个大诗人的名言？不错，她就是火。

我呢？我该是二氧化碳。液体的。专门灭火。

我太残酷了？一点也不。的确，我爱过她，可那已是历史的昨天。今天？……我摸摸胸前闪亮的校徽。这，就是隔在我们之间的鸿沟。

当然，她的心情我理解，如今的妞儿，漂亮一点的，哪个不想找个有文凭的丈夫？

同宿舍的小范走进来，满脸苦相——他的那一位也来信了，主动要求解除关系。“够识相，爽快。”我想，“要是我，得好好高兴一回，甩掉了个包袱。”可这家伙却一连去了三封信，又是诅咒又是发誓。这小子，也太不自重了。

我的她。哦，不，就是那个徐敏，要像人家小范的“她”那样通情达理就好了。可她，偏偏这么认死理儿。信，雪花似的向我撒来，想感化我？没门。

不过，我总这样消极防御也不是长久之计，须得转入积极进攻才行。

“嘶——”我扯开了今天刚到的那个淡蓝色的信封。

“啦——”一张硬纸片滑了出来。哦？一张明信片。黑白色。并不精美。画面简单极了：一条小溪，清澈；一棵杨柳，婆娑。柳枝轻轻地垂下手，抚着水波。

仔细一看，我突然想哭，这不是从邮局买来的，而是她自己亲手画的。

我的眼前，切入了一个活动的“蒙太奇”。

“明天，你就走了。我给你送行。”

“不了，今天就算告别吧。”

……

“你想……亲我一下吗？”

“我……不敢。”

她温柔地贴近我，扬起脸；我大胆搂紧她，俯下身。

"我是柳树，根在这儿。"

"我是小河，永远伴着你。"

小河荡荡，柳枝青青，河岸草地上却只有一个少女痴呆望着远方。

她，还常常去那儿？去寻找梦吗？可怜的女子，怕是永远寻不着了。

"原谅我吧。敏。你的好处我一辈子也忘不了。今后，你还是我的好妹妹。"我铺开信纸。我必须快刀斩乱麻，藕断丝不连。

忽然，一阵风儿把明信片吹落到地上，我俯身拾起，一行行秀气的小字，在背面，朝我直眨眼。

"虹：

"这是第二十一次和你说话。正好，信到的那天，是你二十一岁生日。这，就算我送你的生日礼物吧！

"你怎么老不回信？也许，你在等待我的主动？你错了。我不是那种女子——爱，随对方身价的沉浮而增减砝码。过去，我爱过你；现在，我爱着你！将来，我更爱你。在我心里，你永远是你。

"树在，河在，我在，你也该在。

你的敏"

"一个女子要是真的爱上了一个男人她会发疯的。"谁说的？对极了！"这疯是伟大，是圣洁。"

我哭了，却没有眼泪，那是心在哭。

二十一岁了，我，却辜负了一个二十岁姑娘的真诚，内疚啊！

整整齐齐地，我把二十一个信封叠在一起，用颤抖的笔尖挨个标上了二十一个数字。心，在期待着第二十二封……

端端正正地，我画上一个男子，紧挨在姑娘身旁，一起望着小河、柳枝、浮云、远山……

然后，我把它装入信封投进了邮筒……

一生一世，暗恋最美

一

2018年12月10日，《徐州日报》迎来创刊七十周年的大庆，借此契机，社里举办了一个规模浩大的长三角暨淮海经济区报业传媒峰会，请来了一百多位党报社长、总编，真可谓嘉宾云集，蔚为大观。

这百十位新朋旧友里面，我最想见的老朋友，就是苏州日报社的社长张建雄先生。虽然我眼疾严重，久未沾酒，但还是陪他一饮千盅，喝到尽兴。

老友相逢，自然酒酣耳热。席间，话题始终绕不开苏州、苏大，还有宣传文化班、我们的八四级（3）班。

建雄兄大我两三岁，是入学不久就认识的《苏州日报》记者。那时他年轻帅气、才华横溢，几乎天天能在报上见到他的名字。我喜欢看报、写作，经常去离苏大不远的民治路“苏报”编辑部送稿子，很快就和他们“打成一片”了。

建雄兄当年对八四级（3）班的文学现象特别惊讶，不遗余力地“吹捧”：“张清、张秋、邵小华、张敬安、薛文潮、徐效文、郭兆瑞、徐瑞明……都喜欢写作，有不同体裁的作品发表。而且，还在罗老师的倡议和指导下办起了《文宣报》。你们八四级（3）班不简单！”建雄兄那天沉浸在对往事的感怀之中，如数家珍、赞不绝口。

我说，正是你的那篇文章，把我引向了文学并享受到其带来的独特的情感阅历和人生温暖。建雄兄忍不住笑了。

他的那篇《走进苏大八四（三）》，发表在当时的《苏州日报》周末版的头版，引起了不少人的关注呢。

二

我没对建雄兄说，那时，《苏州日报》，是我的暗恋。

几乎每天早上，都要去民治路上报社门口的报栏，把当天的《苏州日报》，从头版的第一个字，读到末版的最后一个字。

其实，苏大图书馆也有《苏州日报》，之所以一早就去，就是迷上了那似有若无、缕缕丝丝的墨香，那真是人世间最独特、最迷情、最诱人的一股文字之香、文学之香。沁人心脾的暗香，带来每一天的心清气爽、心旷神怡。总是在报纸刚贴上报栏的时刻，去拥抱那一缕芬芳。

读着读着，慢慢读出了自信：这样的文字，我也能写呵！

从此，一发而不可收……

三

如果说，《苏州日报》是我暗恋的第一张报纸，苏州是我暗恋的第一个城市，那么，罗老师则是我暗恋的第一个男人。

一个男人的笑容，如此直抵人心，在上大学之前，我的人生经历中是没有过的。若干年后，在苏州、在徐州，每一次相见，罗老师的笑容，都成为眼前挥之不去的经典，定格成一个个温暖的瞬间。

兄长的宽厚、宽容、宽广，老师的气质、气度、气量，都在他那一脸的笑容里了。苏大浩荡文脉的一派气象、苏大百年根基的一世风骨，都被他的笑容固化成了有血有肉的感悟和印记。他呵护着每一个学生，他惦念着每一个学生。想起苏大，很大程度上意味着想起罗老师。至今，他仍是八四级（3）班的缰绳，牵一发而动全班。

现在，才更加体味到，他的夫人为什么那么爱他，他的女儿为什么这么爱他！

我相信，八四级（3）班的每一个人，也都像我一样，在内心深处，暗恋着他。

四

在苏大，值得暗恋的，当然不止罗老师。

钱仲联先生，是我们的学术偶像。在中文系大楼里，四年总共也没见到他几次，但每一次远远地见到，都会油然生出万千敬重，大师风范，深印心中。

还有美名远扬的苏大“三范”。

范伯群先生来徐州，带着他的新著《填平雅俗鸿沟》，墨香阵阵，传递着一代学者楷模的心声。

范培松先生来徐州，一再谆谆用他那句江湖皆晓的名言，鼓励我在创作上再辟新境。“散文是喷出来的！”已经成为我的文学座右铭。

与范小青主席见面就更多啦。她不光关心我，也深情关心着徐州的文学事业，不辞劳苦出席徐州的文学活动，为徐州作家的新书作序推介。

还有王尧先生、缪学为老师、吴培华老师……

毕业以后的几十年里，只要有机会去苏州，哪怕去附近的城市出差，也总会想方设法“潜”回苏大，也几次携太太、女儿畅游苏大，方塔下、钟楼前、草坪上、小河边、操场旁、食堂里……一次次浮想联翩、流连忘返。

暗恋苏大、暗恋苏州，一辈子的情结，再难割舍。

五

暗恋八四级（3）班。从开学第一天，到毕业前的最后一天，到其后的每一天、每一年……

有些同学毕业后在徐州见过、在苏州见过、在南京或其他地方见过，有的一直再没见过。

但暗恋的种子一旦发芽，就会不管不顾，兀自开花、结果。是的，开一朵思念无边的花，结一颗思恋无涯的果。八四级（3）班仿佛一枚深藏于记忆深处的徽章，已经幻化为一条绵绵欢游于生命长河的、有生命的图腾之鱼，不停地荡起情感激扬的浪花。

这样的浪花，无时无刻不在变成一种精神养分，滋养着内心最柔软的部分。

顾强的厚重、张家浩的率真、张秋的深邃、邵小华的聪敏、郇慧荣的绚丽、刘晓松的温婉、龚赢的典雅、张敬安的洒脱、张清的侠义、郭兆瑞的敦厚、赵德生的狡黠、宗宗的玲珑、叶留芳的率直、沈晓宇的内敛、叶学先的达观、孙东辉的活力、王辉的老辣、程康的“城府”、徐效文的坚韧、盛嘉华的灵动、薛文潮的“江湖”、徐瑞明的神秘、鲁潜的豁达、于明星的坦诚、钱铮的憨厚、陈勇的睿智、姜师立的精致、孙晓宝的禅意、张海玲的俊逸、杜频的骄傲、曹文的厚朴、陈丽萍的柔丽、丁纪闽的博雅、邹国珍的冷艳、顾丽华的妖娆、丁迎春的淑美、周敏的端庄……

我暗恋着每一位亲。

暗恋他们的每一个眼神！

如果非要说出暗恋的理由，那理由也有千条百条。当然，这个只适合面对面交流哦。

所以，我给出了对每个同学暗恋的关键词。肯定是自以为是的吟哦，当事人不必认真，旁观者不必当真。当然，还要说明一点：排名不分先后。

六

我现在除了暗恋同学们，就是暗恋徐州了！

期待下一个十年相会，在徐州！

主题就是暗恋。

每一位同学，包括罗老师，都要和大家一起分享自己的暗恋！

期待大家到徐州来！这是一座刚刚获得联合国人居奖的大美之城、生态之城，一城青山半城湖。徐州的市歌叫《一饮尽千钟》，萨多刺作词、谷建芬作曲、韩磊演唱。还有刘邦的《大风歌》，“大风起兮，云飞扬……”

如果同学们来徐州，会有一首清唱的《暗恋》献给你们噢……

相见欢

山高水长

吴新泉

重逢把酒华堂，满庭香。不论名声地位、各倾觞。

少年志，平生事，话沧桑。保重一声轻道、是同窗。

章朝阳，笔名朝阳，江苏南京人，曾就读于苏州大学中文系八四级（1）班，先后任共青团无锡市委副书记，青联副主席，共青团江苏省委青工部常委，省青年企业家协会常务副会长，江苏京沪高速公路有限公司副总经理、党委副书记，江苏交通产业集团有限公司投资发展处处长，连云港科茵格散货码头有限公司董事长，江苏省盐业集团有限责任公司副总经理，江苏省农垦集团有限公司党委委员、纪委书记。

星海四散，相忆江湖

感谢筹备组的同学们为我们三十年毕业聚会所做的精心准备，感谢各位老师光临我们的活动。

更多感谢的话我就不说了，一是因为前面的同学说得比我更好，二是我想更多地自我检讨一下。要向亲爱的老师和同学们致歉：毕业三十年了，我没能参加十周年聚会，也没有参加二十年聚会。最近因为被抽调至省委巡视组工作，也没能为这次聚会筹备出力。虽然以前也曾在南京、盐城、泰州等地与同学们有过零零星星的聚会，也来苏州和缪老师有过相聚。但总的来说，三十年来和大家的联系的确很少，在不少同学的眼里，我似乎已经“销声匿迹”了。作为曾经的班长，没有尽到应尽的责任，我心中充满了歉意。

这三十年，我们都走过怎样的心路历程？都有过什么样的人生阅历？我想，我们每一位同学都有自己丰沛的感受。对我来说，毕业三十年来，我经历了不下十个单位和岗位，在四个城市工作和生活过。频繁的变动，让人有时也心生疲惫。每个人年轻的时候也许都有这样的心情，希望离开自己的父母越远越好，相信好男儿志在四方，恨不能勇闯天涯。的确，人的成长过程中需要这样一个阶段，需要独立甚至逆反。因为没有这个阶段，一个人无法长大，无法培养出独立的个性和人格。这三十年来，我到处奔波“流浪”，经历峰回路转，我以为可以和从前相忘于江湖，但每每有人提到苏州大学，我都会在心里打一个激灵，出差遇到苏大同学时依然是一见如故，交换着彼此的境况。这才发现原来我心里一直关注着母校，关注着同学和校友们的点滴信息，原来苏大已经牢牢地烙印在我的心底。四年青葱岁月里，苏大给予了我们许多人生的启迪。当年范老师的散文、姚老师的文艺理论、王锺陵老师的魏晋文学等我还清楚记得，但当年很多的课程可能已经记不清了。只有一点，苏大的校训我是终生难忘了，“养天地正气，法古今完人”！走到哪里，苏大的校训都是我做人做事的准则。

毕业以来，随着年岁的增长，特别是现在，我们同学都已是五十岁开外，孩子们也已上大学或者已经工作多年，人生进入收获的金秋。这时我们忽然开始强烈地怀念母校、感恩老师、思念当年的同窗好友，就像现在我们开始懂得感恩父母，想着常回家看看、多陪陪父母。我想人的一生也许都有这样的阶段，如果没有这一段历程，一个人可能称不上真正的成熟。

五年前，我被调到省农垦集团，虽然也常被抽调到省委巡视组工作，但工作在南京已基本稳定了下来，对母校的思念也日渐浓烈，希望能珍惜相聚的时光，也希望亲爱的老师和同学们来农垦指导、来农场转转，希望在南京我有机会接待大家，更希望我们四十年、五十年、六十年能再相聚。

再次感谢各位老师和同学们!

补记：聚会走进会场时，筹备组的“秘书长”王斌才和我说要我作为八四级（1）班同学的代表发个言，所以仓促之间难免词不达意。但也不能说一点准备没有。亚辉同学的精彩主持，顾强同学的深情感悟，都唤起了我们四年同窗生活的回忆，这份情感是最真实、最质朴，也是最难忘的。会后应亚辉同学的要求把发言整理了一下，也算是三十年聚会的一点花絮，愿老师和同学们开心、幸福!

朱亚辉，江苏如东人，曾就读于苏州大学中文系八四级（2）班。毕业后高校从教五年，传媒工作十年，一路从政十四年，下海经商一年有余。

三十而立，无问西东
——毕业三十年聚会纪念册后记

那一年的秋天，我们怀揣着梦想，兴奋地来到了十梓街1号——苏州大学，看到了那个类似篱笆的校门。三十四年后，又是一个秋天，我们两鬓斑白，以魂牵梦绕的执着寻找着八号楼，寻找着文科楼，寻找着小河边……

芳华三十载，物是人也非，可同学之情还是如此浓厚深沉，对校园的眷恋还是如此的执着情深。成熟的代价是青春年华真的留不住了，唯有回忆、相逢还能留住那一段荏苒时光。

离开苏大已经三十年了，记得我们这一届两个师范班，一个宣传文化班。两个师范班各47人，宣传文化班37人，共131人。两个师范班的班主任由刚毕业留校的缪学为老师一肩担，罗时进老师任文宣班班主任，两人又是师兄弟，年纪也不大我们几岁。印象中除了几门专业课以外，我们基本被安排在一起上课——文科楼314大教室。我们不会介意学校是否吝啬教室和教师资源，我们

何金华近照

聚在了一起，这本就是缘分。于是便有了我们中文系八四级这个大家庭，我们也成了真正的同学。

这是一个想念的季节，问候一声老同学，送出一份深藏已久的思念！我们都到了知天命的年龄，我们更懂得老同学之间彼此的珍惜！

三十年，我们虽然各奔东西，彼此依然保持着断断续续的联系与偶尔的相聚，但还是聚少离多。“你若安好，便是晴天”，同学间心头的惦念、祝福不断。2008年二十年聚会时我们就约定了今天的相聚。

今年5月由朱亚辉、顾强同学倡议，同学会筹备小组成立并开展工作。班主任老师给聚会早早送来了“回忆与祝福”；周小平、王德河、王维兵、王斌、刘晓松、龚赢等同学热心为聚会工作奔波忙碌，美丽的龚赢同学不仅颜值依旧逼人，对聚会的服装设计可谓几易其稿，殚精竭虑，别具慧心；王伟林同学倾心题写“芳华三十年，青春再出发”；吴晓宁同学《遗忘海上的灯塔》，将同学间的那份温暖保存至今，让我们在毕业后还在不停地重聚！

相识是缘，相逢是情。记忆虽然青涩，却十分美好。三十年相聚，只是又一次开始。岁月能带走我们的容颜，但割舍不了我们凝聚在一起的心。

三十年，老去的永远只是年龄，不老的是精神、气质和风韵。别为老年愁，年轻就在我们心里头。三十而立，无问西东，你若安好，便是晴天，期待再相会！

2018年9月10日，该文为朱亚辉、何金华合作

金利，网名龙城使君，江苏武进人，曾就读于苏州大学中文系八四级（2）班。现在上海梅山钢铁股份有限公司工作。

愿时光不老，你我都好

大学毕业三十年了。

印象中我参加过两次聚会，离上次聚会已经有十年了。为了这两天的聚会，我等了十年。

首先感谢这次聚会的筹备组成员，精心策划了这次活动，让我们在毕业三十年后，能再一次见到我们的恩师，见到一起度过四年青涩年华的老同学，还有熟悉而又略显陌生的美丽校园。

三十年前，我们在苏州大学，那时我们有梦，关于文学，关于爱情，关于诗与远方的田野。如今，我们都已年过半百，常常深夜饮酒，杯子碰到一起，都是梦碎的声音。三十年前我们选择了远方，只顾风雨兼程，哪里会想到人生的路，还会那么泥泞？

三十年是一种生活。这次看到来参加聚会的恩师，除了两位班主任老师年长我们几岁，其他恩师也都老了。看到多年不见的同学，甚至三十年不见的同学，容颜也有了些许苍老的痕迹。但是，三十年的风霜雨雪，虽然洗尽了我们青春的年华和天真烂漫，但洗不去我们心中那份深深的师生情、同学情。无论过去多少岁月，同学的情总是最真，同学的意总是最浓，同学的爱总是最无私；无论人生沉浮与贫贱富贵，我们的师生同学情谊，永远像一杯醇厚的陈酿，越品味越浓，越品味越香，越品味越醇。

因为在最美的年龄我们相遇，所以一生都把那阶段的影子像酒一样地珍藏在心里。现在，已是十月金秋，是苏大最美的季节。我们在最美的季节再次相聚在苏大，心中自然是美如秋阳，温暖似火。不管是夕阳下的丹桂，还是一树的金黄，生命之树都是在匆忙中呈现着别样的美丽。人生也是一样，花开花落间，总有善意和爱的花朵，一直开在心间。岁月漫长，秋水长天，总有一缕阳光，会在枫红菊黄时，温润着我们的心房。

想起丰子恺的话："不乱于心，不困于情；不畏将来，不念过往，如此，安好。"

最后，祝愿我们伟大的祖国繁荣昌盛！祝愿我们的恩师身体安康万寿无疆！也恭祝同学们永葆青春，女同学们永远清纯靓丽，男同学们永远睿智自信！

愿时光不老，你我都好！

毕业二十年，胡健、王清玲、周雯、周明华、王祖炎、曹桂玲合影

一起做人生的减法

盛建国

将聚会时的发言整理成文字，留给毕业三十年的纪念册，这是个好主意。可是我发觉自己越来越不会写文章了，这都是长期写公文留下的后遗症，也是大学期间不好好上课的后果。看到文采飞扬的同学们，自觉很羞惭。但我想同学们是不会计较的。将酒会上的话整理出来献给同学们，这也是我一直在思考的。

一是苏大之于我们，意味着什么。我一直没有找到简洁而合适的词语，直到范培松老师说“母校，母校，苏大就是你们的母亲”，我才醍醐灌顶，这个比喻实在是太贴切了。是母校用四年的时间，把我从一个懵懂莽撞的少年，哺育成一个初识时事的青年。我记忆中的苏大，美丽的校园、精彩的课堂、融洽的师生关系、亲密的同学情谊，给予了我们包容和温暖。是的，包容和温暖，这是苏大给我最深刻的记忆。我们没有少干鲁莽的事情，但学校从来都像母亲一样尽力保护我们。1986年临近期末，由于众所周知的原因，我们情绪不稳，与学校的关系处理不好，缪学为老师在史先朝执意退学后，千里相送，陪他返乡的故事，深深打动着我和每一个在座的同学。史先朝也和我说，他一生都忘不了缪老师的这份关爱和情谊。我想，也正是这种母亲般的温暖，使得我们对苏大充满了依恋。聚会当天晚上，我们几个同学陪缪老师掼蛋到凌晨三点，看到缪老师精神抖擞、意犹未尽的样子，相约改日再战，我们感到非常开心。老缪不老，这是我们每一个学生的心声。

二是八十年代之于我们，意味着什么。作为一个从农村出来的孩子，第一个深刻印象，便是从1982年的秋熟开始，我终于可以天天吃上白米饭了。再过几年，我家终于盖起了小楼。我也终于不负父母期待，考上了大学。到校报到的前夜，村子里专门为我放了一场电影。那晚我不好意思参加，到池塘钓了三只甲鱼，算是对父母的犒劳。八十年代被称为黄金十年。那个年代我们自觉“天将降大任于斯人也”，关注社会，关注国家，充满理想主义色彩。那时的我们精力旺盛，需要在球场上消耗掉多余的体力。那时的我们，荷尔蒙满满，许多男同学勇敢地向女同学进攻，收获了爱情的浆果。正如崔继业在纪念册上的感言：因为苏大，人生有她，足矣。我想，这个“她”不仅仅指他的王小妹，还有我们共同的青春记忆。当然那时的我们也有那个年龄段的彷徨、迷茫和苦闷。青春的印记是永远磨灭不了的，哪怕是苦涩的，经历了岁月的陈酿，也变成甜蜜的记忆。

师生丹阳小聚

三是天命之年之于我们，意味着什么。十年，再十年，又是十年，我们都感叹韶华已逝，青春不再，感叹时光如梭，岁月无情，倏忽之间我们已经从中年迈入老年。我对我孩子说，爸爸老了。我孩子回我，特朗普七十多岁还竞选总统，你老什么呢？我无言以对，这话有道理。人有几个年龄，自然年龄、生理年龄和心理年龄。自然年龄抗拒不了，但身体可以保养，心理可以调适。这次聚会同学们强烈建议今后五年一聚，三十年后再搞个毕业六十周年大聚会，这是完全可以期待的。而今目下，要善待自己，定期的体检、健康的生活方式是必须的。人生从现在开始做减法，减去所有功名利禄的羁绊和人生的烦恼。人生的下半场，我们要活得更精彩。缪老师说了，到二十一世纪中叶，中华人民共和国成立一百周年，我们中华民族就实现伟大复兴了，我们自然要做一个幸福的见证者！

每一次的聚会我都感动于组委会的认真组织，让我感觉很温暖。唯一的遗憾就是我没有带上相机，把大家精彩的发言记录下来。好在组委会弥补了这个缺憾，召集大家把讲话稿整理出来让大家共享。我急切地期盼着同学们的文章。

感谢苏大，感谢老师，感谢八十年代，感谢同学们。三十后的聚会，我们一个都不能少！

最是姑苏好风景，桂香时节又逢君

周玉林

老校区的百年桂花开了，只是极少的几处、极个别的几树，像初醒婴儿睁开了惺忪眼，又像江南女子微启樱桃唇，虽不起眼，但凉爽秋风里，那股独特的幽香倏地进了你的鼻翼。“啊，桂花！桂花开了！”徜徉在树下的人们丢下谈兴正浓的话题，不约而同地被桂花吸引了。

这是苏州市十梓街1号，古朴的篱笆形大门进门处。一群刚过天命的人，成熟而未衰，就像眼下的季节。岁月正好，季节正好。

我们又聚会了。毕业三十周年。逢十，大聚，极隆重，极震撼。“芳华三十年，青春再出发”，是我们这次聚会的主题，由书法家王伟林同学挥毫泼墨并制成了横幅；一件校服，从款式到颜色，龚赢同学几易其稿，竭尽心力；两位班主任——缪老师和罗老师，早早地写好了寄语。组委会由朱亚辉、顾强、王斌、刘晓松、何金华、王德河等同学组成，从活动策划、同学联络，到收集信息、报名接待，整个过程就像一台戏，有开幕有前奏，有高潮有尾声，足见组委会同学们的才华和用心。

苏州大学是我一生的骄傲。因为这段美好的岁月，因为在这段美好岁月里的所有遇见。我的苏大校园，我的老师同学，还有我的爱情。

我是一个懵懂人，许多事情都是后知后觉甚至稀里糊涂。比如填报志愿，因了一篇小说《清水湾，淡水湾》，一座城市的图像便烙在了脑子里。白墙黛瓦石板街，菱藕石榴桂花糖，更有吴侬软语小阿妹。因了这幅图，我报了苏州大学。那年我虚岁十八，独自一人，第一次乘火车，绿色车皮的那种，从镇江到苏州用了三个多小时。校门口有问询处、各系接待处。见到的第一个同学是江同学。江同学先一天报到，笑嘻嘻、胖乎乎，帮我拿了行李带我到八号楼。路上知道了高邮这个地名，后来多次吃到秦邮董糖，这是后话。宿舍里四张上下床住了七个人，同室老大是张志龙，吴江人；周涌泉也是吴江人；阿利龙城使君，武进人；徐连根，江都人；董立国，徐州人；郑生明，盐城人。此后从一楼搬到二楼再搬到三楼，我们七个人在一个宿舍朝夕相处了四年。

第一个国庆节，校礼堂里有演出晚会。校礼堂就在大门北侧，是一座民国风格建筑。晚会的节目只记住了一个：女生独唱《十五的月亮》，台上女生第一句还没唱完就赢得满堂彩——是喝倒彩。莫名其妙地问身边同学笑啥，同学说台上女生把“shí wǔ”唱成了“sá wǔ”。脸上有点发烫，好像出洋相的就是自己。因为我一直也是把“shí”读成“sá”的。好在第一学期就有汉语课，教汉语发音的是播音员出身的、美丽的徐菊秀老师。那段时间课上课下在同学们善意的嘲笑中我纠正了许多字的发音。

那晚没看完演出就出来了，一起出来的还有张蓉华同学。出了礼堂，突然一阵浓郁的甜香熏得我晕晕乎乎。孤陋寡闻的我在这之前竟然不知道桂花更没接触过桂花！张蓉华说这是桂花。后来我家中院子里栽了好多桂花。后来专程到许多地方看桂花，甚至到焦山桂花树下扎营聆听桂花掉落在帐篷上的声音。每逢金桂飘香的时节，都不由得想起那个晚上，苏大礼堂外，跟一个美丽的女生一起赏桂花的情景。

跟中学相比，大学一下子多出了好多可自由支配的时间。同学们一起逛街，看电影，练拳……

李路、卞永清等在篮球场上活跃着。我协调性差，也不喜欢打球，就学打拳练武功。一次去体育器材室借哑铃，去迟了，哑铃被借光了，只见在一个角落里有一副锈迹斑斑的大号哑铃，因为太大，没人要，就借了那副大哑铃。又先后拜了几个师傅。这次聚会，一班的崔大炮见了我只握手不说话。我问认得我是谁吧？崔大炮说怎么不认得？二班的两个壮汉之一。另一个壮汉便是章宏，泰州人。我这么多年一直保持着健身的习惯。这次见到章宏，握手时暗暗地使了点劲，感觉章宏同学退步了许多。壮汉——这是我给多数同学留下的印象。

颜兵，泗洪人。堪称我的“死党”。“颜兵”“周玉林”两个名字就像王朝马汉一样。我们一起吃饭，一起逛街，一起追女孩，一起失恋，一起收获爱情。曾经一起追过三次女孩。我的老婆就是第三次进攻的成果。这么多年，跟颜兵联系并不多，也好像用不着多联系，无论是在别人眼里还是我们自己心里，我们就是最好的朋友。我喜欢这种感觉。无论隔了多远，隔了多久，也无论见面，还是不见面，真正的朋友永远是朋友。真心佩服颜兵这家伙，永远精力充沛、激情四射。这次我俩交流的话题是养生和健身。

我们八四级（2）班同学比其他两个班多聚了一次。那是入学十周年毕业六周年。后来的三次年级大聚会，我们二班同学都是响应最积极、到的人数最多的。细想想，这跟我们二班当年的班干部有关。

亚辉是我们的老班长。其实亚辉也是属羊的，在同学中是岁数最小的，但亚辉给人的感觉就像一个成熟的兄长。记得第一次聚会，从太湖回到观前街，午饭时候，观前街上人流如织，几十个同学被人流隔成了几段。每逢路口或者拐角处，身材高大的亚辉就站住，挥着手招呼着同学们。三次“逢十”大聚会，亚辉都是年级总指挥、总策划、主持人。幽默、风趣、得体，这是同学们对亚辉主持的共同评价。

还有江同学。江同学是我们二班中留校工作的代表，这让二班同学特别自豪。所以二班同学在毕业六周年时就迫不及待地先聚了一次。每次聚会，江同学都像个低调的主人，热情诚挚而没有丝毫张扬。就说这次，昨天午餐后，按照议程聚会结束了，但江同学还是陪好几个同学逛了平江路。这个尾声感染了已经踏上回程的同学，看着他们晒的图，有的同学说后悔买早了回程票。

每次聚会大家都说不尽地感恩、感激、感动，对母校、对恩师、对同学，还有对时代。一次比一次真挚，一次比一次深沉。这次似乎还多了点感伤。感伤岁月流逝、青春不再。

昨天我起了个早。在大家起床的时候，我已经沿着金鸡湖走了一万多步。青春再出发，说走就走，起点就在脚下。希望下一次相逢时，桂香依旧浓郁，同学依旧不老。

我们的三十年，从婴儿蓝到皇家蓝
——校服诞生记

龚　赢

中文系三十年聚会上的统一纪念服成了一大亮点，不仅老师同学们好评如潮，朋友圈晒出合影后也是引得大家艳羡不已，更有素不相识的北京出差客一见钟情大加赞赏，说我们定制的服装漂亮、大气、青春，坚决要求模仿定制，着实让我这个负责人感到骄傲和自豪。看到群里各位同学的美文才气横溢，记忆惊人，我一度怀疑我是读了假中文系，亚辉同学向我约稿，让我写写我们的校服，我松了口气，因为这个话题我还是在行的。

我毕业后进了外贸公司，三十年来一直工作在外贸服装生产第一线，所以为同学聚会定制校服我算是内行，当仁不让。其实一两年前就开始有想法，在我们三班群里讨论过，考虑到大家体形都不再青春，我想过汉服长衫，契合我们中文系的气质，或者干脆简单的圆领文化衫，都不挑体形。直到我正好接到出口加拿大的新款校服订单，这款校服青春又大方。这个客户的订单我们已经做了三年了，每年的款式在细节上都会略有变化，往年都是中规中矩的Polo衫：面料上为CVC（注：CVC俗称“倒比例”，指棉涤混纺面料，且棉的成分超过了涤纶，因此手感更加柔软，质地更加厚实）珠地网眼针织大身加上配色的针织1×1罗文领和袖口。最新款改为了配色的全棉梭织衬衣领和门襟，梭织领立刻提升了整件服装的气质。

亚辉提出我们的服装不能是一次性的，必须正式场合和休闲的时候都能穿着，因此筹备组商量后决定选用这个款式，但是要在两种领子里面选择一种。我们的校服订单共有四个颜色，分别是宝蓝、浅蓝、白色和大红，由于是常年订单，我们的面料一直有少量备货，所以为我们定制一百多件衣服，这些面料是足够了。筹备组一致选定了男款用宝蓝，女款用浅蓝。宝蓝有个洋气的英文名字叫作“Royal blue”，意为皇家蓝，浅蓝的英文名字更可爱叫作“Baby blue”，意为婴儿蓝，宝蓝和浅蓝属于一个色系，用我们的行话叫作一个Family（家族）的，两色放在一起非常和谐，相得益彰。

校服的Logo（徽标）我们一致选择了苏大的校训，亚辉提议袖口再加上“ZW84”

身着校服的三位主编

身着校服的女同学

字样代表中文系八四级。我直接选用了绣花而不是印字，因为绣花会使花纹更加立体，色彩更加鲜艳。选定了款式、颜色、花纹后随即开始打样，考虑到配色梭织领子不够出挑，我改用了白色领子并且把下摆侧身开叉取消了，这样也免了抄袭之嫌。

样衣出来后，筹备组果然一致选择了白色衬衣领，接下来就是在同学群里统计尺寸和数量，然后交付生产。由于数量少、尺寸多，不适合流水线生产，因此在裁剪、绣花完成后，一度在工厂搁浅了一个多月。我们的服装厂常年订单充足，非常繁忙，为了保证在聚会前交货，工厂决定由技术科手工最好的两位师傅负责缝制。为此我也推迟了我其他订单的样衣交期。两位师傅整整做了十天，然后做后道钉扣，检验，整烫，包装，我不得不说这一百多件衣服做工精良，尺寸精准，是我们工厂的最高质量水平。

梭织领和门襟是非常难做的，需要铺衬、小烫，上领也需要手工非常好的才能做好，加上梭织和针织面料拼在一起，做工难度很大，因此比起圆领文化衫、不收腰身的长衫，我们的这款穿着后确实更加得体合身。

总之，我们的纪念服是占尽了天时地利人和才诞生的，不可多得，不可复制，也不会被超越。同学们请珍藏，下次聚会时我们再一起穿上来回忆这美好的、最有情怀的一次聚会。

2018年10月20日

郁慧荣，曾就读于苏州大学中文系八四级（3）班，毕业后先后在南京鼓楼区宣传部、《金陵晚报》《南京日报》工作，现客居美国陪读，顺带自我深造。

跨越太平洋的爱
——全班37人，一个都不能少

2018年10月，在龚赢、晓松及各位筹备组大佬的促进下，怀旧的日子持续高温，一月有余。作为北美观察员，感动之余，忍不住提笔话说当年！

毕业三十年聚会，我没有到场。看到同学们的身影，我仿佛回到了三十四年前我们的初次见面会。

留在脑海里三十多年的画面，是盛嘉华穿了一身白西装，扯着嗓子唱歌，唱不上去的时候就撕扯西装，把好好的西装扯得像飞鸟一样。因为盛嫂的关系，嘉华和我走得很近，我们每一个重要的日程，都印着双方殷切的关怀。在此，含着眼泪问候天堂里的盛嫂：感恩你的点滴关爱，永生难忘！当年晚会同时耀眼的还有美女邹国珍，她有好听的金嗓子，唱高音毫不费劲。四年时间，我们两个几乎时时刻刻黏在一起，相亲相杀。国珍生性孤傲，个性倔强，大学四年没给谁好脸色看，没曾想这么一个冷淡系姑娘走上社会后，被国家机关改造得像天使一般好，她现在是淡泊名利，无欲无

美国合影，左二起：邹国珍、郇慧荣、陈丽萍

求，一心做个善良的人，你看她现在也能做妇联主任，把政府的关怀送给每一个需要帮助的群众。谁能想得到呢？

我们宿舍七个姑娘，俗称“七仙女”。小女子不才，痴长两岁，名列老大，绰号“鸭子”，因来自南京，取意于南京板鸭。老二张海玲，绰号“猴子”，连云港花果山人士。有一年我开车去连云港看她，中午吃饭，她一个劲埋怨：“你一个人开车来的啊，多危险啊，yìng（海玲用家乡话加强“责备”我的语气）！”老三邹国珍，被大家戏称为“马儿”，谁让她见谁都黑着脸呢？老四曹雯，又叫“蚊子”，兼顾“雯”字谐音和说话轻且快，像蚊子一般嗡嗡直叫！有一年她患急性肠炎，深夜里肚子疼，让我和丁纪闽去找她当年男友——现任老公蒋海明来送她上医院。我说我们送不就行了？不行！非撒娇要老蒋送。我和老丁在一个炎热夏天的凌晨时分，摸黑穿过凌乱不堪的体育系男生宿舍，准确无误地从床上抓起老蒋，现在想想都佩服自己！老五龚赢，公认的美人儿，排球女将，体健貌美，至于为什么叫“狗儿”已无从考证，不过现在她家养了三只狗，可见冥冥之中，万事早有安排！老六丁纪闽，这是个不同凡响的主儿，她当年以可上北大、复旦的分数考取本校，学问“杠杠的”，因为懂得太多，所以叫“古董”。老七陈丽萍外号“狐狸”，“狐狸”这个绰号是不是钱铮叫出来的？记忆早已经模糊了……

“狐狸”是第一个到美国来看我的。我俩开着车，经过金门大桥，微风吹拂着我们的脸，天蓝水碧，波光随心中一起荡漾，那感觉无法言表，想哭又想笑。作为有文化的同学，我们当然去膜拜了斯坦福大学。我跟“狐狸”说我今生最大的梦想就是当一回斯坦福大学的学生。“狐狸”一贯宽厚，笑着说：“嗯，可以，好的，梦想万一实现了呢？”“狐狸”就是这样好，大半同学都收获了她的雨露。只要同学去靖江，她管吃管住管洗澡！

记忆朦胧中，我们的“姊妹”宿舍，男生张敬安的宿舍，似乎跟我们的绰号都有点联系。在那个男女授受不亲的年代，张敬安、薛文潮、陈勇、钱铮、程康、孙晓宝整“建制”地跟我们宿舍联谊。那年种下的友谊，往后年年开花。张敬安大约是我班目前的“首长”。原来当年在学校不好好上课的人，都在悄悄地偷师学艺，后劲十足，费了罗老师好多无用功；也幸亏罗老师不仅有师长胸怀，更有识人眼力，否则一颗闪亮的星星在苏大就落下了！张敬安在见习的时候跟我和丁迎春分在一个小组，远离无锡市中心，在偏僻的乡镇，没吃没喝，最好吃的就是虾仁涨蛋。但我们三人还不能同时吃，因为数量有限，结果每次都是张敬安吃得最多。丁迎春像妈一样给他洗袜子洗衣服，我想敬安今生都不会忘记！陈勇小名“毛毛”，男女同学都这样叫他，一则说明他是男女通吃可爱型，二则说明他是一位暖男。我从来没见过他发脾气，他永远那么温和、低调，总是走在人后，他长着一张“长生不老”的脸，“毛毛”没有叫错！钱铮的绰号是“毛豆”，真正见识他的才华是在他和“小排”“马儿”一起见习的时候，他看见“小排”吃红薯立马赋诗一首，而且是古诗！“小排”是顾丽华，长得很苏州，三十年岁月在她身上不起作用，她还是一位娇小可人的文艺女青年！程康又名“小白”，因为皮白。“小白”是我老乡，他和国珍的性格是反着的——在上学时他是笑眯眯的弥勒佛，现在则牙尖嘴利，国珍已经说不过他。他也是被改造了话语体系的，开口已同锋利的刀片一样！我还有一个南京老乡叫宗宗，因为年纪在班级最小，让女生母爱泛滥，收编为本宿舍小八，排名七仙女之后，后被“古董”钟爱，一直被捧在手心，可惜这孩子不注重保养，现在看起来像“古董”爹一样。话说“古董”这胶原蛋白为什么一直不流失呢？

大学“配对”最成功的是“姥姥”晓松和“胖子”顾强，他们让我们相信历经磨难后依然会有爱情。晓松和顾强是在晓松患病期间公布恋情的，一直爱到三十年聚会还没散伙。据说“胖子”是“利用职权”在见习的时候，把晓松和他自己分在一个组的。“胖子”现在不胖了，且谦和礼让，这多半也是“姥姥”的功劳。晓松为什么叫“姥姥”呢？因为她是南京人，n和l不分，且姓刘。现在的顾强是真正意义上的班长，德高望重，配得上！王辉在班上最“焖鸡”，工作后跟我关系贼好，还送了漂亮女儿给我做干女儿，感恩且幸福，同学一家亲，没有说错。还有姜师立，原来追女生的时候那个玉树临风，现在已经变成了一个大胖子。老四叶学先一直保持着忠厚老实的品格，那张脸就是一个“好人状”！对了，忘记一个杰出人才——赵德生！老赵在毕业的时候就清楚地知道自己这辈子要过得轰轰烈烈，他也是严格遵循这个人生准则，过得一点都不委屈自己，好山好水游，好酒好菜吃，好茶好女陪。啧啧，快哉！

我们班是才子班，诗人才子有一大把。王建很早就出书了，当然结婚也早。有一年我去徐州找他，他叫来美女帅哥一批人来陪酒，还有张清也来了，我感到很有面子，刺头才子赏脸接待，当然也看出王建情商挺高，别看他平时不怎么说话，跟张清也是惺惺相惜。张秋和邵小华都爱写诗，估计情怀一直都在。张秋腿长手长，叫“丝瓜”，因为四年信使的职务之便，深入各个男女宿舍为大家传家信、递情书，深受广大男女同学的真情爱戴。邵小华是东台人，跟罗老师是老乡，所以老罗忒偏心他，小华本身又是才华横溢，难免恃宠而骄。他毕业后颇能折腾，七混八混，跑到省城进了我的上级领导单位，我们做同样的工作，策划同样的点子，互相“抄袭”，“沆瀣一气”，真不愧同一个老师教出来的好学生。哈哈，不堪回首的职业生涯，不说也罢。薛文潮之名据说取自“文思如潮涌”，读书时恃才傲物，后来不傲了，跟我们大家来往交接后，才发现，薛大才子也是性情中人，绝对是我们的铁杆哥们儿！

还有一帮丢在水里不起微波的人，别小看他们，他们个个都是潜水蛟龙，入海后不得不让你瞠目。你看叶留芳，一开始我以为是个女的，结果一彪形大汉，在毕业后仅见过一次，已经当爷爷了，凶不凶？在你们还风花雪月的时候，人家已经含饴弄孙了。徐瑞明，上大学时几乎不认识他，我四处“云游”找到他后，才看清他长啥样！现在他老人家可不得了，整了一屋子的红木家具，号称爱好，这个爱好可是要有水平的。于明星，这个明星在革命工作中才显现出来——如今可是真的明星，谋人谋事均在行，是个明星部长。徐效文，我真的跟他没说过几句话，按理说我是团支部书记，应该很巴结跟他说话的，怎么就没印象，难道他不是团员？毕业后，他老兄居然放弃铁饭碗去宁波某报社，现在也是风生水起的，让人心中一震：人不可貌相！沈晓宇，相貌堂堂的无锡人，只因人家低调，不喜喧嚣，所以大部分场合看不到他人影，其实沈晓宇还算随和，对人也宽容！还有郭兆瑞，在徐州开发区工作，电话里挺热情的，就是闻声不见人。再谈两位“领导”：“浩子”张家浩，他当年贵为班副，管账，手很紧。记得有一次我们结伴去二十四桥看明月夜，我坐着班副的“小轿车”——自行车后座，快意人生啊，这辈子就坐过这么一次！还有一位同学叫孙东辉，他是第一任班长，啥时候给换了，为什么会换？也早已忘记了，但是他是帅哥没忘记，如今虽然肚子大点，头发少些，基本款型还在，令人欣慰。还有一位特殊老大哥鲁潜，他半路出家跟咱当同学，也许年龄略长的缘故，在我们面前一本正经，说话跟身板一样敦。

说到敦实，谁也比不过我们罗老师。当年小罗刚毕业，刚走上工作岗位就遇上咱们这个才子佳人班，由于每个学生都是他亲手从档案堆里挑来的，于是乎含泪也要带我们一起走。记得刚到学校报到不出三天，小罗老师在我们宿舍高低床下，仰着头恳求龚嬴出任班级班长。龚嬴躺在上铺，死呛呛地百般推辞。小罗老师极力劝降，估计跟师母谈恋爱的时候都没有这般低眉顺眼过，可想而知我们的师母那真是贤妻良母啊！罗老师的女儿叫罗璇，长得圆溜溜的。罗老师还给我介绍他的育女经验：走路倒着走，记忆从后往前记。结果这罗璇被他教育得特别优秀，现在开枝散叶，家庭事业都令人羡慕。罗老师自己也从未停止奋斗，著作等身，成为我们的榜样和骄傲！

我们班是个性十足的班，一个班三十七个人，这么个性鲜明的同学现在真的不好找了！你看，孙晓宝你们就是找不着，杜频也是惊鸿一现，小华难见一面，张清连微信都没有！

我絮絮叨叨像个老奶奶在说当年，远隔重洋，咫尺天涯，再多话语也无法表达我对你们的爱。感谢在最美的青春遇见你们，感恩苏大让我们回味一生！

潘杏芬，笔名陶然，江苏宜兴人，曾就读于苏州大学中文系八四级（2）班。现在常州西藏民族中学任教。

三十而立，写给你陶然

戊戌年仲秋时节，天高云淡，微风送爽，适逢祖国六十九周年华诞，苏州大学中文系八四级同学从天南地北齐聚姑苏，共赴卅周年聚会。我们在校园里寻寻觅觅，寻找当年我们生活学习的点点滴滴。走一走当年我们穿梭而过的林间小路，轻嗅文科楼前弥散着的桂花香气，贪婪地拍摄下那些熟悉而又陌生的亭台楼阁、花草树木。照例发些图片和感慨到朋友圈，眼尖的侄子居然看到了陶然亭，调侃起了我。我这才发现，原来校门口进来这座亭子居然有了名字，还和我的笔名“陶然”有缘。我记得当年这座亭子是没有名字的。问问其他同学，他们好像也不记得它有名字。不知它命名于何时，也不知它取意为何，但我拥有这一名字已经三十年啦！

记得当年我们刚进学校没多久，大家就纷纷开始给自己起笔名或号了。有“黎华居士”“梁溪钓徒”“曹扬子”“樗乡眠客”“傲骨渔人”……我也不例外，被这一浪潮席卷，给自己起“陶然”这个笔名。“陶然”者，像陶器一样也！我来自宜兴。宜兴素有“陶都”之称，而“陶”是泥土经过捶打捏泥成形，再经高温烧制成器，成为一件能为人们所用的生活用品。我想，人生不也是这样吗？自己一个农村小姑娘，如果不是遇上改革开放的好年代，也许永远是一个江南村姑。是机遇让我有幸进了苏大，希望自己能在苏大这一熔炉里历练成为有用之才。而“然”作为词尾“……的样子”和“陶”合起来是“像泥坯成陶那样成为对社会有用之人”。这是当时我凭借从中学课本学到的、仅有的一点古文知识对它做出的最好诠释。今天看来牵强附会，可是当年孤陋寡闻、年少无知。好在这个名字只出现在我的私人物品上，内涵更是内心深处的体会，人畜无害，更不会误人子弟。后来有了互联网，有QQ、有微信，我一直用这个名字。一方面用自己熟悉的名字简单省事，另一方面其实是我内心深处对自己当初解释的一种坚守。我始终觉得自己就是一方泥坯，是苏大把我炼制成器。至今记得范培松老师讲课时那炯炯目光，如射线一般，直透心底；宣树铮老师的“偶然性”和“必然性”让我对人生有了一份豁达；徐永端老师课上激情飞扬，情到浓时便吟唱；王锺陵老师在魏晋文学课上恣意汪洋的解读，常使我疑心他被“竹林七贤”附体……我们还受老师们的“蛊惑”，只要他们在课上提及某本书，我们都会千方百计地去找来阅读或者买回来珍藏。《哲学的批判》《符号·心理·文学》《美的历程》……我记得《美的历程》特难买，苏州售罄，还是托人从上海买回来的。这些书看懂或看不懂，看完或看不完，都已经不再重要，重要的是我们曾经跟随着先生们的步伐，徜徉在知识的海洋里，寻找着真善美这颗珍珠。甚至在苏大微不足道的一件小事，对我都影响深远。

在一个天气略闷的傍晚，我和外语系的一位老乡去红楼附近拜访她的外籍教师。一进门，老师家两个四五岁的孩子居然坐在地上爬来爬去，小的那个还光着身子，有时还钻到床底下，探出头来朝我们微笑。而外籍老师并没有因为有客人来访去呵斥她们。这给了当时的我极大的震撼！因为我们成长的过程中这个不准那个不行之类的禁锢太多了！以至于我们总是缩手缩脚，缺乏自信。后来我做老师、做母亲时常想起当时的情景，想起它我就会对孩子们多一分宽容！

苏大就这样一点一滴地熔炼进了我的生命里！

现在，三十年中学语文教下来，我当然知道“陶然”“陶陶然”。但我仍然希望，我是荆溪田头那一丸泥，用岁月为她包浆！

诸婉玉，曾就读于苏州大学中文系八四级（2）班，现为霞客故里一教书匠。

聚散总有情

三十年聚会，我们提前半天去了苏大，经过文科楼小树林时，我对何金华说："快把我们放下，我们要去看看文科楼。"

于是，三十年聚会踏上苏大的第一步是走向文科楼的小树林。那时，不管晨昏，不管阴晴，就那么走过了四年的光阴。也许我现在的某一步恰好吻合了三十年前的我的某一步——或许是你的。

走近文科楼，想着以前的教室，木地板。但大门紧闭，我用力推推，门锁着，难道我再也进不去了吗？幸亏下午门开了，一楼走到二楼，已不见了原先模样，314不见也罢。文科楼前桂花一如那时开着、香着，我绕着树看看、摸摸、嗅嗅。记得有一次上大课，感到无聊，就想趁课间逃走，但带着书包饭盆，和单青一合计，饭盆给舍友，窗口看看没人，书包就往楼下一扔，顺利逃课。想来我的书包也沾到了苏大的泥土、桂花的香甜。其实逃课也就逃到图书馆看书。图书馆真是个好地方，直到现在我都想当一个图书管理员，爱看哪本就看哪本，爱看多久就看多久。那时我最喜欢躺在床上看书，看的书也很杂。所以我的选修课也好玩：隋唐佛教、民俗学、国画……

左顾右盼，文科楼旁该是当年的新教学楼，只不过前面多了个小土丘。走过去，教学楼的大门敞开着，学生进进出出。走向大教室，有俩自修的学生。我、吴健、陆亦斌，想也不想直冲进去：我的教室——我来了！可不是吗？当年我们总是一起进去，一排坐着。看阳光穿过窗户洒在课桌上，仿佛看到当年的我们沐师恩、享友情、汲知识。窗外的世界很精彩，窗内的时光很短暂。掉头一去是风吹黑发，今早再来是芦花满头。难道是因为2004年一起欢聚沙家浜吗？明明那次你们出发去芦苇荡，我陪着生病的小吴健回家了呀。

出教学楼，走过小河，目标方塔。那些年好像也不怎么留意，灰不溜丢的一点也不起眼，既比不了虎丘塔、双塔，也比不过钟楼、红楼。但这一次，我要好好地看看你，远眺近瞧，前后左右，一张又一张在我的脑海里定格，不管从哪个角度看，你都有味道，只可惜我触摸不到你——方塔。

该去看我们的宿舍了。沿大操场走就是了，三个自信的人朝宿舍方向走去。大操场去哪儿了呢？为啥只有篮球场呢？但这条路就是去我们宿舍的呀！你看这柏树还

身着校服的同学

在，但路的尽头已无路。换一条路，此路还是不通。三个人叽叽喳喳，方向肯定对，只是摸不着宿舍的门啊。真的没想到，有一天会找不到回宿舍的路，那是我们四年的家啊！陆亦斌说谢晓燕来过，她也到学校了，让她来领路吧。一通电话呼来谢晓燕，终于找到了女生宿舍。

登记进门，宿管阿姨很友善。谢晓燕说："你看，那就是九号楼，左边是财经系的教学楼，右边是外语系的。"陆亦斌也记得清清楚楚，而我已晕头晕脑了。我盯着九号楼的"9"字看了半天，四个人站在门口抬头找宿舍的窗口。记得当年忘了东西，五楼太高，楼下一声喊，窗户那儿就会探出一只脑袋，笑意盈盈地看着你……可如今我们都已成过客。

"上楼，上楼，五楼一定要去！"我说。

"你要上五楼，我一定陪着。"陆亦斌说。

于是四人爬呀爬呀地上了五楼。我的"515"，我来了。虽然重新装修过，但还是很亲切。一个人在"515"门口站了好久好久，终究没有敲门进去。再去大三、大四住的"526"，却已变成了晾晒间。"526"在走廊尽头，打开窗户，看到了双塔。双塔屹立，姐妹情深。

小不点儿钱涛，和我可以说是形影不离，就像吴健和王士妹一样。第一次远行是和你连夜坐轮船去杭州，居然没有一丝胆怯，还闯到驾驶室去玩；第一次渡过长江是去你家；第一次去扬州是到你姐姐那儿；第一次喝葡萄酒是和你在第三食堂……工作后，去过你的学校、你的小家。小不点儿，你还记得霞客故居偷摘仙人果，稻田旁的悠闲吗？后来，我老爸出差到姜堰，你父母还热情招待。你二姐到江阴还来看我。

单青，我最北方的同学，来自新疆那个遥远神秘的地方，你让我感受到了北方的豪情仗义、直率柔情。说起新疆的葡萄干、哈密瓜、手抓饭、面片子，你一脸的陶醉。然后说暑假回去给我们带来，我们则期待着。那时从新疆坐绿皮火车到苏州要四五天时间，那个暑假开学你坐火车到无锡中转，还要待个几天才能回苏州。我说没事我来接你，你说还有很多东西，我说有我老爸。一麻袋哈密瓜，一麻袋西瓜，一布袋葡萄干，一布袋核桃，一布袋杏干，看得我老爸也呆住了。我老妈到现在还会说起你，说你真大方，说那哈密瓜真甜，西瓜像冬瓜一样。2004年去新疆玩，我很自豪地和同事说新疆有我的同学，看到

从女生宿舍楼眺望双塔

采油磕头机，会说同学就在石油学校。今年来南京，你像大姐姐一样陪着我，看明长城、明孝陵，其实你才是妹妹啊！还吃到你姐姐做的正宗的手抓饭……

范彩兰，你还记得煎饼吗？有一年爬泰山，饿了，我说，吃煎饼吧，我大学时吃过，很好吃的。那时心里想到的是你。还记得山楂树、葡萄苗吗？山楂开花结果了，葡萄藤到现在还茂盛着。

潘杏芬，你是我的下铺，大学没一床挤过，但在常州你家头挨着头聊天到半夜，这次聚会住一室，又像在宿舍一样。

张蓉华，记得你的“刘张拉苏”，你的黄山行，你的篮球风采。

王洁洋，你是我们的老大，记得你家玄子可爱的模样。

下楼，再看一眼九号楼。

……

四年很短，四年很长。

一次转身，就是三十年

常艳，曾就读于苏州大学中文系。曾任职于中石油新疆独山子石油学校、中石油新疆石油局路桥公司，现于中国石油新疆油田—油建公司企业管理部任职，主要从事体系管理认证、综合经营管理工作。所撰写的论文《改革才是生存之道》，获建设部2003年论文一等奖、中石油2005年论文一等奖、中国建筑协会2005年论文一等奖等。

1988年7月的一个黄昏
一次转身
就是三十年
我像一位远嫁塞外的女儿
无时无刻不在思念母校和你们

三十年很长
是一条绵延不尽的丝线
魂牵梦绕着同窗情缘
心还在昨天
人却鬓角斑白步入中年

青春的记忆
是学校食堂前排队打饭的长龙
是图书馆里你勤奋苦读的身影
是操场上你挥洒汗水的激情
是寒冷冬日里
你为我提来的一壶热水
……

四年同窗
铸就一生相随相念的情谊
你的青春有我的身影
我的过往有你的陪伴

三十年
我们已有了很多角色
回到这里
你还是我
昨日的同窗
……

缘聚苏大抒怀（五首）

吴新泉

得英才而教育之，幸甚至哉！万卷诗书消永昼，三尺讲台送流年，何其快哉！唯吾所爱，承吾热血，有诗为证：丹心有情传道业，粉笔无言写春秋。育李培桃不辞苦，栋梁喜看满神州。

欣闻筹备组成立有感

忆昔姑苏负笈游，
同窗逐梦四度秋。
方塔晨光生壮志，
钟楼月影惹轻愁。
夜谈破舍都破事，
闲话佳书又佳逑。
三十华年弹指过，
世间唯有情长留。

寻旧

天高云淡桂香飘，
方塔钟楼景色娇。
文科楼上寻旧迹，
情人坡前秀新潮。
感恩母校香樟树，
不负萤窗生煎包。
莫愁岁月催白发，
他会可期尽醇醪。

夜话

吴地一别又十年，
建屋把酒话从前。
夜深犹见笑谈影，
明月无声落天边。

注：建屋是聚会把酒言欢之地

相见

相逢不识心自惊，
暗想形容忆姓名。
十年风霜染白发，
岁月不改旧时情。

欢聚

三十芳华似水流，
母校重回岂言愁？
银杏列队献佳果，
金桂飘香迎旧游。
昔日晨读陪古塔，
今朝笑谈聚红楼。
别后相思说不尽，
琥珀美酒醉方休。

颜兵，曾就读于苏州大学中文系八四级（2）班。毕业后分配至镇江九中。1995年东渡日本。现任淘乐集团&新时代空间总裁、北京侨创空间科技有限责任公司执行董事，为北京市政府特聘专家，市工商联执委、石景山区政协委员，南京栖霞区政协常委、浙江文创协会副会长，入选中国社科院信息中心和《互联网周刊》评选的2015年最具社会责任年度经济人物。

期待下一个三十年

芳华三十年——因为有你

如果说本文文字粗糙，主要是因为工作有点忙、有点力不从心；如果说本文能够及时成文，要感谢朱亚辉和金利总编的催稿声声。

1988年，为了那个成为我第一任夫人的师妹，我来到了镇江九中。作为镇江重点中学九中的高三班主任兼团委书记，两年多的教育工作做得还算有声有色：所负责的班级高考成绩在全区名列前茅；作为团委书记，组织并亲自参加包括电视演讲赛、全国高中作文大赛等不少活动，拿了不少奖，应该没给母校和恩师丢脸。

在“哪里来回哪里的”分配政策下，作为泗洪人的我毕业后能被分配到镇江，衷心感谢中文系倪均强书记等系领导和缪学为班主任。1990年，师妹被分回南京，我从镇江调往南京，经历也相当具有戏剧性，其中之难之曲折甚至不亚于王斌同学的“惊心动魄十三天”到无锡的故事。

1990年之后五年，我在江苏省残疾人联合会办公室做秘书，编辑《江苏残疾人》杂志，升了副科……期间和在南京梅山工作的龙城使君金利同学、做老师的章宏同学等苏大兄弟们时有往来，喝酒、叙旧、谈风月！

1995年，在完成了结婚生子等人生基本任务后，为了追寻新的人生目标和社会理想，我追随鲁迅、郁达夫、郭沫若等文学先辈们（我的毕业论文写的是鲁迅），东渡日本开启了长达二十年的东瀛留学与工作经历。

赴日之初，因为咱的学历和有教师资格证等有利条件，顺利应聘日中友好协会语言文化讲师，而且很受日本学生欢迎，几乎成了课课爆满的金牌老师，还获得了该协会的奖学金。因为中文系出身的原因吧，赴日不到两年时间，我就从一个日语零基础者，转变为获得1997年年度J.TESE日语考试全日本前十六名的“学霸”。

对日本的大学来说，我们这些中文专业的学生，要在日本考中文方向的研究生是很难想象的，所以定考研方向时特别难，但最终没有难倒苏大出身的我。咱灵机一动，利用咱师范专业这个支点选择了教育学，1997年顺利考入竞争激烈的日本横滨国立大学教育系，一年后又考入横滨国立大学国际经济法学院。判例法系的日本法的法律语言近古日本文，难学难记，入学后想想我能考上还真不容易，与在苏大练就的语言基本功肯定不无关系。

留学的日子里对苏大、同学和老师的美好回忆几乎成了我在日本的重要慰藉，同时也着实羡慕国内同学的相聚！在无锡工作期间，确实得到了同学王斌和蒋立君等的支持和帮助，得到了王晋建等苏大校友的关怀和支持。

位卑未敢忘忧国，也许是苏大师生骨子里的一种精神和情怀，2015年，我响应国家“大众创业、万众创新”的号召，发挥多年来的做企业的经验，开始了天使投资人和众创空间的运营商的职业生涯。众创空间主要分布在北京、南京和乌镇。作为天使投资人，我已投资企业近五十家。我给自己的工作定位是，在自己熟悉的文化科技领域发现优秀的项目和团队，帮助他们成长，与他们共同发展……

青葱四年——等待细节

如果说本文缺乏细节，那是因为有些想写的细节不愿写，也不合适写。关于友情，四年有很多同学之间、师生之间的友情可以写，但不愿写，怕挂一漏万，怕自作多情，更怕拔出萝卜带出泥，写了别人不愿被带入的情节和事件。而关于大学期间的那些敏感事件，不少情节和细节不适合写，不适合一个人写，所以也就只能浮光掠影啦！

进入苏大，最主要的任务当然是学习。大学是培养素质、铸造灵魂的地方。中国语言和中国古代文学为我提供了很好的养分，对中国语言和中国古代文学的学习培养了我理解和交流的基本能力，为我后来的工作和留学生活打下了基础。但真正触及灵魂的，是研读以鲁迅作品为代表的中国现当代文学，以及欧美文学。我沉浸于《呐喊》《红与黑》《呼啸山庄》《悲惨世界》……更受到那个时代的老师们（从宣树铮到王锺陵到朱栋霖）的忧郁的浪漫主义、英雄主义气息的熏陶。在这些熏陶下，我构筑起了自己的文学观。对比我们之前接触的中国式文学人物，《红与黑》中于连一类的主人公是如此鲜活而真实，充满野性和冲击力。学习中，近代思想和爱情观应该说不知不觉渗透到了我的精神与实践之中，读书和真实恋爱混同存在，相互构筑互为背书。当然这些也深刻影响到了我的世界观和对于国家发展方向的看法。

回忆苏大的生活不能不谈及当年的恋爱生活。除了高中阶段的那位（志龙兄曝过光）自然延续之外（纯精神恋），不得不承认，我在不同阶段在咱三个班里的暗恋对象不少，但本人是“兔子不吃窝边草”派（没有贬低“近水楼台先得月”派的意思），特别是看到本班、本宿舍兄弟们几个盯一个、后宫式的、鸡贼式的明争暗斗后，决定展开对“外”作战，从外语系到体育系，从财经学院再到中文系学妹，当然不少是和玉林老弟联袂行动的。从招式来看，除了“不小心合理碰了脚”等，还有更多的花样，可谓花样年华。

四年青葱岁月中，除了读书、恋爱，就要说到跳舞啦。我几乎踏遍了校内所有舞场，快四、快三中有几种跳法至今仍然自以为是自己的“发明专利”，苏大独有……不过，跳舞归跳舞，恋爱归恋爱，把舞伴变成情人的事，基本没干过。

如果不在读书，那就在舞场；如果这两个地方都不在，那我肯定在球场或运动场。篮球、排球、足球，短跑、长跑、三级跳，各种队和比赛都加入过，就连引体向上和俯卧撑我也常和高手过招。也许由于爱好过于分散的原因，

红楼

我没有特别的强项，只能算运动杂家。但正是这些运动基础和积累，为对付之后的高强度留学生活和繁忙带来的工作压力打下了身体基础。

当年，比读书、恋爱和跳舞更让我投入的，应该是关心时事，主要是受读书以及社会舆论的影响。当时年轻，凭着一腔热血，就希望国家加快改革步伐，尽快赶上欧美，进入现代化国家行列。三十年后的今天回首这些往事，只有感谢老师，感谢同学，感谢苏大。期待自己能尽快闲下来，能有机会和同学、老师们甚至是当时的校领导一起回忆当年的故事。也许，到了那时候，才是“古今多少事，都付笑谈中”。

暗恋的恋人群、图书馆群、学友群、师生小组群、舞友群、运动爱好者群、朋友群、老乡群、哲学社会学兴趣小组群（谁说只有微信群？），四年间一千多个日日夜夜的相见、相处、相爱，有很多很多的群，有很多值得写的朋友和故事，很多没有写，很多不敢写！但是没写不是忘记，不写也是另外一种尊重，让那些故事去发酵吧，留给我们下一次聚会，留给下一个三十年吧！也许还有比写出来更好的表达！

偶然进入彼此生命的我们——四年相聚，一生相伴！

感谢不尽

张志龙

人说学中文的，不会写点什么谁都不信。我是一个心理素质不太稳定的人，熟人之间我叫“不紧张”，公众场合要我说几句我就成了“特紧张”。好在亚辉主持聚会时没点到我。只是龙城使君再三催促我写点什么。我想写的，其实同学们都写到了，欣赏着美文，想我所想。同窗四年，不能浪得“龙兄”虚名，再者，龙城使君和我“同居”四年，又在我上铺，要是不经意地翻个身，也会让我寝食难安。四年的同学情谊，也不怕手生，更不怕见笑，滥竽充数吧，请同学们多多包涵。

也许是暑假刚干完农活，那时的我又黑又瘦。1984年入学报到那天，是班主任缪学为老师接的我，看我一副成熟的样子，缪老师直接到宿舍要我当班干部，我虽心里忐忑，但恭敬不如从命，于是乎开始了四年的大学生活。

其实我们这一届人，藏龙卧虎，个个都是潜力股，让人敬畏，也让我艳羡不已。不少同学，虽然久未谋面，但那青春靓丽、个性鲜明的形象至今依然浮现在我的脑海。

一班的高凤元，高高的个儿，黝黑的脸，每天风雨无阻地上图书馆。听说四年没有向家里要一分钱，四年也没回家过一次春节，就是为了考研，还省吃俭用买了一台录音机。这个毅力啊！老高，不知现在可好？

眼观六路耳听八方的要数朱亚辉。上课时，那么高个儿还坐在前几排，挡住后面学生欣赏美女老师的视线。人不能一心二用，他可好，一心多用。有些老师如王锺陵、杨海明和董志翘要求记笔记，最好是一字不落，同学们只要认真记完笔记，准能考个好成绩。亚辉是个超活跃的人，能一边听课，一边和同学交流，一边还能记笔记，而且一字不落。上课经常讲话、做小动作、跟不上节奏的同学课后向他借笔记，可一看满页狂草，胜似速记，没人看得懂，无从补记，便一脸茫然。

两位冬泳的同学，一位是来自淮安的张敬安，人称“静安大师”，另一位是李涛，苏州小伙。“静安大师”智商极高，悟性极好，突击三个月考上了研究生。我后来联系过李涛一次，只说现在中央党校学习，不方便接电话，让我三个月后再联系。我到了辽宁锦州，听说“静安大师”在长春，想着可以趁此机会见面。屡次拿起手机想拨敬安的号码，每次都因业务繁忙未能成行，欠了“静安”一次谋面，欠了“大师”一次拜访，但多了一些想念和敬畏。每到冬季李涛被西北风一吹，鼻子红得像要渗出血，眼镜掉到鼻尖上，也不往上推一下。不可想象，苏州人胜似北方人，也喜欢冬泳。

最美的风景是三班的五朵金花，她们是刘晓松、龚赢、邹国珍、丁迎春、陈丽萍，每次都是并肩而走。或呼呼带风，活力四射；或款款细步，一个个比江南女子还江南；或穿得五彩缤纷，齐刷刷走进教室，顿时亮化了课堂。聆听比我们年龄还小的外语老师陈静芳的授课，而每每争相发言的都是她们。

忘不了那时头顶头、脚碰脚同寝室江涌的那句“感谢不尽”，偶尔揶揄一下经常打断讲言情文学的老师讲课的周玉林。欣赏王伟林、王斌和何金华的创意书法，张秋的幽默话语，以及他们的风度、风雅、风骚……

时常会回味过去一切的一切：

陶然亭边香脆的油条，望星桥旁令人垂涎欲滴的鲜肉馄饨，临顿路拐弯处热腾腾的羊肉汤；

赶早操时行色匆匆的同学们身上饭盒发出的叮当声；

金利骑着金狮牌自行车，带着室友一路呼啸而过；

和周永泉一起到古旧书店淘得《春秋左氏传》的欣喜；

上大课前班上女生胡健、王洁洋、钱涛、潘杏芬和张蓉华等并排冲进教室抢占座位，挤得座位吱吱响，酷似“小商小贩肩并肩，大饼油条摆满街”；

拖堂了。同学们炒豆般的饭盒敲打声打断还在侃侃而谈的老师……

说是师范毕业，我其实没有当教师的经历，平时只知埋头苦干，在同学间默默无闻，容易被人忽略，甚至遗忘。蓦然回首，自觉不成功，但也不算失败，只是更懂得精心做事、低调做人。听说真正的人生从五十岁开始，特别是看了同学们的纪念文章，心里也涌动了一点雄心壮志。人说踏上社会，人脉关系不外乎真诚的朋友、战友和同学，而最大的财富就是同学情谊。精神的东西才是永恒的，于是又感觉自己成功了。我只想引用江涌的那句话对你们说：感谢不尽！

孙东辉，江阴人，生在长江边，长在红旗下。曾就读于苏州大学中文系八四级（3）班，毕业后供职于江阴广播电视台，一直从事新闻宣传工作至今。

方塔下

月色画西楼，人闲桂枝悠。

天青风自远，碧水绕廓流。

小巷声声慢，苔径处处幽。

最是佳节时，蟾宫夜正秋。

走过一些城市，其中能勾起心头的思古幽情、别样心绪的只有苏州，想来也没有其他特别的因素，只因我有四年的青葱岁月在这里度过，苏州，对于我，对于我们是一个特别的存在。

最特别的是苏大的校园，钟楼、红楼、方塔、草坪、教室、操场，每次到苏州，都会到苏大校园走一走，看一看，每次眼前都会浮现出三十年前我们做学子时的情景。年少时，青春飞扬，江山可指，真是意气风发，三十年弹指一挥间，同学们或宦海沉浮，或商海搏浪，或学界树人，其间曲折，人生悲欢事，难以一一尽言。然而走进校园，红楼一聚，方塔留影，想来心情都是一样的——

看见校园，同学相见，会晤尽欢，都是一见初心。是苏大的师长树直了我们的脊梁，丰富了我们的学识，激扬了我们的理想，作为中文系的学子，我们都是方塔下的蛋，都是中文系的教授良师们下的蛋，钱锺书先生说：知道鸡蛋好吃，何必一定要认识下蛋的母鸡呢。其实鸡和鸡是不一样的，蛋与蛋自然也是不一样的，从这个角度讲，认识母鸡是很有必要的，我们就认识这样一群“母鸡”，他们正直、善良、学养丰硕、有护犊情结，在这样的良师益友指引下、教导下、搀扶下，才有了我们三十年，乃至未来的人生。同学们无论居庙堂之高，还是处江湖之远，都能守身抱朴，骨直气正，皆苏大、良师之赠也。

苏州大学老照片中的方塔与文科楼

古今多少事，悠悠，不尽长江滚滚流。

一川烟雨半城柳，斜阳倚照红楼。

每次再别校园，再别老师，再别同学，都感慨万千，三十年相聚，作小诗以记之，为师生情深，为初心感动。

秋思

岁岁重阳日，江南好个秋。

姑苏同窗时，少年意气稠。

石门对渔火，寒山索吴钩。

虎丘可怀古，雨巷可寻幽。

残照方塔下，离离茵草洲。

两鬓霜雪时，悠悠家国愁。

寻步东篱下，平明看沙鸥。

望尽无涯路，谁人识归舟。

吴晓宁，笔名罗拉拉、肖林，曾就读于苏州大学中文系八四级（1）班。现知名媒体人、资深昆迷、南京市文联签约作家。出版过随笔集《像蝶一样的碟》《旋转木马》与艺术文论《怕——柯军多元艺术探索》等多部图书。担任过央视与江苏卫视合拍的大型纪录片《昆曲六百年》（荣获金鹰奖、白玉兰奖、星光奖等）的分集撰稿。作品《遗忘海——跨界艺术笔记》作为一本跨界艺术评论笔记获2014年度『中国最美的书』、2015年海峡两岸十大最美图书、金陵文学佳作奖等六大奖项，书中所有插图皆为其本人亲手绘制。

无法告别的聚会

今天是2018年10月29日，还有两天这个月就要结束了。这个月总感觉与以前有点不一样，怎么不一样，我也说不上来，可能是同学群里的话语有点密，编织着往日、今天与未来，导致最近的日子有些沉甸甸的吧。

其实，掐指一算，聚会已经是二十六天前的事了。

还以为会像以前一样，毕业即星散，相忘于江湖。然后六年，十年，二十年，三十年，浮出水面冒个泡：嗨，原来你也在这里。然后再次拜拜。

可是，三十年这场聚会，我们好像告别不了啦。

同学群每一天道早安，每一天道晚安。中间还在不停地回忆、寒暄、互赞、相怼。

我说："大家要趁记性好多记，我看自己以前的文章，如果不记也忘掉了。"胡健说："我觉得大家可以各说各的，然后慢慢补全记忆的版图。比如你记得的那个细节，我早已忘记。"

嗯，这次聚会大家有点儿骄傲。因为我们有非常好看的新“校服”，我们有留给苏大的一棵高大的树（视觉记忆）；我们有或抒情或絮叨或幽默或搞笑的缤纷发言（听觉记忆）；我们还有三十多篇厚重的回忆文章（文字记忆）。由金利的创意开头、朱亚辉的点睛策划加上众多师生的接力，记忆的版图就这样缓缓呈现。

有一种互窥作业的乐趣。其实，说起来，作为中文系的学生，我们上台表演的都是大师的名剧，我们倾情演绎的都是诗人的名篇。我们实际上并不了解对方的文字如何，我们的作业都只是交给了老师……至于当年被赋予诗人、才子、才女称号的，我们也只是知道那个称呼而已，而这次，我们终于了解了。

不仅仅是作业，还有漫长的集体聊天，重新发现多年前，我们自以为很熟悉，却并不太了解的那个他（她）……

而现在，我们知道了缪老师的才华——可以用文言文怼人。朱亚辉真的是操心的大哥命，三班有那么多生动的绰号，“地中海”也可以如此感人，男生宿舍发生过两次“地震”，胡健的记性这么好，王士妹、崔继业的“家虽不大，四季有花”，潘杏芬的笔名与我的笔名同姓，有人横跨多城当领导，有人坚持多年教书育人，王伟林成了书法家，孙修远会看风水，刘晓松的贤惠不仅对顾强还服务大家，龚赢还是个服装厂厂长，有个宿舍四个女生去了四个国家……嗯，我不能再写点名册了，否则我的“题记”比正文还长了。

这个无法告别的聚会已经把我洗脑了。我知道我们的三十年聚会有一件无与伦比的校服（别的同学聚会都没有我们漂亮），此外，我们是“空前绝后”的苏大中文系八四级，是的，空前绝后！等等，醒醒，凭什么这么说?

可还是就这么说！因为你们是我的大牛同学，你们说得都对！因为我们从八十年代走来，镀着那个时代的光。

这三十年的聚会好像真的散不了场了，可十四年前的聚会亦余温未散。那次我们唱的歌有点伤感，叫《朋友别哭》。这次我们还是换一首吧：

朋友一生一起走

那些日子不再有

一句话一辈子

一生情一杯酒

……

朋友别哭

写于2004年入校二十年聚

曾经有点抗拒同学聚会。因为我以为，最原版、最纯净的记忆总在记忆的原址，寻找回来的记忆说不定会有点变质。搞不好的话，同学聚会也会成为一个秀场，一次比拼，看看谁混的官大，比比谁挣的钱多，瞧瞧谁嫁娶得更好……那样的话，除了糟蹋记忆，玷污记忆中的青春，还能有什么呢？

不过，聚会还是有着说不清道不明的吸引力，一个理由就会说动你起身，奔赴故园。比如，我想见见许洁，我刚到南京时我们见过一面，而后她神秘消失十二年，这一回，她会出现吗？比如胡健，六年聚会时一别，又是十年；比如光萍，一别也是七八年了，不知道现在变啥样了……再比如，好几次回苏大，没有熟悉的同学在，总觉得找不到感觉，而这一回，如果和嫡嫡亲亲的同年级同学们在一起呢？

聚会是在4日。3日晚上，我和好友们闲逛在镇江的街头，忽然接到一个陌生号码的短信：

"20小时之后见，斜对面楼下。"

"哪位？"

"姑苏舍友。"

仿佛点击了鼠标，记忆迅速搜索着。我开始喃喃自语：会是谁呢？会不会正是失散许多年的……

"是许洁吗？"

"终于又接上暗号了。感谢聚会。"

于是，期待中的人一一登场。

首先是光萍，我们在镇江汽车站碰面，我早早而至，她匆匆而来。因为我们俩同是苏大中文系八四级的插班生，所以相见格外亲近。在我眼中，光萍除了摘了黑框眼镜，变化不大，甚至还更漂亮苗条了一点。她也说："你还那样……"其实，哪能呢？我常玩笑说：一棵大白菜哪能在风中放一年，而人们早已走过一年又一年……

而后是苏大苹园门口。我和许洁尖叫着扑在一起……一边有男生说："终于

八十年代的吴晓宁

有了一个……”这样的镜头。也许同学们厌倦了温文尔雅地含笑点头，期待有这样一个激情重逢的镜头？

胡健还是老样子，还是姑苏女子的肤白如雪，只是丰润了一些。广荣与丽娟不久前才见过，而小吴健也成妈妈了……

江涌似乎没有不久前见到时神气，后来才得知，他最近身体欠佳，这次是抱病坚持（后来一直内疚，未能专门问候一声）；小平还是那么忙碌，一如他当年那样“诚实勤勉”；王斌更加伟岸了；何金华还是那么精干……很多同学要仔细瞧一下才能辨认出，男同学们变好看了，不再是当年的毛躁少年，开始拥有从容的风度。一张亲切的笑脸出现在我面前：“你猜猜我是谁，还能叫出我的名字吗？”对不起，等一下，让我想一想，我该叫得出来的：“席加宏？”“不是。”许洁说：“是李峰！”对，是李峰。我怎么会不记得。当年东吴剧社的演出，是他默默地帮我们拉大幕。

我们喝酒，不再像在平时的酒桌上那么推三阻四，大家似乎都已做好准备：这些酒是要喝的……我们散步，在校园里不知疲倦地走着。我们的文科楼，已经被夷为平地的男生宿舍，依然存在的方塔，久久徘徊的小树林……据说是十六年来第一次回归的崔继业，在向我们坦白他是怎么追求王士妹的……我们唱歌，其实已经很累了。大家

吴晓宁近照

只是不想休息，哪怕将这短暂的一两天的时光严重透支……

不过，如同六月份来苏大时一样，当时明晃晃的阳光让我感觉自己浮在水面上，无法潜回记忆的深处，直到最后我踏进冰凉的河水，才找回“我回来了”的感觉。这一回，让大家心里一怔，忽然沉潜下去的是鲁潜的眼泪。

谁也没想到，这个当年东吴剧社耍宝的男一号，这个一直专注地给本次聚会摄像、外形变化不大的男生，代表三班同学上台发言的时候，提到去世的文献检索老师潘树广，提到我们班走了的同学梅德明，忽然哽咽不能言，嘻嘻哈哈的气氛骤然一变，我用泪眼扫过去，男同学脸色黯然，女同学一律红了眼。

鲁潜哭了个开始，接下来是马广荣。那时候已在沙家浜，亚辉悉心安排的芦苇荡游和大闸蟹宴之后，王斌的歌声依旧是那么抒情，郑生明的“麦霸”实力亮相让大家大吃一惊，崔继业的激情“呐喊”，王士妹宽容的笑容更是丰富了鲁潜的镜头语言。而广荣要走了，她明天一早有课。我正和她说着话，问她这些年可好，可时间已到，我忽然看见她已眼泪汪汪。她走后，我为忍住泪水，只好躲在了窗帘后……

而盛建国泪眼模糊地坐在离去的火车上。后来他在同学录上留言："当列车播音员通知我们即将到达无锡站时，我知道已经真正远离了苏州的土地，双眼开始模糊，我切实地感受到我的同学是多么的可爱，我对你们是多么地依恋。我对面的两个大学生不知所措地看着我，我捂着脸，任凭那泪水奔涌而下。"

一个人能走多少路，一份记忆能用多久？

问过许多人，活了这么久，最快乐的时光是在什么时候？几乎无一例外，都回答我，是大学时代。失散的同学，如同走失的孤儿，在各自的角落打拼。而今一度相聚，仿佛重新找寻到娘家人，却终究要分离。

那晚，我从窗帘后走出的时候，常林波不知有意无意，正好唱起了吕方的《朋友别哭》……

有没有一扇窗
能让你不绝望
看一看花花世界
原来像梦一场
……
有没有一种爱
能让你不受伤
这些年堆积多少
对你的知心话
……
朋友别哭
我依然是你心灵的归宿
……
你的苦
我也有感触
我一直在你心灵最深处
我陪你就不孤独

遗忘海上的灯塔

吴晓宁

我经常跟朋友讲起八十年代我在苏州闹过的笑话。看到戴头巾的大妈挎着竹篮卖粽子，凑上去问："多少钱一只？"大妈回答"一共（实际上她说的是一角五）。"不解："一共多少？""（还是吴侬软语）一角五！"

说起来不怕你笑话，在苏州待了整整两年，我还是没能听懂几句吴语。

2004年5月，徐斯年老师与周秦老师带苏州大学中文系唯一的一届昆曲班到南京聚会，也叫上了我。因为半堂度曲课我爱上了昆曲，此后我组织举办南京民间曲会十多年，自己也成为忠实的昆曲迷。

说这些貌似"题外话"的话是因为，时隔多年，我忽然发现我在昆曲中听懂了所有的吴语方言，那些青春时节感知的种种艰涩都消失不见了。

其实我也弄不明白，这种迷恋与"懂得"里，有没有对苏大校园生活深深的怀念？

因为是专升本的插班生，我在苏州大学中文系只读了大三、大四。所以当亚辉嘱我"代表同学们"写这篇纪念文字时，我是有些忐忑的。之所以接下这个任务，一来是感念朱亚辉、王斌、何金华、刘晓松、龚赢等几位老同学为八四级三十年聚会忙前忙后；二来是仅有两年的苏大中文系记忆于我是沉甸甸的，又有一份特别的美好。

想念我们中文系旧旧的、厚重的老楼；想念东吴大学旧址那些好看的红楼；当时校门口附近的亭子处，曾经有一口锈迹斑斑的钟，它曾经进入我的诗句，后来却"寻来寻去，都不见了"；入学第一年，我被在如酒般甘醇的阳光里静谧落下的银杏之美震撼了；那些高大的、虬枝苍劲的香樟树在我毕业后看来变矮了。我在苏大校园每一个角落一遍又一遍地徜徉漫步，我想那一定也有你，我的同学们痴迷的身影。

在这里，我才真正领略"落花时节又逢君"的诗意，而慢悠悠的风景里是步履匆匆的老师，他们每个人的知性、高效与勤勉带给我们毕生的影响。

苏州城不大不小，正适合年轻的我们步行抵达四方。虎丘、宝带桥、盘门、天平山、唐寅墓，哪里没有留下我们青春的脚步？最爱流连的还是观前街的书店。多年以后我还在向年轻人夸耀：“你们知道我们八十年代的畅销书是什么？是哲学书！作者是尼采、叔本华、萨特、波伏娃、加缪、海德格尔……”

图书馆检索查阅鲁迅，宿舍里挑灯夜读苏轼，舞台上大声朗读舒婷、顾城，周朴园与侍萍的台词，多年以后我仍倒背如流。

最珍贵的还是同学们的友爱与包容，他们将我这个从小地方来的陌生人推选为班长，还十分配合地参与了我倡议主办的男女同学冬至聚会。后来每年的冬至，男同学们有没有想起女同学们用竹壳水瓶从食堂打来的冬酿酒？而女生们在你们努力打扫干净的宿舍，略带羞涩地含笑坐下，那个寒冷的冬至有着特别的温暖。

这份温暖让我们怀念至今，让我们在毕业后还在不停地重聚。

每次相逢都是久别重逢。

六年、十年、二十年、三十年，你的白发又添了几根？你内心的大厦是否仍屹立不倒？

我们一次又一次回望青春时节那只璀璨透明的水晶球，那是理想与信念的能量源，在我们再见时能够重新汲取。

接到亚辉指派的任务的时候我正步行在路上，恰巧看到一位修理工在路边取出一只蓝色的铁皮箱，旧旧的有些锈了，在阳光下闪着温和的光亮。我由衷地感慨：旧物真好看啊！

那时我心中一动，所谓大学记忆不也正是这样美丽的旧物吗？

锈了旧了仍有光，好似遗忘之海上的灯塔。

2018年9月写于南京，该文为苏州大学中文系八四级毕业三十年纪念册前言

可以预约的苏大
——兼述中文八四的名士风度及文化自适

朱亚辉

芳华三十载，都赋予，时代潮水；青春再出发，永秉持，母校精神。

一

三十年前的毕业季，罗时进老师曾以“微微风簇浪，散作满河星”象喻我们这群萍漂四方的苏大学子；缪学为老师曾用潭中的鱼儿在雨季随湍而跃作比，来勉励我们找寻自己的江河湖海。三十年后，时维十月，序属三秋，我们又回到了故渊、旧林——我们曾经的栖息地——美丽的苏大。

这是十年前，毕业二十年缘聚时的约定，这是学子与母校的约定。虽然期间有人事变迁，也有误会纠葛，让我们伤感和揪心，让我们体会到尽管心态再好，风也未必轻，云也未必淡。但是我们明白，只要保持一颗美好的、欣赏的心，我们就能时时回到母校的宿舍楼、大教室，就能处处想到母校的情人坡、相思河。范培松先生笑言：学生对母校永远保持着“恋母情结”，母校就是用来预约，用来怀旧，用来祝福的。因为有了约定，离开母校的每一天，我们就有了“纵使出走半生，归来仍是少年”的豪情与壮志；因为有了约定，职场拼搏的血雨腥风，在与母校不见不散的絮絮叨叨里弥散而尽。我们明白了一个人最好的状态就是眼里写满故事，脸上却不见风霜。不羡慕谁，不嘲笑谁，也不依赖谁，只是默默努力，活成自己喜欢的模样。如此的约定，也是我们筹备组同仁万丈热情地策划，事无巨细地张罗的初衷与愿望。

聚会，我们择了一个好玩的日子——“2018102”，颠倒过来读也一样；聚会，我们选了一个有意味的会场——红楼，悲喜同在的名词；聚会，我们订了一个关乎民生的酒店——建屋国际，“安得广厦千万间”；聚会，我们一共来了八十四位老同学，与中文八四天意巧合，不多不少。聚会那天，天朗气清，日月

情人坡合影

同辉；拍照之后，惊喜发现，情人坡上，我们站成了中国版图……

这就是我们与苏大的缘。绵延三十年，书香恒久远！

二

聚会过后，我们还时时回味“小范”范培松先生的自嘲之词——“无齿之徒”。一个年逾古稀的长者，不为发苍苍视茫茫、齿牙动摇而叹息，而是幽它一默，以“无齿之徒”自谑，让我们自然地联想到一个词——名士风度。由此我们很自然地把中文八四的许多人与事串联在了一起。锺陵先生自不必说，同学的文章里多次回忆他，多有褒扬。锺陵先生研磨指点魏晋文学，其身自有一股魏晋名士的气度，其思不羁俗路，其言汪洋恣肆，其著述蔚为大观。“老罗”罗时进老师常能以超越“微醺”的状态作文演讲，胸胆开张，欲与太白为同类。是酒成就了他唐诗研究学富五车的地位？还是唐诗里无酒不成诗的快活造就了他千杯不醉的豪情？内敛、温和、睿智的“老缪”缪学为老师聚会当晚与学子坦诚往事，畅叙幽情，掼蛋后夜深而归，全然不惧师母夜半时分吴侬软语的“问候”……

有源必有其流。我们同学之中，也不乏名士风度。中文八四现存的一百九十二位同学中就有二十二位迄今仍秉持其独特个性，不加微信不入群，有的虽然入群却默默潜水，鲜有心声，真乃清净娴雅之士。学友中，用扬州话喊出“青春不再，老缪不老”的崔大炮，常有一种睥睨一切、藐视万物的眼神和态度，但是据说，对我们的士妹同学很是温柔。怎么也没有想到，娴静的龚赢，在报到处，面对缪建峰的“指鹿为马”的误会，幽默地说：“陈小民老师的太太我也认识的。”用她的大度和聪慧巧解了尴尬。也有如王夷甫一类的，出门不带“阿堵物”。吴新泉也是个典型，身无分文，连身份证也要问太太放在哪里，无奈住店非得要身份证还得用孔方兄，幸有德河兄想得周到，不至于让新泉露宿街头。

总体上讲，我们这群人的名士风度是与八十年代的整体文化相和谐的，和当下社会有反差但不显异类。诚如王尧大兄所言：“那是一个思想上风生水起的年代，是一个精神上自由翱翔的年代，是一个知识上衔接中西的时代，也是一个人际上单纯简单的年代。当我和你们接受了这个年代的这些影响时，我们不可避免地成为理想主义者。当我们重返校园时，我们也在重返八十年代。我们都是八十年代之子。”虽历经三十年的世事风雨，心态依然稳定平和。撕去世俗的标签，穿上我们特制的校服，我们只有一个名字——苏大的孩子。

三

聚会之后，龙城使君金利首开随笔，后又四处搜罗，八方约稿，把老师和同学们的文字编辑成“美篇”，日发一文，配以图片，真可谓图文并茂，佳作纷呈。一下子把同学聚会吃个饭、唱个歌的传统套路提升到了文学的层面，显示了八十年代大学生特有的浪漫主义的诗意底蕴。

筹备组并没有满足于此，还打算将这些美文编成书。

这便让人不觉联想起兰亭雅集，一觞一咏，游目骋怀；也让人想起滕王阁上的那次饯别，洒潘江，倾陆海；或者你想到的还有十九世纪法国的某个别墅里左拉和他的笔友们；又或者你记起二十世纪英国的某个庄园里毛姆跟他的朋友们……

于是，一次聚会，便不再只是聚餐那样的俗事一桩。这显然已是一种人到中年阅尽千山的文化自适了。

我们不妨对镜自视，我们的文化自适是如何生成的？又如何圆润的？

这种文化自适的影子大概还能从大学生活中钩沉几许。譬如那时的方塔诗社、那时的东吴剧社，譬如那时学为老师领唱《年轻的朋友来相会》、周雯教会二班同学唱响《清晨，我们踏上小道》，譬如院系或班级间举行的各种文体比赛、在传统节日所组织的种种活动……同学情、师生谊，在这些活动中日渐亲密。相互砥砺，相互浸染，有了我们中文八四的集体性特征：乐群而不同，张扬又谦卑。在这里，青春不老，爱情依旧的王士妹，讲出了很多人的心声——“最爱是苏州”；在这里，王建说出了许多人的遗憾——“上了一次大学，却没有遇上一场轰轰烈烈的恋爱”；也在这里，盛建国向我们娓娓道来宿舍风云、同学窘事，有细节有场面更有往事并不如烟的惆怅与感慨！

如果把话题扯得远一些，我们甚至可以将“冠者五六人，童子六七人，浴乎沂，风乎舞雩，咏而归”的画面跟我们的师生关系的佳境做类比，乐亦在其中矣。君不见，外在彪悍内心温柔的胖子王斌所建“苏大中文八四”群，已有一百一十名成员，且师生同在，相处甚欢。看着大群里每日的欢声笑语，陡然发现三十年的同学情、师生谊已更多地衍生为家人般的亲情，每天为你牵挂，每天陪你回忆，每天问寒问暖……

有意思的是，这种乐群又不排斥个性，“成为你自己”亦在受欢迎之列。聚会时，仔细观察，悄悄旁观，我们这群人还真颇具个性。玉林的“文武双全”，杏芬的“出口成诗”，顾胖的“滔滔不绝”，郑生明的“深情朗诵”，更有郇慧荣忍俊不禁的“外号大放送”和马广荣横跨十年的“男生秋点评”。这些都是经历了世态炎凉之后，我们中文八四自有的通透洗练、澄澈通明。三十年后，心中有名士，对外气自华。我坚信再过二十年、三十年，我的同学们仍然能个性纯良，感情不变，激情依旧。因为我们有个共同的名字、共同的家园——中文八四。

不得不说文化自适是一种自在快乐的生活方式。但是我们清楚，我们的生活内容远非只此一种。过往的生活经回忆的滤网过滤之后，很容易失其本真。虽然，那些被滤掉的苦痛创伤、那些沼泥浮渣并不必然引出生活的全部真实，但至少说，那是生活真实的一部分。有些荒唐言、辛酸泪在师生聚会的场合、在群里不可说、不能说、不愿说，但我们期待我们其中能有人用“假语存、真事隐”的方法加以演绎。之所以选红楼聚会，大概也含有这样的期待吧！

四

聚会之后，筹备组在甜蜜的无锡、好客的王斌那里又小聚了一次。我们总结了本次聚会的得失，梳理了财务，把合影照、纪念册落实专人一一寄出。由于筹备组工作疏忽，加上恰逢国庆假期往来吃住都不方便，给个别同学及家属造成了不便，在此表示歉意！筹备组愿意继续为大家服务，再服务二十年、三十年。这也许是梦想，但万一实现了呢？

同学聚会

“再过二十年，我们来相会，伟大的祖国该有多么美！天也新，地也新，春光更明媚，城市乡村处处增光辉。”年轻时血脉偾张、引吭高歌的画面犹在眼前，而现在，中年的嗓音哼唱起来却有挥之不去的沧桑，半百往后的人生中，我们将越来越聚少离多，此事古难全。

我还是相信，人生没有太晚的开始，命运所有的安排都是为了等待一场并不迟到的厚积薄发！

聚会结束了，我们又回到各自的生活中、各自的琐碎里，但苏大四年的美好记忆已成为我们心头永远的暖。因着这份暖意，再过十年、二十年、三十年，我们仍然会如约而至，相聚白头，那时的我们更可以见山是山，见水是水，随心所欲，把酒话桑麻，“无酒无诗情绪，欲梅欲雪天时”，不亦乐乎！

母校永远可以预约，无分春夏秋冬！

同学永远可以同行，无虑地老天荒！

2018年10月30日

后记一

青春吐芳华，我们再出发

金　利

我总会情不自禁地回忆起八十年代的大学生活，回忆那些与同学们一起写诗、习武、看电影、读武侠的日子，回忆那时候的意气风发、指点江山、飞扬跋扈。那时候，同学之间没有精致的利己，只有狂放恣意的青春闯荡……

大学毕业后同学的一次次聚会，激活的也是深埋在我们心灵深处的青春种子。

青春的种子是梦的种子。

我们走出校园，花样年华，逐梦前行，诗舞翩跹，裙角飞扬，青春闪亮。即使再过十年二十年，乃至我们毕业六十年聚会时，我相信我们依然会哼着我们熟悉的青春舞曲，脚步微漾，徘徊在岁月的幽径上，叙说当年穿越千山万水时你落花满衣、款步而去的故事。

所以在大学毕业三十年聚会结束的当晚（2018年10月3日），我回到家中，依旧难抑激动之情，写了一篇题为《芳华三十年，青春再出发》的短文发在我“龙城使君”的“美篇”里。第二天我把此文发在我们中文系八四级（2）班的群里，被朱亚辉看到了——看过系列文章的同学和朋友，早就知道朱亚辉这个人了，几乎每篇文章里都会提到他，都在说他机智幽默、才华横溢，但他给我印象最深的还是他的领导能力，那种见微知著的洞察力。

亚辉对我说：我们毕业三十年聚会，大家从四面八方赶来，可是真正活动才一天半时间，没有给同学展示自我的时间和空间。我们都是八十年代的学子，都是苏大的孩子，有理想有情怀，在聚会结束之后，能不能用我们手中的笔，用我们的文章来延续聚会的初心和意义呢？他从内心期望每一位同学，可以通过文字和图片，把同学聚会吃个饭、唱个歌的传统套路，提升到一个回归文学的层面，来显示出我们这群八十年代大学生、特别是苏大中文系毕业的大学生特有的那种浪漫主义诗意底蕴，从而更好地诠释“芳华三十年，青春再出发”这个主题的深层次内涵。

我被亚辉闪烁着的思想点亮，更被他的情怀所感染，于是答应亚辉担任这次“芳华”系列文章的“责任编辑”。

可以这么说，这次“芳华三十年，青春再出发”系列文章的问世，朱亚辉是个发起人，是个组织者、领导者，当然也是撰稿者。昨天我们已经读了他的文章，了解了他组织这次活动的初心和情怀，也见识了他飞扬的文采，特别是他文章中的长句子，像潮水，不，像惊涛拍岸一般涌来，卷起我们心中的万丈豪情！

刚接任务时，亚辉说要搞个二三十篇系列文章。那时我也觉得能有二十篇已经很不错了。不久亚辉不知通过什么办法，把老师在聚会上的发言稿一一弄到手（后来才知是布置给最合适的人“逼”老师回忆记录下来的），就胸有成竹地定了个新目标：不少于三十篇！

我知道亚辉这样说的底气来自老师的支持和同学们的信任。现在大家知道了，至今已经编辑发布了四十三篇文章了。

回忆自己每次读到同学们发来的稿件，都会掩卷而思，让思绪回到三十年前，回到与同学们相处的那段岁月。

文章里同学们叙述的一幕幕情景，有同学的，也有我自己的，都是我们共同拥有的。这种美妙的阅读体验，恍惚的记忆，时常如梦般往下沉、往下沉，直抵心灵深处，忽而湛蓝如洗，忽而乌云密布，忽而高亢明亮，忽而又扼腕叹息。三十年来，每个人身后都有很多感人的故事，这些故事都是我们人生的一段段经历，或在逆境中打磨过我们的性格，或在挫折中奋起过我们的精神，或在成功中锻炼过我们的意志，或在历练中完善过我们的人格……

我在编辑文章的过程中，无不被同学们对母校、对老师、对同学的深情厚谊所感染，无不被同学们对爱情的执着和对命运的不屈不挠所震撼，无不被同学们的才华所折服，更为老师渊博的学识和谆谆教诲叫好，使我一个多月来始终沉浸在回忆的美好中，享受着老师和同学们那种明朗纯净的情感。

看到同学们纷纷参加到“遥想公瑾当年”的回忆活动中，奉献出一篇篇精彩的美文佳作，我那篇最早的《芳华三十年，青春再出发》一文也只能更名为

《愿时光不老，你我都好》了，并忝列在系列之后凑个数了。

这次“芳华三十年，青春再出发”系列文章，每天发一篇，共发“美篇”44篇，历时44天不间断，前后有41位师生接力，这在苏大历年校友活动中恐怕是绝无仅有的。有5位老师（范培松、缪学为、罗时进、王尧、汪卫东）参与写作，其中缪学为、罗时进老师各有2篇；一班有8名同学加上1名家属（马广荣、常艳、王士妹、王斌、何金华夫妇、章朝阳、盛建国和吴晓宁）参与写作，其中盛建国、何金华和吴晓宁各有2篇；二班有16名同学（王建、潘杏芬、吴新泉、周玉林、董立国、张蓉华、诸婉玉、钱涛、郑生明、胡健、徐光萍、张志龙、周晓平、卞永清、朱亚辉和我）参与写作，其中诸婉玉、朱亚辉和我各有2篇；三班有11名同学参与写作（龚赢、张敬安、张秋、郇慧荣、薛文潮、杜频、顾丽华、陈丽萍、刘晓松、鲁潜，以及钱铮的群总结），其中鲁潜和刘晓松各有2篇。非常有意思的是，最后我在统计所有文章字数的时候，竟然是88430这个数字。开始我也没有特别注意，大概亚辉长期担任领导，对数字比较敏感，他看了非常吃惊：88年，84级，30年！感慨我们真是缘分天定啊！

从这次“芳华三十年，青春再出发”系列文章中我们可以看到：中文八四是一个对母校苏大有着深厚感情的集体，是一个有凝聚力的集体，也是一个有力量的集体，更是一个在经历了人生风雨之后依然对生活满怀深情的集体，我为这个集体而骄傲！

在《愿时光不老，你我都好》一文里，我是故意回避没有叙述具体的老师和同学，后来读了同学们的许多回忆文章，庆幸自己故意回避原来是那么高明那么正确，因为同学们写的回忆文章太精彩了。

我作为“责任编辑”，能够完成亚辉交给我的此次稿件的编辑发布任务，首先要感谢这次系列文章的组织者，亚辉、王斌、顾强等自不待言，更要感谢三班的龚赢和刘晓松。因为一开始二班的同学响应亚辉的号召比较积极，出手比较快，文章数量多；后来一班紧随其后，佳作不断；三班的龚赢和刘晓松一看这阵势，心急如焚，比较着急了，用上各种计策组稿，终于后程发力，实现“弯道超车”：张敬安、张秋、郇慧荣、薛文潮等大师都“撸起袖子加油写”。张秋在《苏大寻根》一文里对龚赢她们组稿有过一段描述，文字幽默风趣，可见大师风范：

聚会前躲过了晓松的约稿，聚会后却躲不过龚赢的稿约。自大群发起聚会征文，邻班群情激昂，文从天降，发稿如注，三班却风平浪静，纹丝不动，筹委会两大美女心急如焚。晓松返家，对顾胖宣布“双规”：在规定时间、规定地点交稿，否则不让吃饭——据江湖传言，后升级至不让上床（均未遂）。龚赢身为群主，于小群内连连喊话，只收到语音自动回复：“对不起，本群暂时无人接听，请稍后再拨。”三班之闷骚慢热，“坐怀不乱”，可见一斑。群主岂肯善罢甘休？又发私信各个击破，逼债连连，同时以身作则，撰写聚会纪念服之“科普文章”，并不惜抬我出镜，充当男模，大打感情牌。未几，又当即私信转发新鲜出炉之敬安大作。该文一气呵成，余温尚存，读后为之一振。大势危急至此，又有珠玉在前，我等速速交砖是也。

在“芳华三十年，青春再出发”系列文章的组稿过程中，身在海外的郇慧荣和杜频都心系老师和同学，写来了美文。值得一提的是，失散多年的杜频同学就是在组稿过程中意外被找到的。远在德国的杜频“回家”后，通过文字向老师和同学介绍了自己的情况，四位杜频好友即刻著文，回忆当年与杜频来往的点滴往事，五朵金花共同谱写的同学情谊，让读者的心里也禁不住泛起阵阵涟漪。

这一个多月来的系列文章，让人们看到了不一样的苏大中文系八四级。我们敬爱的范培松老师在读了我们的系列文章后感慨道：

人要实现诗意栖居，首要条件应该是诗，或人有诗性。校友聚会，无目的无利益，无忧无虑，把每个人的身上的诗性激活了，这种激活和爆发是校友的特权，在当今时代里，它也成了奢侈品了。时刻怀念过去是种脆弱和衰老！但激活已逝的青春，积聚力量为创造更辉辉的未来，就是一首壮丽的诗。你们有幸见到我无齿样相，现在有齿了，和你们一起青春再出发。

三十年来，范老师一直关注着我们这些走出校门的学子，其殷殷垂念之心依然感动着我们。

顾亚平同学也是感触良多：我们中文系八四级这个群体，确实是具有特立独行的骨感。既不同于恢复高考后前四届学长的满目沧桑和忧国忧民，也不同于八五级后进校的学弟学妹们芳华飞扬和活力四射。我们笃学，带着高考冲刺的余温，求知若渴，四年不变；我们好奇，从乡村田野来，古城小桥流水，天平红枫暮霭，每每成为假日的追踪；我们也标异，第一个剧社，第一个诗会，当然，也有第一次思想的交锋，在苏大这个包容的怀抱里，再回首都是一地的缤纷多彩；我们更相爱，三十年来，从无隔阂，你中有我，我中有你，见则笑而无间，别则云淡风轻。

这说明“芳华三十年，青春再出发”系列文章得到了大家的认可。

当然，这一切要归功于老师和同学们的鼎力支持，归功于美女同学的智慧，不管是龚美女、刘美女还是其他美女同学，组来稿子写来文字的都是了不起的有智慧的大美女！在此我祝所有女同学时光不老，青春永驻！

也要感谢老师和写来稿件的男同学，也祝你们时光不老，活到老帅到老，潇洒走天下！

更要感谢每天一早等待看文章的同学们和很多素不相识的读者，没有你们的鼓励和支持，也不会有41位师生的先后接力，44篇文章正好是“事事如意”，难道这又是天意？

现在，“芳华三十年，青春再出发”系列超额完成了亚辉最初制定的三十篇文章的愿景目标。当然，这只是苏大中文系八四级三十年同学聚会活动的一部分内容。

我们的三十年聚会虽然过去了，但青春的种子，会一直在我们的心中疯长、激荡。青春应不仅是年华，也不仅是桃面、丹唇、柔膝，而应如范培松老师寄语我们的那样。让我们心中常怀诗性，永葆青春梦想和炙热情怀，一起再出发！

三十而聚，既聚于回望，也聚于期冀。时光勇往直前，曾经激荡，收于坚韧；将来路远，壮志盼酬。愿我们不管出发多久，始终不忘初心，归来仍是青春少年！

从明天开始，“芳华”系列将不再和以往那样一天推送一篇了。我们只是暂别，不说再见，因为“芳华”系列永远是一个对同学们开放的平台。如果可以，请让我们的青春与梦想，继续在“芳华”里闪亮。只要同学们今后有自己的故事或者有其他同学的故事，愿意继续与同学们分享，“芳华三十年，青春再出发”系列会一直接龙下去。

“青春吐芳华，我们再出发”！人生还很长，岁月蹉跎，我们只管走过四季，栖息在苏大赐予我们的心灵家园——

八四中文，我们永远是一家！

2018年11月15日

回望青山

本书编委会

“芳华三十年，青春再出发”苏大中文系八四级毕业三十周年缘聚活动，从开个会、拍个照、吃个饭、喝个酒的常规模式，升级、升温、升格到写个文、编个书的文人觞咏雅集。“美篇”系列文章发表从第一季的牛刀小试到第二季的轰轰烈烈；本届近半数的同学参与了这次笔会。即将出版的《回望青山，一如初见》文集从最初的八万字到现在十八万多字，好几位同学或联袂或再投稿，其踊跃度其自发性，编者大胆直言，在苏大校友聚会史上，不能说绝后，空前与热烈注定是一个传奇、一段佳话。

历时三个月的雅集活动盛况空前，要感谢组织者高屋建瓴事无巨细的策划、感谢同学们一呼百应的热情参与（包括写作、阅读、点赞和转发）、感谢临时编辑组任劳任怨组稿、改稿，每天凌晨六点准时发稿，更要感谢两位班主任老师的倾情指导。缪学为老师站在宏观人生的角度，不仅鼓励、督促大家动笔追忆三十年前激情燃烧的岁月，而且希望大家进一步抒写交流三十年间各自精彩的人生故事。罗时进老师则站在诗意的高度，以他古典文学的渊博学识为我们反复打磨书名。在江阴，筹备组又一次小聚酒会上，罗老师热情澎湃地指出，“一如初见”作为书名，偏阴柔了些，以我们中文系八四级的“乐群而不孤”，用“回望青山”更具阳刚与豪情！

席间，罗老师借酒发挥，娓娓道来，“回望青山”源自辛弃疾词句“我见青山多妩媚，料青山见我应如是”。其含义有五：

一是辛词“青山”中包括客主对望之意，我们回望苏大，苏大也在回望我们，苏大是我们梦开始的地方，我们是苏大骄傲的孩子。

二是“青山”可喻三十年前同学们的青葱岁月，不思量，自难忘！

三是青山依旧在，即使几度夕阳红，即使风霜染白发，但是你在、我在、中文八四永远在。

认真审稿的编委会成员

四是“山中故事多”，“两岸青山相对出”，“当年刘阮意何穷”！同学们的文章显示出，当年苏大中文系八四级，藏着多少故事。

其五，青山更是一个精神的故园，当年大家“结得青山一个缘”，眼下分处各地，但即使如宣老师、周雯、陈敏、郁慧荣、顾丽华、杜频、丁迎春等旅居他乡者，有一天也会念一句“青山还喜归来好”，与大家欢聚一堂。

有感于老师和同学的深情厚谊，我们筹划将这两季“美篇”系列文章编成文集留作永久纪念，并已经进入出版程序，谨以此作为“芳华三十年，青春再出发”系列活动的尾声，致敬我们的苏大，致敬我们的八十年代。在此要提一句，本书所提及的“八十年代”，均为“二十世纪八十年代”，各篇文章未能一一注明，是为了保持行文的流畅性。本书图片主要由本人提供，部分图片由苏州大学档案馆提供，特此感谢。

感谢各位三个月来的真情陪伴。三个月来，同学们抒写文章，并非因为出身中文而炫才卖弄，更非炫名或炫富，只为留下一份共同的美好记忆，作为我们今生今世也曾经拥有的证明。三十年的岁月，淘洗去了我们的肤浅俗陋，留下的是历练过后的通透澄明。正如台湾作家张晓风所言：“树在。山在。大地在。岁月在。我在。你还要怎样更好的世界？”

2018已然过去，生活的脚步不会停留。青山常在，绿水长流；岁月荏苒，真情依旧。相信，无论何时，回望青山，一如初见！

2019年6月

苏州大学中文系八四级一班毕业三十周年合影留念
2018年10月2日

苏州大学中文系八四级二班毕业三十周年合影留念
2018年10月2日

苏州大学中文系八四级三班毕业三十周年合影留念
2018年10月2日